유성의 연인 1

유성의 연인 ¹

임이슬 장편소설

네오픽션

차례

선녀와 나무꾼

1.

새하얀 도포를 걸친 서글서글한 눈매의 선비가 서책 꾸러미를 안고 책방을 빠져나온다. 선비는 문간에 잠시 멈춰 서서 하늘을 향해 입김을 불어보았다. 매서운 겨울 바람 탓에 그의 양 볼은 금세 새빨갛게 얼어붙었고 선비는 어서 길을 서둘러야겠다고 생각했다.

"아니, 이년이! 여기서 판 벌이지 말라고 몇 번을 말해야 알아들어? 재수 없게 왜 남이 장사하는 곳 앞에 돗자리를 깔고 지랄이여, 지랄은?"

싸움이 났는지 사람들이 웅성웅성 모여 있었고 시장

바닥에는 무령巫鈴이며 부적이며 깃발이 여기저기 너저분하게 떨어져 있었다.

"무당은 뭐 사람도 아니오? 신포세 내기도 벅차 죽겠는데 나도 먹고는 살아야지요. 가뜩이나 겨울이라 추워 죽겠는데……. 가게 정중앙도 아니고 그냥 모퉁이 옆에서 돗자리 하나만 펼 테니 좀 눈감아주시오."

자신의 처지가 창피하고 서러운지 눈물이 그렁그렁해진 여인이 추워 얼어 터지기 직전의 맨손으로 바닥에 널브러진 무도구들을 주우며 성난 주인에게 통사정을 하고 있었다. 그러나 주인은 일말의 동정도 느끼지 못한 듯 단호한 자세로 그녀의 무도구들을 발로 툭툭 쳐대기를 반복했다.

"아니, 내가 점 보겠다는 사람이라도 있으면 말을 안 하겠어. 그런데 이 추위에 누가 여기 쪼그리고 앉아서 점을 보겠냐고. 괜히 재수 없게 무당이 청승 떨며 앉아 있다고 우리 가게 손님들만 달아나지! 아, 얼른 그것들 싹 다 챙겨서 꺼지지 못하겠어!"

추운 날씨보다도 성난 주인과 자신을 바라보는 야멸찬 시선 때문에 여인은 전보다 더욱 추워져서 코를 훌쩍이며 몸을 떨었다. 이내 체념했는지 그녀는 돗자리를 둘둘 말기 시작했고, 그 옆에서 주인은 의기양양하여 만면에 승리의 미소마저 띠고 있었다. 선비는 멀찍이서 그 광경을 바라보다 미간에 주름을 잡았다.

"거기 무당, 잠시 멈추고 오늘 내 점괘나 좀 봐주시오."

낮지만 듣기 좋은 묵직한 목소리에 여인과 주인의 시선이 한데 쏠렸다. 선비는 생글생글 웃는 낯빛으로 둘을 바라보고 있었다. 그 웃는 낯빛이 옥골이요, 헌헌장부라 보고 있는 자들 역시 기분이 좋아지는 듯했다. 짙은 먹빛의 눈썹과 반달로 휜 눈, 그리고 발간 두 볼의 선비는 개구쟁이 소년 같기도 했다. 주인은 한결 누그러진 목소리로 "그래도 어찌…… 무당을 감싸시는가" 하며 말끝을 흐렸다.

"『경행록』에서 이르기를 남에게 원한을 맺는 것을 재앙을 심는다고 하고, 착한 것을 버려두고 하지 않는 것을 자기를 해치는 일이라고 하였소. 또 옛 '고종황제 어제御製'*에 말하기를 구차하게 탐내고 시기해서 남을 해치면 마침내 십 년 동안 편안함이 없고, 선을 쌓고 어진 마음을 가지면 반드시 영화로운 후손들이 있을 것이니 복과 경사는 대게 선을 쌓은 데서 생기고, 성현의 지위에 들고 범인을 초월하는 것은 진실을 다함으로써 가능

* 어제: 임금이 몸소 짓거나 만든 글이나 물건

하다고 하였소. 주인장께서 조금만 양보하면 그 댁에 좋은 일이 생기면 생겼지 화를 당할 일은 없을 것이오. 하물며 무당의 원한을 받게 되면…… 아이고, 나는 생각만 해도 두렵소이다. 그러니 내 지금 여기 이 무당에게는 오늘 운세를 점친 후 복채를 줄 것이고, 주인장께는 떡값을 지불할 터이니 그 김이 모락모락 나는 따끈한 떡을 내가 가고 난 후에 무당에게 주면 어떻겠소? 무당은 복채를 벌고 그대는 떡값을 버는 것이니 서로서로 좋은 일이 아니겠소? 이 추위에 먹고살기 힘들어 주인장께서 잠시 성이 나신 듯하나 인상이 푸근하니 원체 성품이 인자하신 게 분명해 보이오. 내 사람 보는 눈이 틀리지를 않거든. 어떻소? 내 제안이 마음에 드시오?"

선비의 제안이 마음에 들었는지 주인장은 몇 번 생각하는 척하며 입을 비죽이다가 인심 쓰듯 제자리로 돌아갔다. 선비는 쓰러져 있는 여인을 일으켜 세웠다. 앙다문 입술을 우물거리며 새어 나오는 울음을 집어삼키던 여인의 두 눈이 부어 새빨갰다. 여인은 치마에 묻은 흙을 마저 털더니 코를 훌쩍이며 선비를 바라보았다.

"여보, 좀 괜찮으시오? 저 양반 성을 내긴 하여도 아예 못된 사람은 아닌가 보오. 좋은 게 좋은 것이니 마음 푸시구려."

"나리, 이 은혜를 어찌 갚습니까. 참으로 감사합니다. 아무도 쳐다보지 않는 이 미천한 년을 위해서 신경을 써 주시다니요. 어제오늘 일도 아니고 이년이 마음에 품고 말고 할 일도 없지요. 다만 나리께서 보여주신 감사한 마음만은 고이 간직하겠습니다요. 제가 신심을 다해서 나리의 점괘를 봐드리지요."

"그리 감사할 만한 일이 아니었네. 괘념치 마시게. 겨우 글자나 몇 줄 읽는 백면서생에게 귀한 신심을 다 쏟아서 되겠는가? 관두시게."

"아닙니다. 나리, 나리의 관상을 보니 비범하여 그렇습니다. 보은하게 해주십시오."

무당은 요란한 소리를 내는 무령을 조그만 상 위에 올려놓고 점괘가 들어 있는 통을 흔들기 시작했다. 그녀가 눈짓으로 통에서 점괘 하나를 뽑아보라는 신호를 하자 선비는 잠시 곤란한 표정을 지으며 이내 하나를 집어 올렸다. 선비에게서 점괘를 건네받은 여인은 곧이어 색동 복주머니를 꺼내 상 위에 쌀을 흩뿌렸다. 일련의 동작들이 무척이나 유연하여 선비는 과연 이 가녀린 여인이 무당은 무당이구나 하고 생각하며 역시 물고기는 물에서 놀아야 한다더니 지금껏 본 중에 가장 생기 있는 모습이구나 싶어 기분 좋게 그녀의 행동을 바라보았다. 그러든지 말든지 무당은 점괘를 읽는 데 집중하였고 가끔 고개를 들어 선비의 관상을 살피었다. 고개를 주억이던 그녀가 크게 심호흡을 한 후 은밀한 이야기라도 되는 양 선비의 귓가로 자신의 얼굴을 들이댔다.

"나리, 이리 가까이 오셔요. 제가 오늘 나리의 점괘를 보니 아주 기이한 일을 겪게 되실 듯하옵니다. 천기를 누설하는 것이라 낮고 작은 목소리로 정성스레 전해드릴 것이니 조금만 더 가까이 오십시오. 제가 보아하니, 오늘 나리께서는 일생의 가장 중요한 귀인을 만나게 되실 것입니다. 헌데 이 귀인이란 분이 어떤 분인가 하면, 아무래도 하늘에서 내려오신 것이 아닌가 싶습니다. 아무리 점괘를 보아도 귀인 되실 분의 내력이나 사주가 보이지가 않습니다. 이는 필시 지상의 사람이 아님을 말하는 것이지요. 그러니 오늘 나리께서 만나게 되실 분은 매우 기이한 분이실 것입니다. 만약 그런 범상치 않은 기미가 보인다면 반드시 그 근처에 떨어져 있는 것 중에 나리의 눈에 가장 먼저 띈 물체를 몸에 지니고 계셔야 합니다. 다른 그 무엇보다 이것 하나만은 반드시 명심하셔야 합니다. 반드시 눈에 가장 먼저 띈 물체를 품속 깊숙한 곳에 숨기시고 몸 가까이 지니고 계셔야 합니다. 그 누구에게도 보이거나 주어서는 안 됩니다. 아시겠습니까?"

무당의 진지한 표정에 선비는 짐짓 놀란 체하며 말을 이었다.

"내 오늘 귀인을 만난단 말이지……. 고맙네. 무당, 내 그런 일이 일어난다면야 자네가 한 말을 결코 잊지 않겠네. 그럼 나는 이만 집으로 돌아갈 터이니 자네도 추운 곳에 오래 있지 말고 적당한 때에 집으로 돌아가시게나. 저기 저 호랑이 같은 주인장에게 떡도 꼭 받아서 가시게."

선비는 알 수 없는 표정을 짓더니 아까의 천진난만한 미소를 띠며 자리를 털고 일어섰다. 무당은 선비의 뒷모습이 까만 점이 되어 시야에서 사라질 때까지 바라보며 고개를 숙여 감사를 표했다.

"반드시 잊지 마십시오. 가장 먼저 눈에 띈 물건을 몸에 지니고 그 누구에게도 뵈지도 주지도 말아야 할 것입니다, 선비님."

2.

선비는 시장의 책방에서 빌려 온 서책을 펼쳐놓고는 아까의 일을 떠올리며 살포시 웃음을 흘렸다. 이미 두 식경이 지난 시간임에도 불구하고 무당의 그 부리부리한 표정이 잊히지가 않아 선비는 도저히 서책이 읽히지 않았다.

'귀인을 만난단 말이지……. 헌데 이 추운 산골짜기에서 어느 누구를 만날 것이며 내 처지에 누구를 만날 수 있단 말인가.'

생각이 여기에 미치자 머릿속이 더욱 어수선해져버린 선비는 지금 서책을 읽느니 차라리 덮느니만 못하겠다고 여겼다. 게다가 괜스레 바닥도 차갑고 도포 자락 사이로 바람도 비집고 들어오는 것 같아 몸이 부르르 떨렸다.

"봉구야, 밖에 있느냐? 냉수나 한 잔 떠 오거라. 정신이 산만하니 찬물로 헹구어내야겠다."

그러나 밖에는 아무도 없는지 묵묵부답이었다. 선비는 '아니, 이놈이 주인을 놔두고 또 어딜 가서 놀고 있나' 싶어 몸을 일으켜 문을 열었으나, 이내 얼마 전 봉구를 한양에 있는 본가에 심부름 보낸 일이 생각나서 머쓱해져버렸다. 아무래도 시장 바닥에 정신을 내려놓고 왔나 보다. 역시나 재미로라도 운세를 점쳐본 일이 찜찜하게 걸렸던 것이리라. 유학의 가르침을 받는 선비가 불쌍한 자를 도운 것까지는 좋았으나 괴력난신을 귀에 담고 머릿속에서 빼내지 못하는 것은 아직 그의 나이가 어리고 학식도 부족하다는 증거였다. 스스로는 가볍게 듣고 털어버렸다 여겼는데 아니었던 듯싶다. 선비는 밀려오는 자책감에 잊고 싶었던 기억들이 떠올랐다. 지금껏 깊은 산중 마을에 기거하게 된 것이 내심 억울하기만 하였는데 오늘 보니 당연한 결과였다. 무당의 한마디에 이리도 동요하는 자신에겐 지금의 처지가 안성맞춤이었다. 설상가상으로 이러한 자괴감보다도 선비가 참을 수 없는 것은 시장에 다녀오고 난 뒤부터 알 수 없는 기대감으로 설레 있는 자신이었다. 그는 해이해진 정신을 다잡기 위해 땀이라도 흘려볼 요량으로 신을 신고 마당으로 나왔다. 겨울바람은 오전보다 더욱 세차게 불었다. 계절이란 것은 사람과는 다르게 정해진 시기 절기에 맞추어 꼬박꼬박 그 도리를 다하고 있었다. 그런데 자신은 서책 하나에도 집중하지 못하여 배우는 자의 도리를 다하지 못하고 있다. 도리에 어긋남이 없는 바람을 쐬니, 선비는 상쾌해짐과 함께 부끄러움이 밀려왔다.

그는 텅 빈 마당을 바라보며 힘껏 기지개를 켜더니 유유히 한 바퀴 돌아봤다. 매서운 바람이 옷깃 사이사이를 파고들었지만 개운하니 살 만하였다. 그는 마당을 몇 바퀴 더 돌고는 집 안 세간을 찬찬히 뜯어보았다. 부엌을 더듬던 그의 시야에 지게와 거의 바닥을 보이는 장작더

미가 들어왔다. 그러고 보니 봉구 녀석이 한양으로 가고 난 이후로 며칠째 땔감을 해 온 적이 없었다. 가기 전날 도련님 춥지 말라며 장작을 한 아름 패서는 창고에 쟁여 놓고 갔는데……. 그는 홀로 있으면서 그 땔감을 다 써서는 안 될 것 같은 마음이 들었다. 선비는 이참에 봉구도 위하고 숲 속의 찬 공기로 미혹되었던 정신도 맑게 할 겸 직접 땔감을 마련해 오기로 했다. 어깨에 짊어진 지게의 무게만큼 자기 수양을 쌓아 오겠다고 다짐하면서 말이다. 그러나 사실은 내심에 자리하고 있는 설렘이 모든 일의 단초라는 것을 선비는 알 턱이 없었다.

*

예부터 설뫼*를 이르길 한가위에 쌓이기 시작한 눈이 하지에 이르러서야 녹는다고 하더니 가히 천지가 눈밭이요, 흰 바위들은 석빙고의 얼음덩이를 연상케 했다. 눈이 얼마나 쌓였는지 신고 있던 설피는 무용지물이 되어버렸고 대님으로 묶어놓은 바지 속에도 눈이 스며들었다. 선비는 겨울 산의 위용에 기진맥진해졌다. 게다가

---

* 설뫼: 오늘의 설악산.

18

땔감을 구해 오는 일이 생소한지라 선비는 막무가내로 잔가지들을 주워 모았고 점점 깊숙이 산 내부로 들어갔다. 산속에서 체감하는 시간과 공간 개념들은 책 속에서 접했던 것들과는 판이했고, 경험 없는 지식은 아무짝에도 쓸모없었다. 선비는 이미 한나절 전부터 내려가야지 하고 마음만 먹었을 뿐 같은 길만 뱅뱅 돌고 있었다. 해는 진 지 오래였고 숲에는 시나브로 밤기운이 스며들었다. 천지는 어두워져 한 발이라도 잘못 내디뎠다가는 천길만길 낭떠러지로 떨어져버릴 테고, 계속 헤매고 있다간 한겨울에 동사하기 십상이었다. '어서 길을 찾아 집으로 돌아가야만 한다.' 그러나 선비의 눈엔 이 나무가 저 나무 같았고 이 눈밭이 저 눈밭과 같아 보였다. 귀신에 홀린 것인지 재수가 없는 것인지 분간하기도 귀찮을 지경이었다. 심지어 나무 사이를 가르는 바람 소리와 부엉이 울음소리, 그리고 색색대는 자신의 숨소리가 괴괴하게 뒤섞여 산을 울렸다. 선비의 발간 두 볼이 차갑게 식어 그는 잠시 제자리에 서서 숨을 골랐다.

어둠에 눈이 익숙해졌는지 아니면 달빛을 반사시키는 눈밭 때문인지 온 산이 반짝반짝 빛났다. 아름다운 광경에 그나마 마음이 진정되자 선비는 자신이 얼마나 갈증과 허기를 참고 있었는지 알게 되었다. 집에서 출발하기

전에 주먹밥이라도 만들어 올 것을. 선비는 발밑의 얼음을 입에 넣으며 갈증과 배고픔을 추슬렀다. 그의 입안에서 사각사각 얼음이 부서지며 녹았다. 그러는 사이, 온 천지에는 오직 선비 자신과 달빛만이 존재하는 것 같았다. 마치 자신도 이미 눈 속에 스며들어서 달빛과 하나가 된 듯 경이로웠다. 선비는 거대한 자연에 취한 나머지 그 자리에서 날이 밝을 때까지 있다가 내려가도 안전할 것만 같은 생각에 사로잡혔다. 이제 그는 추운 것도 잊은 채 두 눈을 감고 월광욕 삼매경에 빠져들었다.

우르릉. 순간 하늘이 진동하는 소리가 선비의 평온을 깨고 들어왔다. 놀란 눈으로 하늘을 올려다보았을 때 하늘 먼 위에서부터 불길을 단 은병 같은 것이 포물선을 그리며 멀지 않은 곳에 떨어지고 있었다. 불길이 찢고 들어온 하늘에는 거대한 검은 구멍이 그 끝을 알 수 없는 높이만큼 뻗어 있었다. 선비는 어렸을 적에 한 번 유성을 본 적이 있지만 이렇게 가까이에서 목도한 것은 처음이었다. 그래서 눈이 멀 것 같은 은색의 불덩이를 진정 유성이라고 확신할 수가 없었다. 하지만 분명 하늘을 뚫고 들어오는 것을 두 눈으로 똑똑히 보지 않았는가. 만약 저것이 진짜 유성이라면 선비는 조선에서 유성을 지척에서 바라본 유일한 사람일 것이다. 이미 선비의 몸은 유성이 떨어진 곳을 향해 날래게 뛰고 있었다. 그는 오늘 오전부터 자신을 따라다니던 두근거림이 최고조에 이르렀음을 깨달았다. 무당이 말하던 '기이한 일'과 '귀인' 그리고 괴력난신을 멀리하고자 하는 학자의 양심이, 뛰고 있는 와중에도 치열하게 치고받고 있었다. 그저 확인하고 싶었다. 유성이 떨어진 곳. 그것이 진정 괴력난신이라면 지금 자신이 여우에라도 홀려서 이렇게 죽으러 가는 줄도 모르고 어깨춤을 추는 것일 테지만, 아니라면 이 두 눈으로 무언가를 확인할 수 있다면 그것이 진리가 될지도 모를 터였다. 이것은 순수한 지식에 대한 탐욕이 되는 것이다. 선비는 달리는 사이 나무 잔가지들에 맞고 긁히는 것쯤은 아랑곳하지 않고 단숨에 산을 뛰어넘었다. 아까는 진이 다 빠져서 한 걸음도 더 걷지 못하겠더니 지금은 심마니마냥 산을 타고 있었다. 저 멀리 나무들 사이로 눈부신 하얀 빛이 새어 나왔다. 저기에 유성이 떨어져 있으리라. 이제 선비는 쉬지 않고 뛴 탓도 있지만 흥분에 겨워 숨 쉬기도 힘들었다. 수풀 너머로, 난생처음 보는 엄청난 광채와 함께 계곡의 물 떨어지는 소리가 들려왔다. 잠시 걸음을 멈춘 선비는 호흡을 가다듬고 이내 빛 속으로 들어갔다.

차가운 얼음물이 아래로 떨어지면서 내는 마찰음과

물보라, 그리고 눈을 찌르는 빛이 일으키는 무지개가 장관을 이루었다. 폭포에서는 계속 물이 떨어졌고 그 밑에는 꽤 규모가 큰 계곡이 펼쳐져 있었다. 유성은 그 가운데에 위치한 거대한 바위 위에 내다 꽂히듯 떨어져 있었다. 주변에는 군데군데 불길이 치솟았다. 거듭 발광을 하며 '위이잉' 하는 이상한 소리를 내는 저것이 지상의 물건이 아니라는 것은 관상감 교수가 아니더라도 누구나 알 수 있었다. 과연 하늘에 박혀 있는 별이라는 것이 오묘하게도 생겼다. 선비는 경계를 늦추지 않고 천천히 한 보, 한 보, 유성을 향해 걸어갔다. 빛이 잦아들면서 유성의 윤곽이 눈에 들어오기 시작했다. 과연 은병과도 같이 광택이 나면서도 모양새는 쟁반이나 소반처럼 둥글넓적하고 얄팍해 보였다. 또한 전체가 매우 반질반질하면서 여기저기 붉고 푸르고 누런 빛들이 요란스레 흘러나왔다. 그 와중에도 '위이잉 우우웅' 하는 짐승이 않는 듯한 묵직한 소리는 계속되었다. 선비는 설핏 별이라는 것이 살아 있는 무언가는 아닌가 싶어 온몸의 촉각을 곤두세웠다. 수풀 여기저기에는 작은 불덩이들이 떨어져 있고 유성에서도 쉴 새 없이 연기가 새어 나왔다. 선비는 만약 유성이 살아 있는 것이라면 굉장히 높은 곳에서부터 떨어진 데다 온몸이 연기와 불덩이들로 뒤덮여 있으니 죽을 만큼 고통스러울 것이라는 생각이 들어, 이 불쌍한 별을 구제해주고 싶어졌다. 그는 즉시 갓을 풀고 계곡으로 뛰어들어 거기에다 차가운 계곡물을 담아 유성에게로 옮겨 뿌렸다. 두어 번을 더 반복하여 계곡물을 퍼다 뿌리니 과연 연기가 사그라졌다. 그러나 순식간에 유성 주위가 '파지직'거리며 불꽃이 튀더니 '푸슈슉' 다시 연기를 내뿜었다. 이윽고 유성은 몇 번의 연기를 더 토해내더니 빛을 잃고 더 이상 울음소리도 내지 않았다. 이 거대한 별이 결국은 지상에서 숨을 거둔 것이다. 선비는 어찌할 바를 몰라 망연히 유성을 바라보았다. 무슨 짓을 해도 더 이상 별은 살아날 가망이 없어 보였다. 선비는 안타까운 마음에 별의 몸통을 쓰다듬었다. 아직 채 식지도 않은 별이 마지막 안간힘을 다해 빛을 짜냈다. 그때, 빛이 흘러나온 곳에서 "아얏" 하는 단말마의 비명과 함께 여인이 나타났다.

 선비는 방금 자신의 두 눈으로 본 것이 믿기지가 않아 눈만 껌뻑대며 눈앞의 여인을 바라보았다. 여인 역시 선비를 보고 놀랐는지 경직된 자세였다. 달빛을 받은 여인은 눈부시도록 아름다웠다. 명주실마냥 희고 가느다란 머릿결은 풀어헤쳐져 있었으나 파도처럼 풍성하게 굽이쳤으며 두 눈은 푸른빛을 뿜었다. 살결은 진주와 같이 은은하였고 입술은 연지분을 바른 듯 붉고 도톰했다. 봄철 복사꽃이 떠오르는 그림 같은 여인이었다. 과연 생김새가 인간이 지니는 아름다움과는 다른 것이 필시 사람이 아닐 터였다. 옷차림새 역시 기묘했다. 목이 깊게 파여 쇄골이 다 보였으며 상의와 하의가 연결되어 있었다. 심지어 치마 부분은 맨다리를 내놓아 민망하기 그지없었다. 선비는 여인의 미색에 황홀했지만 동시에 어디에 눈을 두어야 할지 몰라 아찔하였다. 노란빛의 하늘거리는 옷감 또한 한 번도 본 적이 없었다. 불현듯 선비는 오전에 무당이 했던 말이 떠올랐다.

'헌데 이 귀인이란 분이 어떤 분인가 하면, 아무래도 하늘에서 내려오신 것이 아닌가 싶습니다.'

"그대는 사람이요? 요괴요? 그도 아니면 정녕 하늘에서 온 선녀요?"

처음에 놀랐던 것에 비해 선비는 진정이 되었는지 차분한 목소리로 여인을 마주하였다. 여인은 문제가 있는지 몇 번 뭐라 알아들을 수 없는 말을 중얼거리더니 손에 쥐고 있던 조그만 물체를 주먹으로 몇 대 쥐어박고는 이내 남자의 눈을 응시했다.

"아아아…… 저기 이봐요, 내 말 알아듣겠어요? 지금 이게 제대로 작동하고 있는 거야, 뭐야. 저기 이봐요, 다

24

시 뭐라고 말 좀 해볼래요? 그쪽이 대답을 해줘야 이게 설정이 제대로 되어 있는지 알 수가 있는데…… 내 말 이해했어요?"

외모만큼이나 고운 목소리는 생각보다 앳되었다.

"미안하지만 소저가 무슨 말을 하는지는 정확히 이해하지 못하였소. 어쨌든 내 말이 그대에게 도움이 되었으면 좋겠소."

"어! 나 지금 그쪽이 하는 말 알아듣고 있어요. 이제야 제대로 설정이 됐나 보네요. 아무래도 불시착하면서 기계에 오류가 생겼는지 번역기에 지정된 언어가 바뀌었나 봐요. 그래도 이젠 알아들을 수 있으니까 다행이네요. 아, 그쪽이 처음에 한 말은 하나도 못 알아들었는데 뭐……라고 했었죠? 미안해요."

최초의 대화가 성립되자 여인은 안심되었는지 일면식도 없는 선비에게 말을 쏟아냈다. 선비는 여인의 생김새부터 옷차림까지 모두 기이하다 여겼으나 그녀의 스스럼없는 태도가 가장 적응되지 않았다. 그는 정녕 눈앞의 여인이 백 년 묵은 여우 요괴라고 하여도 반박할 수 없을 것 같았다.

"낭자는 정체를 밝히시오. 사람이요? 요괴요? 그도 아니면 하늘에서 내려온 선녀요?"

"음…… 통성명 말하는 건가요? 전 그러니까 '유리아 미르'라고 해요. 그냥 미르라고 부르시면 돼요. 그리고 일단 어…… 이 별 사람은 아니니까 인간은 아닐 거예요. 그렇다고 요괴는 절대 아니고요! 음…… 근데 그쪽이 말하는 선녀……라는 게 정확히 뭘 의미하는 단어죠?"

"선녀가 뭘 의미하는 말인지 모른다고요? 허기사 하늘에 계신 분들은 자신들을 선녀라고 부르지 않을지도 모르겠군요. 사실 저도 어렸을 적 유모가 들려주던 옛날이야기를 제외하고는 서책에서 선녀를 접해보진 않았습니다. 그저 다 허무맹랑하고 성심을 어지럽히는 괴이한 것이라 치부해버렸는데 소저께서 하늘에서 내려온 것을 보니 저 역시 딱히 뭐라 정의할 수는 없겠습니다. 좌우당간 선녀는 하늘나라 선경仙境에 사는 여자 선인을 말하는 것이라 들었습니다. 또 신묘한 재주를 가졌으며 하늘을 날 수 있다 하더이다."

"음…… 백 퍼센트 이해하진 못하겠지만, 그러니까 선경이라는 곳이 저기 하늘 위에 있다는 거죠?"

여자가 가리킨 곳은 은하수 펼쳐진 밤하늘의 별들 사이였다.

"정확한 위치는 모르지만 아마 저 하늘 속 어딘가라고

하더군요."

"음…… 아무래도 여기서는 제가 떠나온 별을 육안으로 확인한다는 건 불가능하겠네요. 저기 은하수 보이죠? 저는 정확하게 저 너머 133억 광년 정도 떨어진 트레나Träne 은하에서 왔어요. 꽤 멀어서 친구들이 첫 여행지로 지구는 별로라고 했는데. 말 안 듣고 여기까지 왔더니 결국 대형 사고 하나 쳤네요. 아무튼 그쪽이 말하는 선녀인가 뭐시긴가가 제가 맞는 거 같아요. 보셨다시피 저는 저 먼 하늘에서 내려왔고, 그리고 음…… 기기만 있으면 하늘이야 얼마든지 날 수 있고요. 아무래도 저, 선녀 맞나 봐요! 그거 좋은 거죠?"

선비는 어딘가 미심쩍었지만 어쨌든 그녀가 하늘에서 내려온 것만은 부정할 수 없었다. 무엇보다도 그의 눈에 그녀는 정말 이상적인 선녀의 모습이었다.

"좋은 것이지요. 대게 천인들이란 도를 모두 깨우치고 인간 속세에서 벗어나 진리를 찾은 분들이시니 존경스러운 분들이 아닐 수 없는걸요. 이런 겨울 산속에서 선녀를 만나다니 누가 상상이나 했겠습니까? 뭐 들었던 바와는 달리 학도 없고, 장기판도 없지만 가까이서 별을 보게 되다니 감개가 무량합니다. 그런데 선녀들은 날개옷을 입고 내려오는 줄로만 알았는데 그게 아니었나 보군요. 별을 타고 내려오는 것이었어요."

"별요? 혹시 지금 저거 보고 말씀하시는 거예요? 저거 별 아닌데……. 지구에도 우주비행선은 있잖아요? 저것도 같은 개념으로 보시면 돼요."

'지구'라느니, '비행선'이라느니 선비는 도통 여인이 하는 말을 알아들을 수가 없었으나 다 '하늘 말'이려니 하고 여겼다.

"아! 그러고 보니, 그쪽은 누구시죠?"

갑자기 떨어지는 바람에 정신이 하나도 없는지라, 내리고 나서도 천지분간이 가지 않았는데 이야기를 하다 보니 머리가 깨어났다. 그제야 여자도 눈앞에 서 있는 남자의 모습을 제대로 훑어볼 수 있었다. 생소한 복장에 고깔과는 다른 챙이 넓은 검은 모자를 쓴 남자의 얼굴은 달빛을 받아 꽤나 희었다. 짙은 눈썹에 그만큼 소복한 속눈썹 아래로 맑은 눈동자를 가졌으며, 발개진 두 뺨은 어린 소년의 냄새를 물씬 풍겼지만 전체적으로 정갈한 인상을 주는 사내였다.

"제 이름은 정휘지이고, 본관은 연일, 자는 청야, 호는 교학이라 합니다. 그냥 편히 '정 도령'이라 부르시면 될 것입니다. 그리고 땔감을 하러 숲 속에 들어왔으니…… 나무꾼이겠지요."

"나무꾼⋯⋯이구나. 그런데 혹시 실례지만 여기가 한국이 맞나요?"

"한⋯⋯국이라고요? 그건 나라 이름입니까?"

"네, 지구 북반구에 위치한 나라라고 들었어요. 사실 지금 제가 정신이 하나도 없네요. 아까 불시착하면서 운전대에 살짝 박았거든요. 역시 행성 여행이라는 게 쉽지가 않네요. 지구 궤도로 진입하는데 계산에도 없던 자기 폭풍을 맞는 바람에 설정해놓은 좌표도 이탈하고 여기로 추락한 거 있죠? 아까 생각만 하면 정말 꼼짝없이 죽는 줄 알았다니까요. 휴, 예정대로라면 지금쯤 활주로 타고 내려와서 입성入城 수속 밟고 있어야 하는데 재수가 없죠."

인생이란 항상 예측 불가능한 상황과의 조우라고 해도 과언이 아닐 것이다. 휘지에게는 현재 미르와의 만남이 그러했고 갈수록 알아먹지 못할 미르의 말이 그러했으며, 미르에겐 휘지를 비롯한 불시의 사고가 그러했다.

사실 미르에게 이번 외계 행성 여행은 특별한 의미였다. 미르의 별에서는 성년식의 일환으로 부모님으로부터 독립하여 떠나는 첫 단독 여행은 필수 사항이었다. 홀로 맞닥뜨리는 거대한 세계와 그 속에서의 유연한 대처, 경험이야말로 어엿한 어른으로의 첫 발로이기 때문이다. 그렇기에 성년식 철이 되면 미르의 별에서는 젊은 여행자들의 수가 급격하게 늘어 출국 게이트가 마비되곤 하였다. 일반적으로 대다수의 어린 여행자들은 자기 별이 속한 은하 내에서 여행지를 정하는 경우가 많았지만 미르는 예전부터 통신으로 펜팔을 나누던 지구인 친구로 인해 먼 지구 여행을 결심하게 되었다. 워낙 먼 별인지라 지구 여행에 대한 부모님의 반응은 무척이나 회의적이었고 주변 친구들의 만류도 이만저만이 아니었다. 미르로서는 자신이 여행도 혼자 못 다녀오는 바보 천치가 된 기분이라 오히려 괜한 반항심과 할 수 있다는 자만심만 범벅이 되어 결국은 독단적으로 여행을 진행시켜 버렸다. 고로 미르에게 이번 여행은 어른으로서의 첫 여행이자 반드시 성공시켜야만 하는 여행이었다. 그러나 인생은 기대했던 대로 호락호락하게 흘러가주질 않았고 지금 등 뒤에서 연기만 뿜어내는 비행선이 현실이었다. 아마 사고를 냈다는 걸 부모님이 알게 된다면 당장 소환은 물론이요, 이후 3년 동안은 절대 혼자서 여행길을 나설 수 없게 될지도 몰랐다. 미르는 잔소리와 간섭, 그리고 창피함을 생각하니 목이 졸리는 느낌이 들어 퍼뜩 정신이 들었다. 앞에는 여전히 휘지가 서 있었다.

"어쩌면 한족을 한국으로 잘못 들은 것이 아닌가 싶습

니다. 한국은 들어본 바 없지만 한족이라면 잘 알고 있지요. 선경에서는 명나라를 한족이 세운 국가라 하여 한국이라 부르고 있을 수도 있겠군요. 제 대답이 도움이 되셨습니까?"

"아…… 저도 지구인이 아니라서 뭐가 뭔지 확실히 모르겠네요. 명나라는 또 어떤 나란가요? 그냥 좌표를 검색해보는 게 더 빠를 것 같네요."

미르는 지쳤는지 한숨을 내쉬고는 손에 들고 있던 기계를 몇 번 눌러 공중에 홀로그램을 띄웠다. 휘지는 갑자기 공기 중에 피어오른 허상을 보고 무척이나 놀랐으나 별 내색은 하지 않고 속으로만 '선경에 사는 선녀들은 참 희한한 물건들을 가지고 있구나' 하며 침을 꿀떡 삼켰다.

"그러니까, 좌표가 지구 본초 자오선을 기준으로 북위 33에서 34도에 동경 124에서 132도 맞고, 당해 연도는 지구력 2608년 8월 5일……이어야 하는데."

순간 미르의 눈에 당혹감이 비치더니 얼굴이 창백해져, 숨쉬기 곤란해 보이기까지 했다. 그녀는 눈에 보이는 수치를 부정하려 인상을 찌푸린 채로 고개를 저어보았지만 홀로그램이 나타내는 숫자는 전혀 바뀌지 않았다. 휘지는 지금 상황이 어떻게 돌아가고 있는지를 가늠

할 수 없어 그저 미르의 안색을 살피는 것이 전부였다. 사실 휘지는 미르의 창백한 얼굴을 보고 그녀가 맥없이 쓰러지는 것은 아닌가 하고 염려스러운 마음이 더 컸다.

"뭐, 잘못된 것이라도 있습니까?"

"아니, 그게, 그게 말이죠. 날짜가 이러면 안 되는 거거든요. 날짜가, 날짜가…… 난 태어나서 이런 날짜는 보지도 못했단 말이에요. 이게 그러니까 이게 이러면 안 되는 거거든요."

미르는 망연자실해 숫자만 들여다보고 했던 말만 반복했다. 점점 그녀의 작은 어깨가 들썩이기 시작하더니 종내에는 두 다리가 무너져 내려서 차가운 눈밭으로 쓰러졌다. 미르의 엉덩이가 바닥에 닿기 직전에 휘지는 가까스로 그녀의 어깨를 잡아 털썩 주저앉는 것을 막았다. 미르의 떨리는 몸을 잡고 있던 휘지의 손등에 시린 눈물이 떨어졌다.

"이게, 진짜 이러면 안 되는데…… 어쩐지 전부 다 이상하다 했어. 아무리 먼 별이라고 해도 지금까지 검색했던 거랑 너무 판이하잖아. 계절도 바캉스 날짜 맞춰서 8월 달로 결정했는데 너무 춥고. 1608년이 뭐야, 1608년이. 완전 천 년 전이잖아. 어떻게 이런 일이 일어날 수 있어! 시간을 뛰어넘는 설정은 해놓은 적도 없는데. 과거

여행 하는 건 전 우주적으로 금지 조항이라서 비행선 제
조 업체에서 절대 금기인데. 어떻게 시간을 넘었냐고,
시간을. 나 이제 집으로 어떻게 돌아가야 되지. 나 어떻
게 해. 엄마……."

미르는 휘지에게 기댄 채 아이처럼 엉엉 울어버렸다.
막막하고 무섭고, 어찌할 바를 몰라서 자기도 모르는 새
에 눈물이 하염없이 흐르는 것이었다. 휘지는 휘지 나름
대로 여인네를 이리 지척에서 가까이 대해본 적도 없었
으며, 살결도 스쳐본 적이 없었기에 우는 미르를 떨치지
도 못하고 어정쩡한 자세로 최대한 서로의 신체가 닿지
않도록 애를 쓰고 있었다. 반 식경쯤 시간이 흘렀을까?
충분히 성에 찰 만큼 눈물을 뽑아낸 미르의 입에서 울음
소리가 그쳤다.

"에취!"

기침이 요란하게 계곡을 울렸다. 미르는 너무 추운데
입을 옷도 마땅치 않아서 다시 서러움이 폭발할 것 같았
다. 그런데 예상치도 못했던 옷감의 감촉이 그녀의 어깨
를 감싸 안았다. 갑작스러운 따스함에 미르가 고개를 들
어보니 휘지가 자신이 입고 있던 장의를 벗어 그녀의 어
깨를 감싸고 있었다. 눈물도 채 마르지 않은 미르의 눈
이 휘지의 눈과 몇 초간 마주쳤고, "어험" 하는 소리와

함께 겸연쩍은지 휘지 쪽에서 먼저 고개를 돌렸다. 휘지는 두어 번 더 헛기침을 하더니 빤히 쳐다보는 미르에게 '추워 보이는지라' 하며 들릴까 말까 한 소리로 중얼거렸다. 미르는 휘지의 그 하는 양이 생김새만큼이나 소년 같아서 기분이 풀렸다. 그녀는 흘러나오려는 콧물을 마저 훌쩍이곤 휘지를 향해 말을 이었다.

"고마워요. 덕분에 기분이 좀 나아졌네요. 아마 믿으실지 모르겠지만 제가 지금 굉장히 당혹스러운 일을 당해서요."

"부러 기분을 풀어드리려고 한 행동은 아니었는데 기분이 풀리셨다면 다행입니다. 선녀께서 하시는 하늘 말씀이나 저기 띄워놓으신 허상 같은 것을 온전히 이해할 순 없지만 어려운 일을 당하셨다는 것은 알겠습니다."

"하, 전 도령이 말하는 선녀가 아니에요. 하늘에서 왔다 하시길래 제가 선녀인 줄만 알았는데 그거, 아닌 거 같아요. 저, 그러니까 말 높여 하지 않으셔도 돼요."

"하늘에서 내려오시는 것을 이 두 눈으로 똑똑히 보았는걸요. 게다가 어찌 여인네에게 함부로 말을 할 수 있겠습니까. 높여 말하는 것은 제 말버릇 같은 것이니 괘념치 마십시오. 허나 소저께서 선녀가 아니라 하신다면 굳이 선녀라 이르진 않겠습니다. 다만 어려운 일이 있으신 듯한데 제가 도울 수 있는 것이 있겠습니까?"

"글쎄요. 지금 저도 뭘 어찌해야 좋을지 모르겠는데, 1608년의 도령께 뭘 도와달라 청해야 할지…… 머리가 온통 새카맣네요."

"원래 갑작스레 어려운 일이 닥치면 모두가 혼란스러운 법이지요. 하늘의 사람이라고 어찌 다르겠습니까? 그런 때일수록 몸을 챙겨야 하는 것이라고 들었습니다. 지금 당장 무엇을 해야 할 것인지 떠오르지 않으신다면 일단 소저의 몸이 차니 산을 내려가심이 먼저일 듯싶습니다."

"저…… 마땅히 갈 곳이 없습니다."

"말씀하지 않으셔도 제 거처로 모시려고 했습니다. 누추하겠지만 산속보다는 따뜻할 것입니다. 먼저 몸을 녹이시고 다음 일을 생각해보십시오."

"도령, 진짜 진짜 고마워요. 제가 나중에 이 은혜는 꼭 갚을게요."

"보은을 바라고 하는 일이 아닙니다. 밤길이라 위험할지 모르니 정신 바짝 차리시고 제 뒤를 따라오셔야 할 겁니다."

"예, 도령. 그런데 우주선은 챙겨두어야 하니까 잠시만 기다려줄래요? 고쳐질지 어쩔지 모르겠지만 일단은 이게 유일한 희망이니까 여기 두고 갈 수 없어요."

"이리 큰 별을 어찌 보관하시려고……."

"그건 걱정할 필요가 없어요. 일단은 나노 입자로 치환해서 이렇게 요 기계 안에 넣어두면 되거든요. 다 됐네요. 그럼, 앞장서세요!"

미르의 말이 끝나기 무섭게 그 커다랗던 별이 가루가 되어 사라졌다. 휘지는 자신이 지금 도통 현실에 있는 것처럼 느껴지지가 않아 미르가 보이지 않는 곳으로 고개를 돌려 볼을 세게 꼬집어보았다. 언 볼을 세게 비트니 얼얼했다. 참으로 요상한 하루라 이제 일일이 놀라기도 번거로워 휘지는 그저 던져두었던 지게를 다시 등에 짊어지고 산을 내려가기로 했다. 내려가는 내내 휘지는 미르가 넘어지지는 않을까 재차 뒤를 돌아보았다. 어쩐지 바람은 차분하게 가라앉는 듯했고, 헤매던 산길도 별빛이 비춰주어 자연스레 트였다. 가히 하늘나라 선녀님과 함께 있으니 하늘도 돕는구나.

3.

휘지는 좁은 방 안에 여인을 들인 적이 없었기에 아까부터 손바닥에서 땀이 삐질삐질 샘솟았다. 그것을 아는지 모르는지, 미르는 세상모르게 잠만 자고 있었다. 반면 휘지는 밤새 한잠도 자지 못하고 뜬눈으로 봉구가 지내던 차가운 골방에서 날을 새는 중이었다. 지난밤 휘지가 살고 있는 낡은 초가집에 도착했을 때 미르는 새파랗게 질려 벌벌 떨었다. 아무래도 미르에게 지구의 겨울 날씨는 견디기 어려울 정도로 추웠나 보다. 미르는 달달거리는 이를 억지로 꽉 물고 어떻게든 참아보았지만 정신이 혼미해지는 것을 막을 수 없었다. 휘지는 사색이 된 미르를 보고 이러다 사람 잡겠구나 싶어 재빨리 방 안에 이불을 깔고 그 안에 뉘였다. 그러고는 부엌으로 들어가 아궁이에 불을 지폈다. 아랫목이 어서 뜨거워질 수 있게 그는 남아 있던 장작을 있는 대로 불 속에 집어 던졌고, 더불어 가마솥에 물을 부어 끓이는 것도 잊지 않았다. 불씨를 조금 덜어 방 안 화로에 옮기는 것까지 다 마치고 나서야 휘지도 겨우 방바닥에 엉덩이를 붙일 수 있었다. 어느새 미르는 죽은 듯이 자고 있었고 휘지는 이번에야말로 진정 온몸의 진이 다 빠져나가는 것만 같았다. 마음 같아서는 휘지 역시 방바닥 아무 곳에라도 몸을 뉘이고 싶었지만 여인과 한방을 쓸 수는 없는 노릇이었다. 울며 겨자 먹기로, 비어 있는 봉구의 방으로 피신했지만 그마저도 가슴이 선득선득해서 잠을 이

룰 수 없었다.

그는 초를 하나 밝혀 서책을 읽을까도 고민해보았지만 역시 눈에 들어올 것 같지 않아 그만두어버렸다. 그저 방 안으로 새어 들어오는 달빛을 벗 삼아 멍하니 골방에 앉아 오늘 일을 되새겨보았다. 하늘에서 유성을 타고 내려온 미르의 모습이 휘지의 머릿속에서 눈부시게 재현되었다. 가히 천상의 선녀라 그런지 절색이라 할 만하였다. 여인 보기를 돌과 같이 하기로 소문난 휘지였거늘 일각이 넘도록 한 여인을 떠올리기는 난생처음이었다. 그는 어색하기도 하고 난잡히 여겨져서 머리를 털었다. 잡생각으로 하루를 꼬박 샌 휘지는 세수라도 할 작정으로 마루로 나섰다. 아직 해가 뜨지 않아서인지 바깥은 새카만 어둠과 희뿌연 안개가 은은하게 섞여 있었다. 당장에라도 휘지의 등 뒤에서 도깨비가 튀어나올 것만 같은 새벽이었다. 휘지는 콧구멍을 뚫고 들어오는 차가운 공기에 정신을 차리고 좌우를 살폈다. 아무도 없는 것을 확인하자 괜히 마음을 졸였던 것이 무안하여 헛기침이 나왔다. 그는 밤잠을 설친 탓에 경망스럽게 두어 번 하품을 했고, 밤새 추위에 웅크리고 있느라 뭉친 근육들을 풀어주기 위해 기지개를 켰다. 한참 동안 몸을 휘젓던 휘지의 눈에 미르가 누워 있는 방이 들어왔다.

'얇은 벽 너머에 여인이 누워 있다.'

휘지는 자신도 모르게 침을 꼴딱 삼킨 바람에 깜짝 놀랐다. 깜깜한 새벽이라 유독 침 넘어가는 소리가 크게 울렸다. 도둑이 제 발 저린다고 잠시나마 불측한 마음을 품었던 것이 죄스러워 휘지는 머리가 어지러웠다. 벗을 따라 기방에 가는 것도 손사래를 치던 위인이었는데, 암만 돌아봐도 지금 제 하는 짓이 여간 잔망스럽지 않아 어처구니가 없을 지경이었다.

홀로 앞마루만 애꿎게 왔다 갔다 하던 그는 별안간 무슨 결심이라도 섰는지 괭이마냥 조심스레 한 발 한 발 소리를 죽여 방문 쪽으로 다가갔다. 속으로는 '이게 대체 무슨 짓인가'를 연발하면서도 휘지는 결코 걸음을 멈추지 않았다. 어느새 그의 속적삼은 은근히 배어 나오는 식은땀으로 인해 축축하게 젖어버렸다. 이제 휘지는 아예 자신의 한쪽 귀를 문에 들이대고 방 안의 동태를 살피기 시작했다. 조금 더 흥분했더라면 아마 어린아이처럼 문풍지를 손가락으로 뚫고 눈을 들이댔을지도 몰랐다. 지금 누군가 문에 딱 달라붙어 있는 이 교교한 어린 선비를 보았더라면 수상하다기보다는 너무 어색해서 웃음이 나왔을 것이다. 아무튼 휘지는 홀린 것처럼 얇은 문짝에 달라붙어 안에서 새어 나오는 미르의 숨소리까지 헤어보는 중이었다.

그때 위태로운 기침 소리가 문풍지를 통과했다. 갑작스러운 방 안의 소리에 흠칫 놀란 것도 잠시, 속을 긁어내며 우러나오는 미르의 기침이 심상치 않아 보였다. 몇 번을 더 망설이던 휘지는 방 안으로 살며시 들어갔다. 미르는 미동도 없이 고요히 잠든 듯 보였지만 가끔 굵고 거센 기침을 뽑아냈고, 그럴 때면 만면에 괴로움이 드러났다. 휘지는 앓고 있는 그녀가 마치 한양에 있을 갓 돌이 지난 그의 조카처럼 느껴져 마음속을 뒤흔드는 연민과 애달픔이 발동하였다. 가만히 있을 수가 없어진 그는 미르의 이마에 자신의 서늘한 손을 얹어 열을 식혀준 후, 부엌으로 가 미지근한 물을 대야에 받아 들어왔다. 뜨거운 이마에 물수건을 연거푸 대어주자 미르의 숨소리는 한결 차분해졌고, 휘지 역시 한숨을 돌릴 수 있었다. 그는 그녀를 들여다보았다. 미르는 정말이지 갓 돌이 지난 그의 어린 조카를 닮은 구석이 있었다. 솜털이 보송보송한 붉은 볼과 솔잎처럼 풍성한 눈썹은 아예 빼다 박았다고 해도 과언이 아니었다. 휘지는 그제야 자신이 미르에게 왜 이리 꼼짝없이 잘해주었는지를 알 것 같았다. 유배를 오는 바람에 자주 들러보지 못한 조카에 대한 그리움이 미르에게 투영된 것뿐이었다. 휘지는 잔뜩 뒤죽박죽으로 엉겨 있었던 마음의 잡음들이 제자리를 찾아간 듯하여 기분이 좋아졌다. 이건 잔망스럽거나 해괴한 사내의 마음이 아니었다고. 그는 날이 밝으면 저잣거리 약방에 들러, 미르의 고뿔에 좋을 약재를 한 첩 지어 와야겠다고 생각했다. 이제 발끝부터 머리꼭지까지 곤비해진 휘지는 눈꺼풀이 무거워지는 것도 감지하지 못한 채 미르의 이부자리 옆으로 고꾸라져버렸다.

미르가 눈을 떴을 때는 이미 정오를 한참 지나 누워 있던 이불께로 햇살이 스며들어서 눈살이 찌푸려질 정도였다. 전날 밤, 열에 한창 들떠 먼 타지에서 홀로 비명횡사하는 것은 아닌가 하고 끙끙 앓았었는데 어디선가 기분 좋을 정도의 서늘한 손이 이마를 도닥여주었다. 커다란 손이 못내 듬직하고 포근한 향이 나서 미르는 왠지 고향 집에 돌아온 착각에 빠졌다. 하지만 눈을 뜨니 여전히 그녀는 미지의 세계에 떨어져 있었다. 가벼운 한숨을 흘리고 미르가 몸을 옆으로 돌리자 작은 뒤척임이 느껴졌다. 놀란 마음에 옆을 보니, 사내가 곤히 잠들어 있었다. 사내의 둥둥 접어 올린 소매 단과 바닥 여기저기에 늘어져 있는 대야는 전날 밤 그가 얼마나 열심히 그녀를 간호했는지 가늠할 수 있게 하였다. 미르는 생경한 타지에서 맨 처음 만난 이 미남자의 얼굴을 드디어 가까이서 관찰해보았다. 시원하게 뻗어나간 짙은 눈썹은 그가 성년에 가까운 사내임을 알려주었으나, 오물오물 움찔대는 도톰한 입술은 그 속에 숨어 있는 소년의 면모를 내비쳤다. 곧 미르의 시선은 결이 곱고 소복한 휘지의 속눈썹으로 옮아갔다. 미르는 흑단 같은 그 속눈썹을 손가락 끝으로 조심스레 만져보았다. 잠시 파르르 떠는가 싶더니 이내 차분해진 눈썹을 미르는 약이라도 올릴 심산인지 톡톡 건드렸다 도망가기를 반복했다.

"도련님, 저 왔어요. 봉구가 왔습니다!"

우렁찬 목소리가 마당을 쩌렁쩌렁 울리더니 누군가 거칠게 방문을 열어젖혔다. 미르는 물론이거니와 자고 있던 휘지마저 깜짝 놀라 벌떡 일어나는 바람에 의도치 않게 미르는 휘지의 품에 안겨 있는 형세가 되어버렸다.

"도련님! 이게 무슨 모양새요? 지금 뭐하고 계시는 겁니까?"

상대는 외마디로 '도련님'을 외치며 큰 눈을 부라렸다. 얼결에 서로 안고 있던 터라 미르와 휘지도 당황하여 냅다 서로를 밀쳐냈다.

"아니, 이 백주대낮에 이게 무슨 해괴한 일이래요? 도련님, 한 번도 여인네 때문에 속 썩인 적 없으시더니 드디어 사춘기가 온 것이요, 어쩐 것이요. 이놈 없는 동안 날을 잡아서 아예 계집을 방으로 들이신 겁니까? 해가 중천에 떠 있는데 하늘 보기가 부끄럽지도 않소? 이놈은 우리 도련님이 이러실 줄은 몰랐구먼요. 한양서부터 여기까지 한 번 쉬지도 않고 한달음에 달려왔더만 이게 웬 봉변이요, 봉변은……."

한바탕 휘지를 몰아세우는 이 보리투수바리*처럼 생긴 사내가 바로 한양에 심부름 보낸 봉구였다. 봉구는 휘지의 말은 들으려고도 하지 않고 우는 흉내까지 내며 다시 말을 이어나갔다.

"변명 마오. 도련님, 변명 마십시오. 어디 사내대장부가 이만한 일에 변명부터 하려 하십니까? 허기사 도련님도 사내인데 어찌 여인이 그립지 않으시겠소. 그러니 처음부터 장가를 가셨으면 유배지도 홀로 쓸쓸히 오지는 않으셨을 거 아니오. 이놈, 같은 사내로서 도련님 그마음 이해는 합니다. 하지만 이해는 해도 우리 도련님이 이러시면 아니되는 것이지요. 암요, 이놈 한양서도 그날고 긴다는 일패 기생들만 있다는 모란각 구경도 가지 않았습니다요. 우리 도련님 검은 물 드실까 두려워 나부

---

* 삐죽삐죽한 보리랑 찌개 따위를 끓이거나 담을 때 쓰는 오지그릇, 뚝배기를 뜻하는 투수바리를 합친 경상도 방언으로 투박하고 못생긴 사람을 이르는 말.

터 몸 사렸는데 이러시면 이 봉구는 어쩌란 말입니까."

깜빡 잠이 든다는 것이 하필이면 미르의 옆이었나 보다. 방금 전 상황은 누가 보더라도 오해의 소지가 있을 광경이었다. 허나 휘지에게 미르는 단지 안쓰러워서 신경이 쓰이는 어린 조카에 불과했다. 간밤 얼마나 많은 고민과 유혹 속에서 찾아낸 해답이었던가. 그는 흔들림 없이 부드러운 어조로 봉구를 타일렀다.

"봉구야, 네 지금 무슨 말을 주절거리는 것이냐? 버릇이 없구나. 소저께서 불쾌하시겠다. 네가 지금 오해를 한 듯한데 여기 소저와 나는 네가 생각하는 해괴한 짓은 한 적이 없구나. 그래, 소저께서 갑작스레 어려운 일을 당하셔서 거처가 마땅치 않으시다기에 이곳으로 모신 것뿐이다. 그러니 아가씨께 함부로 굴지 말거라."

"어려운 일을 당해요? 어디서 갑자기 듣도 보도 못한 여인네가 나타나서는 도련님께 어려움을 호소한단 말입니까. 도련님께 올 바에야 관아에 가는 것이 더 낫지요. 이상한 것이 한두 가지가 아닌 여인이구먼요. 이놈이 멍청하고 우둔하여도 이거 하난 딱 보입니다. 저 요망한 계집이 우리 순진하고 착한 도련님의 측…… 츠…… 아, 맞아요, 그거, 측은지심. 그걸 이용해서 들러붙을 요량인 것 같은데, 도련님 혼자 계셨으면 모를까, 이 북촌동 황 봉구가 곁에 있는 한 어림도 없다 이겁니다!"

"봉구야! 네 소저를 면전에 두고 어찌 그런 망측한 소리를 하는 게냐. 당장 사죄드리거라. 아니다, 내 주인으로서 하인 하나 제대로 관리하지 못했으니 내 죄다. 내가 사죄드려야 옳은 일이다. 소저, 이 우둔한 놈이 오해를 하여 소저께 불경한 소리를 하였습니다. 다시는 이런 일이 없도록 할 터이니 노여우시더라도 마음 푸십시오."

"아니, 도련님! 도련님이 어찌 그리…… 말씀하십니까. 아이고, 예예. 쇤네가 잘못했습니다요. 쇤네가 아가씨께 함부로 굴었습니다. 아이고, 아가씨, 송구합니다. 이 천한 놈이 어쩌자고 나오는 대로 마음을 흘렸소이다. 그러니 노여워 마시고 한 번만 용서해주십시오."

두 사내가 서로 잘못했다 하니 미르는 난처한 표정이 되어 휘지와 봉구의 눈치를 살폈다. 휘지는 진심으로 미안했던지 눈썹이 여덟 팔 자로 휘었고, 봉구는 입으로는 사죄하고 있었지만 여전히 그 큰 눈을 희번덕거리며 미르를 흘기고 있었다. 그 기세에 주눅이 들어 미르는 기어드는 목소리로 말하였다.

"괜찮아요. 제가 봉구 씨 허락도 없이 불쑥 집에 들어왔는걸요. 여긴 도령뿐 아니라 봉구 씨도 함께 사는 곳인데 기분이 상하셨을 수도 있지요. 사과는 오히려 제가 두 분께 해야 되는 것을요. 도령, 감사해요. 그리고 봉구 씨도 제게 미안해할 필요 없어요. 제가 죄송하죠."

"아닙니다. 소저와 같이 귀한 분께 요망하다는 말은 당치도 않습니다. 다시 한 번 사죄드리오."

제 주인 하는 양이 마음에 차지 않는지, 봉구는 입을 댓 발로 내밀고 비죽이며 계속해서 눈으로 으름장을 놓았다. 미르는 기가 죽어 얼굴이 샐쭉해져버렸다. 휘지가 봉구의 행태에 가볍게 '어허!' 하고 주의를 줄 때까지도 봉구는 여전히 시선을 거둘 생각을 하지 않았다. 그러나 봉구는 생김새와는 달리 제법 머리를 굴릴 줄도 알았으며 여우 같은 면이 있는 사내였다. 잠시 후 그는 방법을 바꿨는지 미르를 향해 순박한 말투로 인사말을 건넸다.

"인사가 늦었습니다요. 안녕하십니까, 아가씨. 저는 우리 도련님을 모시는 봉구라고 하옵니다. 초면에 무례가 이만저만이 아니었습니다요."

"하하, 이 아이가 이리 우락부락하고 왈왈거리며 성을 자주 내는 듯싶어도 마음은 여리고 순한 녀석입니다. 이 녀석이 제 주인에게 놀란 가슴을 소저께 대신 풀어버린 것이니 아무쪼록 잊어주십시오."

"아니에요. 전 진짜 괜찮아요. 저라도 처음 보는 여자가 방 안에 있으면 깜짝 놀랐을걸요. 봉구 씨, 괜찮아요."

미르가 생긋 웃으며 봉구를 바라보자 그는 퍼뜩 놀랐는지 헛기침을 하며 괜히 방 천장을 두리번거렸다. 그러면서도 그는 경계는 풀지 않고 미르의 안색을 엿보았다.

　"감사합니다요, 아가씨. 말 높여 하지 마시고 이놈 부르실 땐 그저 '봉구야' 하셔도 됩니다. 그런데 송구하옵게도 한 말씀 올리겠습니다요. 우리 도련님이랑은 대체 언제부터, 어떻게 만나셨습니까?"

　"어허, 봉구 이놈이. 말 삼가래도. 내 너에겐 이리 조르지 않아도 다 설명해주마. 아가씨는 밤새 고뿔을 앓으셨다. 지금도 안색이 좋지 못하시니 더 이상 괴롭히지 말고 나랑 방에서 나가자꾸나. 내 자리를 옮겨 상세히 설명해주마."

　"아닙니다. 나가지 않으셔도 돼요. 밤새 편히 잤고, 도령께서 극진히 간호해주셔서 그런지 몸이 가뿐한걸요. 그리고 봉구 씨도 초면인데 제가 어떻게 말을 놓겠어요. 그냥 봉구 씨라고 부를게요."

　미르는 양팔을 파닥거려 짐짓 너스레를 떨며, 자신의 건강함을 확인시켜주려 애를 썼다. 그 모습에 휘지는 도로 자리에 앉으며 봉구에게 다상을 봐 올 것을 부탁했다. 서로서로 궁금한 것이 많은 만큼 본격적으로 이야기를 시작할 요량이었다. 봉구가 다상을 가지러 부엌으로

들어가자 휘지는 미르에게 가까이 다가가 귓속말로 속
삭였다.

"봉구가 선하고 다른 곳에 말을 옮기는 아이는 아니지
만 부러 소저의 신분을 밝히는 것은 미루도록 하는 것
이 좋겠습니다. 소저께서 하늘에서 오셨다고 하여도 증
거가 없는 한 허언에 불과해 보일 수밖에 없습니다. 괜
히 정신 나간 사람으로 보일 수도 있으니 그저 갈 길을
잃은 참에 겨울 산에 쓰러져 계시던 걸 제가 모셔왔다고
저희끼리 입을 맞추어놓는 것이 좋겠습니다."

미르는 돌연 가까워진 휘지의 얼굴과 그의 입김에 적
잖이 놀라 얼굴이 붉어졌다. 괜스레 귓가가 간질간질하
고 어깨가 오그라드는 것이 오묘한 기분이었다. 그녀가
겨우겨우 그의 말에 긍정의 뜻으로 고개를 끄덕이려던
찰나, 문밖에서 봉구가 큼큼거리며 들어왔다. 휘지는 봉
구를 발견하곤 아무 일 없었다는 듯이 너털웃음을 지으
며 입을 열었다.

"너도 추운 날씨에 산 타고 물 건너 예까지 오느라 고
생스러웠을 것이고, 아가씨도 일어나셨으니 입이라도
축여야겠지. 봉구 너도 이리 와 아랫목에 앉거라. 따뜻
하게 데워놓았다. 다기는 이리 주고. 차는 내가 우려줄
터이니 너도 고단한 몸, 쌓인 여독을 푸려무나. 그래, 한

양 본가에 계신 부모님께선 무탈하게 잘 계시던?"

봉구는 휘지가 말을 돌리려는 것을 눈치챘지만 제 주인 말마따나 쉬지 않고 걸어오느라 다리가 와들와들 떨리기도 했기에 가만히 아랫목에 가서 자리를 잡았다. 따뜻한 아랫목에 앉으니 피곤이 풀리면서 미르를 향한 경계심도 아주 조금 풀리는 것 같았다. 게다가 도련님께 주인어른의 안부를 전할 생각에 뿌듯함이 밀려오기도 했다. 자연히 표정이 온화해진 봉구는 좀 전과는 딴판으로 유순한 황소가 되어 있었다. 집채만 한 몸집은 변치 않았지만 그의 눈망울은 소의 그 맑고 까만 흑주를 닮았다. 미르 역시 처음 봤을 때의 무서움은 사라지고 저 덩치 큰 사내와 친해지고 싶었다. 뭔가 구수하면서도 듬직한 면이 제 아버지를 떠올리게 했기 때문이다.

"예, 한양의 주인어른과 마님께서도 잘 계십니다. 큰 도련님이랑 작은마님, 그리고 아기씨도 건강히 계시고요. 다만 다들 이 추운 날씨에 얼음장 같은 양양에 계실 도련님 걱정하느라 잠시 안색이 어두워지시긴 했습죠. 그래도 이놈이 도련님 탈 안 나게 잘 보필하겠다고 안심시켜 드렸더니 괜찮아지셨습니다. 아, 그리고 주인어른께서 제 편으로 서찰을 보내셨습니다요. 여기…… 옷섶 안쪽에 잘 넣어서 가지고 왔지요. 젖기라도 하면 큰일이 아닙니까, 헤헤. 그리고 마님께서 도련님 드리라고 이것저것 바리바리 싸주셔서 이놈이 무거워 혼이 났습니다. 조금 있다가 오랜만에 조기 구워서 한 상 잘 차려드리지요."

몸이 훈훈해지니 봉구는 술이라도 한잔 걸친 듯 시뻘겋게 달아올라 신나게 말을 해나갔다. 본가 소식은 물론이거니와 요새 한양에는 어떤 일이 화두인지, 도련님 좋아하실 법한 신간 서책들이 세책가 가득 들어온 소식이라든지, 입만 열면 온통 휘지를 위한 이야기들을 쏟아냈다. 이런 봉구를 보고 있자면 누구라도 그가 세상에 둘도 없을 훌륭한 종자라는 것을 알 수 있었다. 휘지를 위하는 그의 마음은 그들이 양양에 내려온 지 한 달 만에 파다하게 퍼져, 양양 고을 양반 댁 가솔들은 한동안 봉구와 비교당하느라 상전들에게 타박과 지청구를 들었다고도 한다. 미르는 봉구가 들려주는 이야기가 재미있는지 연신 방글거리며 귀를 기울이고 있었고, 휘지는 집안 분위기가 차분해진 것이 마음에 들어 만족스러운 표정으로 그 둘을 바라보았다. 휘지가 숙우에서 식힌 물을 다관에 넣어 차를 우리기 시작하자 향긋한 차 내음이 방 안을 가득 메웠다. 미르는 봉구의 괄괄거리는 말소리도 좋았고 차를 우려내는 휘지의 모습도 신기하였다. 어제는 마냥 두렵고 막막했는데, 지금은 모든 일이 잘 풀릴 것만 같은 예감이 들었다.

"아, 그러고 보니 제가 제 얘기 하느라 바빠 아가씨를 잊고 있었네요. 아가씨는 생김새도 다른 사람들하고 다르고…… 참말로 어디서 오셨습니까요? 길은 어쩌다가 잃으셨고요?"

"봉구야, 천천히 하거라. 차 다 우려간다. 이제 찻잔에 옮겨줄 테니 이거 한잔 마시면서 속부터 데우거라."

"예예, 도련님 말씀이 지당하시지만서두 이놈같이 천한 것들은 당장에 궁금한 것이 있으면 지체 높으신 분들과는 달리 참지를 못합니다요. 저희 같은 것들이야 체면 차릴 것도 없는데 어떻습니까…… 헤헤."

또 예의 그 순박한 웃음이다. 휘지는 봉구의 급한 성미를 꾸짖으려다가도 저 웃음만 보면 마음이 퍽 풀어져서 같이 미소 짓게 되곤 하였다. 휘지는 "원 녀석도……"라고 작게 읊조리며 마저 찻잔을 미르와 봉구에게 건네주었다.

"아이고, 온몸이 그냥 다 풀어집니다. 이놈 차 맛이 좋은지 나쁜지 잘 알진 못해도 우리 도련님이 가끔 우려내주시는 차 맛 좋은 것은 압니다. 아가씨도 고뿔이 다 날아가는 느낌이시지요? 이제 차도 한입 마셨겠다, 더 애태우지 마시고 이야기 좀 풀어보십시오. 혹시 압니까?

이놈이 아가씨를 도와드릴 수 있을지요."

"예, 더는 지체 않고 얼른 말씀드리지요. 그나저나 봉구 씨 말씀대로 이거 향이 참 좋습니다. 풀을 우려서 이런 맛을 내다니, 도령은 재주도 참 많네요. 하, 그럼 어디서부터 이야기해야 좋을까요. 음, 그러니까…… 저는, 저 멀리 봉구 씨는 들어보지도 알지도 못하는 먼 나라에서 왔어요. 그러니까 아주아주 먼 곳에서 온 것이죠. 먼 곳에서 말이에요. 다시 어떻게 돌아갈 엄두도 안 날 만큼 먼 곳이에요……."

명랑하게 시작한 말이 음울하게 가라앉았다. 미르는 말을 잇다가 고향 생각이 나 목이 메였다. 그녀는 잠시 목을 삭인 후 말을 이었다. 미르의 옆에서 휘지는 그녀의 붉어진 눈시울을 안타깝게 바라보았다. 고향과 가족 곁을 떠나 있는 것이 어떤 심정인지 그는 잘 알고 있었다. 언제 되돌아갈 수 있을지 장담할 수 없는 막연함과 매일 밤 눈을 감으면 문신처럼 선히 떠오르는 고향 산천의 풍경, 그리고 만날 수 없는 가족들에 대한 그리움으로 괴로울 때가 한두 번이 아니었다. 죽어 혼백이 되어서나 그곳을 굽어볼 수 있을 것인가. 미르 또한 다를 바 없었다. 그녀 역시 하늘을 날아오르는, 그러니까 망가진 별을 고치지 못한다면 어쩌면 영영 하늘로 되돌아갈 수 없을지도 몰랐다. 생각이 여기에 미치자 휘지는 전보다 더 미르가 가깝게 느껴졌다. 그녀가 입을 뗄 때마다 그는 그녀를 괴롭히는 것 같아 마음이 무거워졌다.

"실은 내 나라에서는 말이죠. 아이들이 열아홉 살이 되면 성년식을 치르게 되거든요. 그래서 부모님들이랑 어르신들께서 드디어 어른이 되었다고 인정해주시고 축하해주세요. 그런데…… 그런데, 성년식의 일환으로 우리는 다들 가까운 다른 별, 아니 다른 나라로 여행을 떠나요. 홀로 말이에요. 처음으로 부모님 곁을 떠나서 여행을 갔다 와야 비로소 진정한 어른이 될 수 있다고 믿거든요. 그래서 아이들이 여행을 갔다 올 동안 집에서는 생일처럼, 축하 파티를 준비하느라 바빠진대요. 아마, 아마 지금쯤 우리 엄마도 내가 좋아하는 요리를 만들고, 거실에 풍선도 달고, 선물도 준비하고……. 아마, 그러고 있겠죠?"

눈물이 글썽글썽함에도 불구하고 그녀는 웃는 표정으로 꿋꿋이 말을 이어갔다. 그것은 이야기라기보다 울음에 가까웠다. 미르는 여태껏 참고 있던 설움과 두려움을 웃음으로 가장하여 털어놨다. 휘지는 미르가 하고 싶은 말을 다 토해낼 수 있도록 잠자코 지켜봐주었고, 봉구는 눈앞의 어린 여인이 울먹울먹하자 질문을 꺼낸 것이 미안하여 어찌할 바를 몰랐다. 이윽고 그 역시 주인의 표정을 읽곤 미르가 이야기를 다 끝마칠 수 있게끔 조용히 앉아 있기로 했다.

"헤헤, 주책맞게 왜 이럴까! 죄송해요. 괜히 분위기만 썰렁하게 만들었어요."

"아닙니다. 개의치 말고 계속 이야기하세요."

"그럼 재미없는 이야기라도 끝까지 들어주세요. 그러니까 저도 이번에 열아홉이 되어 성년식 행사로 여행을 떠나오게 되었더랍니다. 그런데 재수가 없었는지 이렇게 길을 잃어 홀로 낙오해버렸지 뭐예요. 산에 쓰러져 있던 저를 정 도령께서 구해주시지 않았다면 아마 큰일이 났을 거예요. 천지 사방 아는 곳이라곤 없는 데다가 온통 하얗고 춥고. 또 저는 그렇게 하얗고 예쁜데 차가운 건 처음 봤어요. 우리 별은 어느 곳이든 1년 내내 날씨가 따뜻하거든요. 그래서 이렇게 추운 적도 없었고 그런 차가운 솜털도 본 적이 없네요. 하늘에서 내리던 솜털 이름이 뭐죠?"

"하이고, 이 아가씨 눈도 몰라요, 눈? 참말로 먼 곳에서 오셨나 보네요. 도련님, 눈이 안 내리는 곳이 어디 있는지 아십니까? 아가씨, 우리 도련님이 어떤 분이시냐면 열여덟에 생원시와 진사시, 대과에 급제한 수재시오. 모

르는 것이 없는 분이시지요. 그뿐입니까. 그 어린 나이에 예문관 교리까지 지내신…….'

어색해진 분위기를 풀려고 미르는 화제를 눈으로 돌렸고, 봉구도 호들갑을 떨며 맞받아쳐주었다. 그러나 어느 부분에 마음이 상하였는지 봉구의 뒷말은 휘지의 헛기침으로 멈추었다. 그 온화하던 휘지가 미간을 찌푸리고 눈에 힘을 주어 봉구에게 주의를 주는 것으로 보아 필시 무슨 사연이 있어 보였다. 그게 무엇인진 몰라도 저 착한 도령의 아픈 곳일 거라는 것쯤은 미르도 듣지 않고 알 수 있었다.

"봉구 씨가 말해주지 않아도 정 도령께서 마음씨 착하고 머리 좋은 분이란 건 이미 알고 있었는걸요. 그나저나 하늘에서 내려오는 그 하얀 솜털을 '눈'이라고 하는군요? 시리게 차가운데 참으로 예쁩니다. 세상이 온통 하얘요. 실수라도 하면 단번에 얼룩을 남길 것처럼 깨끗한 세상이었어요. 춥지만 마음에 듭니다."

"헤헤, 예, 아가씨. 그게 눈이라는 겁니다요. 희고 차갑지요. 그게 볼 때는 어여쁘지만 쌓이기라도 하면 손가락이 얼어 터져도 다 쓸어 치워야 합니다요. 게다가 산이라도 넘는 날에는 까딱 정신을 놓으면 목숨을 잃을 수 있으니 너무 예뻐라만 하지는 마십시오. 아무튼 소인은 아가씨 오신 곳이 정확히 어디인지는 몰라도 여기 좁아 터진 양양 바닥에서 길을 찾는 것보다는 한양으로 올라가서서 찾는 것이 나으리라고 봅니다요."

"그래…… 그건 봉구 네 말이 맞겠구나! 한양으로 올라가면 관상도감도 있고, 천문학이나 역수曆數*, 역학에 관한 자료들도 더 많이 있을 것입니다. 게다가 이타인 마을에 갔을 때 들었는데 중원 너머 멀리 서역에서는 소저와 같이 눈동자가 푸른 사람들이 살고 있다고 합니다. 그분들을 만나면 소저께서 돌아가실 길이 열릴지도 모르겠습니다."

"맞네요, 맞아. 소인도 저잣거리에서 들어본 적이 있습니다. 그 서역에 산다는 자들도 아가씨처럼 푸른 눈동자를 지녔고, 머리털도 공작새 깃털마냥 형형색색이라 합니다. 게다가 궁궐 만한 배를 타고 바다를 오가고, 그 배 안에 온갖 무기를 싣고 다닌다 하더이다. 총이랑 대포, 그러니까 화약 같은 것 말입니다요. 아무튼 요지가 뭔고 하니, 바로, 서역으로 넘어가시면 아가씨께서 고향으로 돌아가실 길이 열릴 수도 있다는 것입니다."

봉구는 휘지의 말에 맞장구를 치며 더 신이 나서 떠들

* 역수: 책력. 1년 동안의 월일, 해와 달의 운행, 월식과 일식 절기, 특별한 기상 변동 따위를 날의 순서에 따라 적은 책, 혹은 기록하는 것.

었다. 미르는 서역이 어떤 곳인지 상상도 안 되었지만 푸른 눈동자라든지, 거대한 범선이라든지, 화약 같은 알아들을 수 있을 정도의 단어들을 들으니 희망이 생기는 듯싶었다. 미르는 휘지의 확신이 필요해서 그의 눈치를 살피었다. 휘지도 그런 그녀의 눈길을 느꼈는지 머릿속으로 어떤 대답을 해줄 것인지 적절한 단어들을 궁리하였다.

"봉구 말대로 명나라를 통해 가끔 유입되는 서역의 물건들을 보면 소저께서 입고 계신 의복이나 물건들과 비슷해 보이는 부분이 있기는 했습니다. 또 그들은 철을 다루거나 광물을 다루는 솜씨도 수준급이라 하더군요. 어쨌든 이 양양 땅보다 그쪽에 더 희망이 크다는 봉구의 말이 옳아 보입니다."

휘지마저 긍정적인 대답을 해주자 미르는 당장에라도 대화 속에 등장한 명나라 혹은 서역에 달려가고 싶었다. '돌아갈 수 있다.' 도령이 하는 말은 왠지 신뢰가 갔기에 미르는 벌써부터 안도의 표정이 되어 있었다. 휘지는 미르가 우울해하는 것보단 기뻐하는 쪽이 더 낫지만, 제 마음속에서 온전한 확신이 없었고, 결과를 보장할 수도 없었기에 살짝 난처했다. 지나치게 기대했다가 좌절하면 더욱 감당할 수 없을 만큼 상처를 입게 되는 것을. 휘지가 걱정하는 것도 모르고 봉구는 미르를 집에서 내보낼 구실이 생겼다며, 미르의 기대를 붕붕 띄우려고 작정한 것 같았다.

"예예, 아가씨. 한양으로 가시면 이타인 마을에 들러서 여러 가지 정보도 모으실 수 있을 것이고, 그걸 바탕으로 명나라로 넘어가실 수 있을 겁니다요. 그다음부턴 명나라에서 서역으로 순풍에 돛 단 듯 나아가시면 되고요. 암요, 이제 됐습니다. 이제 아가씨는 고향으로 돌아가실 일만 남은 겁니다요. 잘됐습니다. 참말로 잘되고말고요."

"어허, 봉구야. 소저껜 무엇보다 중한 사안이니 그리 성급히 결정하려 들지 말거라."

"참 도련님도 걱정도 팔자십니다. 이보다 더 좋은 방책이 어디 있겠습니까? 이놈은 암만 머리를 굴려봐도 이것보다 좋은 방법은 없다고 생각합니다요."

"저도 봉구 씨 말에 일리가 있다고 생각해요. 넓은 곳으로 나가면 방도가 있지 않을까요?"

"확실히…… 이 양양 땅보다야 나을 것입니다. 다만 제가 걱정하는 것은 이 양양 땅에 비해서 나을 수 있다는 것입니다. 게다가 그 불확실한 길을 소저 홀로 여인의 몸으로 가야 한다는 것이고요."

미르는 왜 당연하게도 휘지가 자신과 동행해줄 것이라고 확신했을까. 휘지의 마지막 말이 야속하여 그녀는 들떴던 기분도 잠시, 할 말을 잃고 말았다. 미르가 불안하게 흔들리는 눈동자로 휘지를 바라보자 그는 난감한 표정으로 시선을 마주해왔다.

"저도 끝까지 소저를 돕고 싶으나 제가 지금 처지가 자유롭지 못하여 양양 땅을 벗어날 수가 없습니다. 그렇기 때문에 한양까지 동행해드리고 싶지만 저는 함께 갈 수 없을 성싶습니다. 허나 걱정은 마십시오. 소저께서 불편하게 여기지 않으신다면 끝까지 소저를 도울 생각입니다."

"도령께서…… 제게 미안해하실 필요는 없지요. 오히려 제가 줄기차게 폐를 끼치고 있으니 죄송한걸요. 불편히 여길 것이라곤 하등 없어요. 사실은 계속 받기만 하는 것이 면구스러워 거절하는 것이 옳은 일이겠지만 제 사정이 천애고아와 같아서 거절하지도 못해요. 도와주신다면 감사히 도움 받겠습니다. 정말 죄송해요."

미르는 정체 모를 상실감에 주절주절 미안하다는 말만 거듭 반복하였다. 휘지도 뭔가 아쉬웠지만 봉구 말대로 넓은 한양으로 그녀를 보내는 것이 이로운 일이라고 여겨졌다. 게다가 어제부터 오늘까지 휘지는 서책 한 줄도 읽지 못하고 반은 정신이 나간 상태이지 않았던가. 그것이 미르의 탓이라고 콕 집어 말할 순 없지만 확실히 미르가 곁에 있으니 산만해지는 것이 사실이었다. 미르를 위해서도, 그리고 휘지 자신도 일상으로 돌아가기 위해 이 길이 옳았다. 하루 동안의 꿈결 같은 외출은 여기서 끝낼 때였다. 휘지는 찻잔의 차를 마저 들이켜고 본가에 보낼 서찰을 써나가기 시작했다. 그의 붓 끝에서 짙은 먹물 방울이 떨어져 파문을 일으켰다.

"소저, 소저께서 한양으로 올라가시는 동안 곁에서 봉구가 보필할 것입니다. 이 아이는 덩치만큼 듬직하고 용맹합니다. 산길에서 도적이나 산짐승을 만나더라도 봉구 이 녀석이 어떻게든 할 것입니다. 또한 길눈도 밝으니 수일 안에 한양으로 당도하실 수 있을 것입니다. 봉구 편으로 이 서찰을 아버님께 보내드릴 것이니 소저께서 한양에 계시는 동안 저희 본가에 머무르실 수 있도록 하겠습니다. 그리고 명나라를 가시게 되더라도 여행길에 필요할 돈은 충분히 마련해드릴 것이니 걱정하지 마십시오. 함께 동행하지 못하는 송구한 마음 이렇게 물심으로 대신하려 합니다. 부디 소저께서 꼭 고향으로 돌아가실 수 있었으면 합니다. 일단 오늘은 날이 저물어가고 있으니 하룻밤 더 여기서 머무시고 내일 날 밝는 대로 봉구와 한양으로 떠나십시오."

　봉구는 지금 막 떠나온 한양으로 다시 갈 생각에 까마득했지만 어쨌든 하늘 같은 도련님의 명이기도 했거니와 도련님에게서 이 요물 같은 아가씨를 몰아낼 수 있으니 흔쾌히 미르를 따라나서기로 했다. 미르는 떠날 생각을 하니 휘지를 바라보기가 아쉬웠고, 휘지는 미르를 보낼 생각을 하니 머리로는 다행이었지만 마음으로는 왠지 싸한 느낌이 들었다.

　4.

　"도련님, 그럼 아가씨 모시고 잘 다녀오겠습니다. 걱정하지 마시고 글공부 열심히 하고 계십시오. 아, 그리고 매번 그러했듯이 저 없는 동안은 풍진주막 주모에게 땔감이랑 반찬 가져다 생활하시면 됩니다요. 또 추운 날씨에 땔감 줍겠다고 일 벌이지 마시고 거기 방에 딱 앉아서 서책 공부 하십시오."

　"알았다, 봉구야. 웬 잔소리가 그리 많으냐? 내 너를 믿고 집 잘 지키고 있으마. 너는 다른 걱정은 할 생각 말고 소저 잘 모시고 한양까지 안전히 다녀오너라. 부디 소저께서도 고향으로 무사히 귀환하시기를 빌겠습니다."

"예, 도령. 감사했어요. 부디 도령도 몸 건강히 잘 지내
세요."

봉구는 꼭두새벽부터 일어나 여행길에 오를 행장을
꾸린다고 야단법석을 떨었고 휘지는 잠을 설쳐 눈이 뻑
뻑했다. 양양서 한양까지 가는 길은 수일이 걸리는 고된
길이었다. 하물며 여인네와 함께 겨울 산길을 타고 가려
면 철저한 준비를 해야만 했다. 꼼꼼하게 말안장에 물이
며 간단히 요기할 것들을 점검한 봉구가 휘지에게 재차
당부하며 출발을 했다. 드디어 미르를 태운 말이 초가집
뜰을 벗어나 휘지에게서 서서히 멀어져갔다. 그들의 뒷
모습을 바라보자니 휘지는 그 자유로움이 부러워 애써
마른침을 삼키며 서둘러 방 안으로 들어갔다. 사람이 든
자리는 표가 나지 않아도 난 자리는 티가 난다고 빈방이
휑하여 휘지는 평상심을 잃고 비틀거리다 책상에 앉았
다. 괜스레 한기가 드는 것 같아 그는 어깨를 움츠리며
스스로를 다독였다. 문득 책상 위에 반듯하게 올려져 있
는 서찰이 눈에 들어왔다. 어제 봉구가 제 품에서 다소
곳이 꺼내 올려놓은 것을 까맣게 잊고 있었던 모양이다.
그제야 휘지는 아버님께서 보내오신 소중한 서찰을 펼
쳐 읽었다. 아버님의 성품만큼이나 정갈하고 칼칼한 활

자들이 하얀 죽청지 위에 도드라지게 흘러가고 있었다. 농묵으로 써 내려간 힘 있으면서도 우아한 아버님의 필체, 그리고 종이 맨 아랫부분에 얼룩덜룩하게 번져 있는 눈물 자국에 휘지는 저도 모르게 왈칵 솟아오르는 서러움에 가슴이 저려왔다. 언제나 인자하고 다정하신 아버님께서 못난 아들자식에게 편지를 쓰신다고 떨리는 손으로 몇 번이나 반복해서 파지를 구기고 기필을 하셨을 것이 눈에 선하였다. 자신은 부모님 가슴을 적시는 아침 이슬이었다. 매일 아침 기침하자마자 가장 먼저 그 얄팍한 가슴을 소리 없이 적셔버리는 이슬이 되고 말았다. 불효자도 이런 불효자가 있겠는가. 휘지는 소리 내어 우는 것조차 자신에게는 사치라 느껴져 속으로 흐느끼며 서찰을 읽어 내렸다.

백아(白娥. 휘지의 아명)야, 몸 건강히 잘 지내고 있는 것이냐? 거기 양양은 겨울이면 외풍이 심하여 아무리 두꺼운 창호지를 겹 발라도 뼈까지 시린 한기가 방 안으로 스며든다고 들었다. 네 어려서부터 자주 고뿔을 앓았는데 기침을 달고 사는 것은 아닌지 걱정스럽구나. 네 어머니도 네 걱정에 매번 잠을 자다가도 흠칫 놀라 깨어나곤 하신단다. 네가 그 먼 타지에서 건강하게 지

내는 것이 이 늙은 부모에게 할 수 있는 가장 큰 효란
다. 그러니 부디 우리 걱정일랑 말고 거기서 네 몸 하
나 건사 잘하고 지내야 한다. 안 그래도 봉구 편으로
누빈 옷가지들을 보낸다. 거르지 말고 자주 바꾸어 입
도록 하거라.

　백아야, 우선 몸이 건강하려면 정신부터 건강히 하
여야 한단다. 네 아직 어려 철없는 바람에 불미스러운
일에 휩쓸려 그 먼 양양까지 유배길에 올랐지만 실수
는 누구나 할 수 있는 법이다. 아들아, 입과 혀라는 것
은 재앙과 근심의 문이며, 몸을 멸망시키는 도끼라고
했다. 말이란 입 밖을 벗어나면 다시는 주워 담을 수도
없으며, 자신이 의도치 않은 쪽으로 되돌아올 수 있단
다. 즉, 네가 정녕 죄를 짓지 않고 떳떳하다 해도 네가
뱉은 말이 얼마든지 죄가 되어 너를 베어버릴 수 있다
는 말이다. 그러니 언제나 입과 행동을 무겁게 하고 조
심히 하여, 불측한 무뢰배들을 경계해야 한다. 감쪽같
은 조작은 언제나 진실보다도 더욱 진실 같아 보이는
법이란다. 허니 네 이번 일을 단지 괴롭고 억울하게만
여기지 말고, 경험으로 삼아 다시는 삿된 일을 반복하
지 말아야 할 것이다.

　백아야, 인간의 성심이란 원체 가늘고 약한 것이

라 강바람 앞의 갈대와도 같으니 꾀부리지 말고 수련을 하여야만 한다. 가장 좋은 방법 중 하나는 독서이고, 나머지 하나는 집 앞에 작은 텃밭이라도 가꾸는 것이다. 먼저 선비 된 자는 죽을 때까지도 서책을 곁에서 떼어놓는 것이 아니란다. 네 비록 유배를 떠났다 하지만 언제나 서책 공부를 게을리하지 말고 꾸준히 독서를 하여야 한다. 독서는 집안을 일으키는 근본이며, 이치를 따름은 집안을 보존하는 근본이라 하였다. 네 항시 근본을 지키는 것에 힘써야 하며 중도를 지켜 독서를 하거라.

독서를 함에 있는 힘을 다하였다면 다음으로는 몸을 움직이는 것에 힘을 다하여야 한다. 몇 해 전, 네가 집에 있었을 때 함께 심었던 매화나무를 기억하느냐? 오늘 아침 잠에서 일어나 자리끼를 한잔 마시고 밖으로 나갔더니 밤새 소복이 눈이 내렸음에도 불구하고 매화가 고개를 내밀었더구나. 어찌나 곱고 빛깔이 아름답던지⋯⋯. 기분이 맑게 개는 느낌이었다. 이처럼 나무와 남새는 심어 가꾸면 언제나 때에 맞추어 반갑게도 그 의무를 다해준단다. 사람으로 상처를 입은 너에겐 식물을 가꾸는 것이 큰 위안이 될 것이다. 백아야, 네가 살고 있을 작은 초가집의 뒤뜰에도 배나무며 동백나무를 심어 가꾸어보거라. 분명 한 해가 지나면 붉고 예쁜 꽃 망울을 터뜨려 네게 인사를 건네줄게다. 먹을 것도 든든히 보내긴 했다만 생지황, 천궁, 그리고 국화 한 이랑, 아욱 한 이랑, 배추 한 이랑 등을 정성스레 가꾸어보거라. 분명 네게 든든한 식량이 되어줄 것이다. 네 언제나 부모가 챙겨주는 것에만 의지하지 말고 절약하고 검소하게 살아야 한다. 결코 이 말을 야박하게만 생각지 말아다오. 이 아비는 언제나 네가 건강하고 올바르게, 또한 도리에 맞도록 살기를 바랄 뿐이다.

마지막으로 백아야, 옛 송나라의 학자였던 장사숙의 좌우명을 명심하거라. 모든 말은 반드시 충실하고 믿음이 있어야 하고, 행동은 돈독하고 경건해야 하며, 음식은 삼가고 절제가 있어야 하고 글씨는 반듯해야 한다. 용모는 단정해야 하고, 복장은 가지런해야 하며, 걸음걸이는 안정되어 있어야 하고, 머무르는 곳은 반듯하고 고요해야 한다. 일을 할 때는 계획을 세워 시작하고, 말을 할 때는 행동을 돌아보며, 평상의 덕을 굳게 지키고, 허락을 할 때에는 신중하게 응해야 한다. 착한 것을 보면 나에게서 나온 것처럼 기뻐하고 악한 것을 보면 내가 병든 것처럼 걱정해야 할 것이다. 이 열네 가지는 모두 자리 옆에 써두고 아침저녁으로 보아 깊이 경계해야 한다.

거듭 당부하마. 백아야, 아비가 했던 말들 잊지 말고 언제나 상기하거라. 이 아비와 어미, 그리고 네 형과 형수 '연아'도 건강히 잘 지내고 있으마. 너도 몸 건강히 그곳에서 잘 지내야 한다. 백아야, 내 언제나 마음속으로 깊이 너를 믿고 아낀다. 아비 마음 잊지 말고 무탈하게 지내거라.

아버님께서 구구절절 옳고 귀한 말씀을 전해주셨다. 휘지는 오랫동안 서찰을 두 손에서 놓지 않고 꼬옥 쥐고 편지에서 느껴지는 아버지의 향취와 본가의 정경을 헤아려 보았다. 오늘따라 휘지의 마음은 더욱 허전해져만 갔다.

*

휘지가 아버지의 서찰을 읽고 있는 사이, 미르와 봉구도 한양으로의 발걸음을 재촉했다. 아침부터 칼날 같은 바람이 불더니 초가집을 벗어난 지 한 시진밖에 지나지 않았음에도 바람은 사그라질 줄을 모르고 더욱 거세졌다. 미르는 말안장 위에 올라 있고, 봉구는 고삐를 잡아 길로 인도해 나갔다. 처음 타보는 말인지라 중심을 잡기 어려워 애를 먹었으나 차츰 평형감각을 되찾아 제법 잘 탈 수 있게 되었다. 봉구는 말없이 정면만 바라보고 있는 미르를 흘깃흘깃 훔쳐보다가 어색함을 참지 못하고 입을 열었다.

"아가씨는 참말로 복 받으신 분이오. 우리 도련님 같은 사람을 만났으니, 우리 도련님이 사람이 좋아도 너무 좋아 탈이라오."

열심히 말 타기에 집중하고 있던 미르도 웃으면서 화답하였다.

"맞아요, 제가 운이 좋은 사람이네요. 도령 같은 분을 만나고……."

"아, 그럼요. 잘생기셨지, 착하시지. 참으로 부족한 게 없는 분이십니다, 헤헤. 헌데 그러고 보니 이놈이 아가씨 성함도 모르고 있었네요. 송구하지만 아가씨 성함이 어떻게 되십니까?"

"세상에, 정말 봉구 씨한테 제 이름도 안 밝혔네요. 하루 종일 앓다가 일어나서 깜빡하기도 했지만 말할 타이밍을 놓쳐버렸어요. 제 이름은 '유리아 미르'라고 해요."

"유리아 미르…… 확실히 아가씨는 이름도 특이하시구먼요."

미르라는 말은 순우리말로 '용'을 의미하는 단어이다.

봉구는 이 아가씨는 생김도 사람답지 않게 생긴 데다가 말하는 것도 희한하고, 이름도 퍽 사람답지 않은 것이 자꾸만 요물인 것 같아 의심스러웠다. 파란 눈동자하며 방그레하게 흘리는 그녀의 미소는 가히 물건 달린 사내라면 홀리지 않고는 배길 수 없는 매력이 있었다. 이제 봉구의 눈에 미르는 꼬리 아홉 개 달린 구미호 내지는 백 년 묵은 이무기 정도로 비쳐졌다. 봉구의 속종을 아는지 모르는지 미르는 그저 산천 구경에 바빠 여기저기 두리번대느라 정신이 없었다.

"저기…… 미르 아가씨, 이놈 여행 시작부터 아가씨 마음을 상하게 하고 싶지는 않지만 원체 이놈이 속에 딴마음을 품고 겉으로 꾸미는 것을 좋아하지 않는 성미라 어쩔 수 없이 한 말씀 올리겠습니다."

미르는 이번에 이 사내가 또 무슨 말을 하려고 이렇게 분위기를 잡나 싶어 긴장한 채로 그를 바라보았다.

"도련님께서 경망한 말이라 하셨지만 저는 아가씨를 처음 보는 순간부터 사람이 아닌 것 같아 숨을 죽였습죠. 아가씨 생김새라든가, 몸에서 풍겨 나오는 분위기라든가. 결코 사람의 것이라고 생각할 수가 없었습니다요. 마치 사내를 홀리기 위해 태어나신 분 같았거든요. 여인네를 앞에 두고 이토록 저질스러운 말을 내뱉는 것인지 모르겠으나 아가씨를 보면 거짓을 고해봤자 다 들킬 것만 같아 모조리 토해내게 됩니다. 게다가 아가씬 완전히 딴 세상에서 오신 것처럼 세상 물정에도 너무 어두우십니다. 허나, 도련님 믿음처럼 저도 아가씨를 더 이상 요물이라고 여기진 않겠습니다. 그 외모가 특출하시나 심성이 요망하거나 위험하다고 느껴지진 않았으니까요. 더불어 처음부터 사내 정기나 간 따위를 노린 요물이었다면 이틀 동안 얼마든지 탐하실 수 있었겠지만 아가씨는 그렇게 하지 않으셨습니다. 물론 다른 꿍꿍이가 있는지 어쩐지는 잘 모르겠고, 이렇게 아가씨를 믿고 싶은 것마저 이미 제가 홀려서 그런 것일 수도 있겠지만 저는 아가씨가 나쁜 사람이라고 생각지 않습니다. 그러니 부디 사실대로 말씀해주시겠습니까? 아가씨는 진정 정체가 무엇입니까?"

미르는 진솔한 눈망울로 자신을 마주해오는 봉구에 의해 발가벗겨진 기분이 들었다. 그는 그 짧은 시간 동안 세심하게도 미르를 분석해냈고 자신의 속내를 숨기지 않고 의심스러운 점을 알려주었다. 봉구에게는 미르역시 거짓을 말해선 안 된다고 생각했다. 하지만 전날 도령이 봉구에게 정체를 밝히지 말라고 조언하지 않았던가. 고민하던 미르가 한숨을 내쉬더니 체념한 어투로 대답했다.

"어차피 믿지 못하실 테지만 봉구 씨 생각대로 사람……은 아니에요. 그렇다고, 정말 요망한 요괴라든가 요물도 아니에요. 그것만은 믿어주세요. 누구를 해칠 생각은 추호도 없습니다."

미르의 대답을 들은 봉구는 표정을 가다듬고 말을 이었다.

"예, 아가씨의 그 말씀 믿겠습니다. 아니라 해도 믿고 싶고요. 아가씨께서 고향으로 돌아가고 싶다고 말씀하셨을 때의 그 절실한 표정은 거짓이 아니었다고 믿습니다. 하지만 아가씨께서 스스로 말씀하셨듯이 사람이 아니라면 저는 대감마님이 계신 집으로 아가씨를 모실 순 없는 노릇입니다. 아가씨가 나쁜 사람이 아니라는 것은 알지만 어떤 위험이 있는지 확실히 파악할 수도 없는 상황에서 함부로 외지인을 들일 수는 없기 때문입니다. 이런 이야기까지 하게 될 줄은 몰랐습니다만, 이놈 여섯 살 적, 양친 부모께서 모두 일찍 돌아가셨습죠. 천애고아가 된 저를 대감마님께서 거둬주셔서 이 구차한 목숨 이어올 수 있었습니다. 게다가 우리 착한 도련님께서 이 천한 놈에게 글월까지 가르쳐주시어 제법 박식한 척할 수 있었고, 훨씬 윤택하게 살 수 있었습니다요. 또 어찌나 이놈에게 허물없이 대해주시는지. 소인이 전생에 무슨 복을 타고났는지는 몰라도 좋은 주인님들을 만나 고생 없이 살아왔습니다. 그래서 이놈, 이 새털처럼 가벼운 목숨만은 주인님들 무탈히 모시는 것에 바치기로 했습니다. 그러니 신분이 불확실한 아가씨를 본가에 모실 수는 없습니다."

봉구의 마음이 이해할 수 없는 것이 아니었기에 미르는 그를 원망할 수도, 반박할 수도 없었다. 단지 그녀는 앞으로 자신이 어찌 되는 것인지 암담해졌다. 봉구의 다음 말에 따라 운명이 정해질 것이었다. 그는 과연 미르를 이 산중에 버리고 갈 것인가. 그녀는 조마조마한 심정으로 봉구의 말을 기다렸다. 봉구는 사근사근한 어조로 말을 이었다.

"그리 불안한 표정으로 보지 마십시오. 절대 아가씨를 이 험한 산중에 두고 떠나지는 않을 것입니다. 아가씨를 본가에 모시지 못하겠다는 것이지, 도련님이 약조하셨던 도움까지 받지 못하게 하겠다는 것이 아닙니다. 아가씨께서도 고향 집으로 돌아가셔야지요. 헤헤, 저는 지금부터 아가씨를 안전히 한양까지 모셔다드리고 괜찮은 곳에 거처를 마련해드릴 것입니다요. 도련님께서 아가씨를 부탁하는 서찰을 대감마님께 보내신다 하셨으니 그것을 전해드리고 끝까지 도움을 드리지요. 그러니 안심하시고 이제 남은 여행길 불편한 마음은 접어두십시오. 저도 해묵은 의심은 털어내고 이제부터는 아가씨를 우리 도련님이라 생각하며 성심을 다해 소중히 모시겠습니다요."

그제야 미르도 안색을 펴고 자신에게 곰살맞게 구는 봉구를 보며 미소 지었다. 그녀는 걱정은 잠시 접어두고 한양으로 오르는 길을 봉구와 즐기고 싶었다. 계속 어두운 이야기를 하기에는 절경이 너무나 아름다웠으니까. 미르는 이왕 지구인이 아니라고 밝힌 바에 거리낄 것 없이 봉구에게 질문 공세를 폈다. 말 위에 얹은 가죽은 이름이 무엇이냐, 에서부터 시작하여 저 산 이름은 무엇이고 이 나무 이름은 무엇이냐에 이르기까지 그녀는 언죽번죽 잘도 떠들어댔다. 봉구도 완전히 경계가 풀렸는지 사람 좋은 미소를 쏘아주며 짜증 한번 내지 않고 묻는 말에 꼬박꼬박 대꾸해주었다.

"아참, 그런데 도령께서는 왜 함께 한양으로 가실 수가 없는 것입니까? 제가 가는 김에 함께 가서 부모님도 보고 오면 좋을 텐데……."

"말해 무엇하겠습니까요. 그리 선량하고 청렴하신 분께 그 무슨 망할 짓인지. 도대체가 누명을 씌울 사람이 없어서 우리 어리고 선한 도련님을 해코지한답니까. 사연을 말하자면 길어지는데 말입니다. 일전에 말씀드렸다시피 저희 도련님으로 말할 것 같으면 열여덟에 생원시, 진사시는 물론이며 대과에 급제하신 수재로 예문관 교리직까지 지낸 분이시고, 우리 대감마님께서는 홍문관 대제학에 성균관 대사성까지 지내신 분이죠. 헌데 어떤 무뢰배 잡놈들이 우리 도련님더러 불측한 마음을 품고 임해군 마마 댁에 자주 드나든다는 헛소리를 해대는 바람에 이 멀고 추운 양양 땅에 유배당하고 말았습니다. 아직도 그때 일을 생각하면 청천벽력에 억울하고 절통해 마지않습죠. 뭐라 말해도 그 심정을 비할 데가 없습니다요. 나라님께선 총명하시다고 하더니 그 말도 순 뻥이었습니다. 하늘에서 내리신 분이라 혜안이 뛰어나셔서 우리 도련님 죄 없는 것 아실 것이라 여겼는데, 곁에 있는 아첨쟁이들 말만 들으시고 도련님을 결국 유배 보내셨으니 말입니다. 대감마님께서도 평생 지켜오신 명예에 먹칠을 하고 관직에서 물러나셨습니다요. 다른 사람들은 목숨 건지고 가문 멀쩡한 것만으로도 하늘이 도우셨다지만 이놈은 그것들을 다 잡아서 요절을 내도 분이 안 풀릴 성싶습니다요. 그저 이 무식한 놈이 지금 할 수 있는 것이라곤 잘 모시는 수밖에 없지요."

"유배당한다는 건 추방당하는 것과 같은 개념인 거죠? 정말, 내가 도령을 잠깐 보았지만 속으로 흑심을 품을 만한 자로 보이지 않았어요. 그런 좋은 분께 일어나선 안 될 일이었네요. 가족과 떨어져 홀로 얼마나 외로우실까요? 도령이 참으로 안 되었습니다. 진실은 언젠가 밝혀지게 마련이라고 도령 죄 없는 것 꼭 만천하에 드러날 거예요. 그러니 봉구 씨도 힘내세요!"

봉구는 미르가 주인의 편을 들어주자 제 일인 것처럼 기꺼워 벙긋벙긋 웃었다.

"그러게나 말입니다. 아가씨는 신령스럽게 생긴 분이 보는 눈이 있습니다그려. 그 푸른 눈동자가 혹 혜안은 아닙니까?"

봉구의 껄껄대는 너털웃음에 놀란 나무들이 엷은 눈가루를 공중에 흩뿌려주었고, 설경 속에서 둘의 그림자는 하얗게 변해버렸다. 그들이 지나간 자국은 유난히도 흰 눈 속에 흔적 하나 없이 파묻혀버렸다.

5.

"아이고, 선비님. 또 무에가 필요하셔서 예까지 행차하셨소?"

혀에 칭칭 감기는 애교 잔뜩 섞인 목소리의 주모가 사내들 틈에서 요염을 떨며 탁주를 따라주다가 휘지를 발견하고는 냅다 이쪽으로 다가왔다. 덥수룩한 수염에 허연 탁배기 국물을 흥건히 묻힌 사내는 불퉁해져서는 휘지를 한번 흘기더니 자기들끼리 다시 술을 부어라 마셔라 해댔다. 주모는 이 훤칠한 양반 댁 도련님이 하얀 도포 자락을 살랑거리며 예까지 걸어오는 모습이 썩 보기가 좋았다. 그래서 휘지가 주막에 들르기라도 하는 날에는 아무리 손님이 많아 바쁘더라도 만사 젖혀두고 뱀같이 휘어 감겨들었다. 휘지는 여느 때와 다를 바 없이 달라붙는 주모를 떼어내느라 진이 빠졌지만 그 아련한 미소를 잃지 않은 채 화 한번 내지 않았다. 그는 가라앉은 목소리로 주모에게 찬을 내줄 것을 부탁했다.

"안 그래도 봉구가 꼭두새벽부터 와서 저 한양 가는 동안 도련님 찬거리 떨어지지 않게 하라고 신신당부를 했지요. 하잘것없는 찬뿐이라 입에 맞으실지 모르겠으나 가져다가 맛있게 잡수셔요."

"하잘것없다니요. 주모 음식 솜씨는 양양 고을에 파다하게 소문이 났는걸……. 내 매번 얻어먹기만 하여 송구스럽소."

"흐유, 봉구 이놈은 이런 표표한 도련님 놔두고 자꾸 어딜 쏘다닌대요? 이 추운 날씨에 매번 예까지 걸음하시는 것도 곤욕입니다. 뭣하면 이년이 매일 밤마다 댁에 들어 찬거리라도 마련하고 목욕물이라도 데워드릴까요?"

"주모, 젊은 사내에게 발정이 나셨소? 어찌 그리 추파를 던지는 게요? 밤에 들러서 무얼하시게? 허허허. 아니, 그리고 저 계집같이 예쁘장하게 생긴 선비 입에 들어가기에 하잘것없는 반찬을 우리한테는 안주랍시고 돈받고 팔어? 이게 무슨 수작질이요, 수작질은! 주모가 아주 매끈한 선비에게 정신을 못 차리는구먼, 허허허."

방금 저들 사이에서 꽃웃음을 팔며 노닥이던 주모가 쏜살같이 손길을 뿌리치고 달아났던 것이 불만이었는지 사내 무리가 주모에게 모욕을 주었다. 그 말에 주모도 뿔이 나선 눈이 세모나게 변하더니 버럭 앙살을 피우기 시작했다.

"아니, 이 양반들이 마시던 탁배기나 마저 마실 것이지 왜 질투를 하고 그런대? 그리고 가만히 계시는 우리 선비님은 왜 건드우? 그짝들 같은 털 북실북실한 사내들보다야 이리 단정하시고 정갈하신 도련님이 훨씬 보기 좋은걸 몰라서 묻나?"

"이 여편네가 아주 침을 질질 흘리는구먼! 사내가 무릇 사내다워야지, 저 어리고 순하게 생긴 도령은 아직 밤일도 한번 못 치른 동정 같구먼, 뭘. 어디 가운뎃다리 사용은 해보셨소, 도령?"

"아니, 이놈들이. 어디 할 소리가 없어서 선비님께 그딴 음탕한 말이나 하고 앉아 있나! 선비님, 대꾸할 가치도 없으니 못 들은 셈 치세요. 저 인간들이 술이 들어가니 못 하는 소리가 없네."

"못 하는 소리가 없기는! 주모 모르는 소리 말게. 사내는 사내가 아는 법이야. 저치에게 목매달지 말고 나한테 잘 달라붙으면 내 밤새 한숨도 못 들게 해주지, 허허허."

"이 인간이 진짜 망측하게 못 하는 소리가 없네. 못 하는 소리가 없어!"

"그만두시게, 주모. 취해서 하는 소리에 악의는 없으이. 내 자네 말대로 어리고 순하나 그대 어깨 못지않게 벌어진 어깨에, 큰 신장을 갖고 있다네. 게다가 내가 자네보다 나이가 어리니, 이제 자네는 쪼그라들 일만 남았지만 앞으로 나는 더 크지 않겠는가? 그리고 내 그대가 말하는 그대의 그 건실한 물건만큼이나 넓고 건실한 마음을 가지고 있으니, 자네 놀림 정도야 웃으면서 넘길 수 있다네."

"오호호호, 우리 선비님 말씀이 백번 옳으시네. 어쩜 이리 말씀도 잘하실까? 자네 가운뎃다리는 보고 싶지도 않지만 우리 선비님 마음씨 넓은 것을 보니 자네 물건도 살짝 혹하긴 하는구면."

주모가 까르르 웃음보를 터트리자 주변의 다른 손님들도 거기에 맞춰 박장대소하였다. 사내와 그 무리만이 성에 차서 씩씩거리며 깽판이라도 칠 듯이 큰 몸집들을 움찔움찔하였다. 언제 사내가 휘지의 멱살을 잡을지 알 수 없는 일촉즉발의 상황이었다. 휘지도 한껏 몸에 긴장을 풀지 않고 사내의 눈을 정면으로 응시하였다. 그런데 무리 중의 하나가 휘지를 바라보며 쑥덕대더니 씩씩거리는 사내를 붙들어 앉혔다.

"뭐, 양반 나부랭이가 대수라고, 것도 귀양쟁이 주제에. 도호부사께서 예뻐라 하시면 뭐?"

"그만하고 앉으시게. 저 도령 잘못 건드렸다가 황소 같은 놈이랑 그 유명한 난봉쟁이 수탉한테 경을 칠 것이네."

황소 같은 놈은 봉구를 일컫는 것이고 난봉쟁이 수탉이라면 휘지의 벗인 수하를 이르는 것이리라. 휘지는 그들 덕에 싸움을 면한 것은 다행이었지만, 그들이 없었다면 자신을 연약한 귀양쟁이 정도로 취급했을 사내들에게 분하였다. 그러나 오늘은 마음이 뒤숭숭하여 몸에 힘이 들어가지 않는 데다, 더불어 소란을 일으키는 것만은 극도로 피하고 싶었기에 그저 노려보는 것으로 만족해야 했다.

휘지는 사내 무리로부터 떨어진 평상에 걸터앉아 주모가 내어준 전을 씹으며 허기를 달랬다. 봉구가 소저를 데리고 떠난 후 피곤하기도 하고 헛헛하기도 하여 부엌으로 가니 찬거리라곤 눈을 씻어도 보이질 않고 먼지 덩어리들만 풀풀 날아다녔다. 그는 더 늦게 걸음을 하면 밤이 되어야 집에 도착하게 될 테니 일찌감치 주막에서 찬을 얻기로 결정했다. 그리고 지금은 한바탕 소란 후 주모가 찬을 싸서 나올 때까지 주변 사람들이 하는 이야기를 귀동냥하였다.

"아, 글쎄 그 얘기 들었는가? 거 왜 가리동 황 씨 있잖우? 그 사람 호환을 당했다지 뭐요."

"아, 나도 들었구먼. 요사이 산신이 노하셨는지 호랑이가 심심찮게 출몰한다는구먼. 도적 떼 토벌된 지 얼마나 지났다고 이번엔 호랑이인가. 어떤 이는 밤 숲에서 길을 잃었는데 어디선가 절그럭거리는 소리가 나더니 온 털빛이 새카만 호랑이가 풀숲 언저리에서 슥 노려보고 사라졌다더군. 그게 호랭이인지 귀신인지 분간하기도 힘들었댜. 밤에 돌아댕기기가 흉흉허여. 잘못하면 창귀가 되게 생겼는데 어딜 돌아다닐 수 있겠나?"

"그러게 말이네. 나도 그 소문 들었지. 아주 호랑이에 귀신에 등골이 오싹하구먼. 나 같으면 오줌을 지렸을 걸세. 헌데 가리동뿐만이 아니여. 오색령(지금의 한계령)에는 특히 더 자주 나타난다더군. 아주 자리를 잡았던데? 전국서 한양 가는 길목이라 꼭 거치는 게 오색령인데, 거기에 터를 잡고 심술을 부린다니 벌써 잡아먹힌 사람이 수십 명이 넘는다 그러더구먼."

나이 지긋한 두 노인네의 이야기에 휘지의 귀가 번쩍 열렸다. 언제 나왔는지 주모가 손에 한 보따리를 싸 들고는 휘지의 옷자락을 배배 꼬고 있는데도 그는 다른 것은 안중에도 없이 두 노인네의 이야기에 집중하였다. 아까 시비가 붙었던 탁자에서 "흥!" 하는 소리가 몇 번 흘러나오더니 씩씩대던 사내가 고래고래 고함을 쳤다.

"안 그래도 오늘 밤에 용맹하기로 소문난 우리 착호갑사*들이 범 사냥 나갈 예정이라오! 나는 3백 보 밖에서도 활을 쏘아 호랑이 숨통을 끊어놓는 위인이지, 암! 게다가 말 타고 쏘아도 백발백중이요, 양손에 150근씩 들어도 끄떡이 없지!"

---

* 착호갑사: 범을 잡기 위해 배치하던 갑사(甲士). 중앙의 직업군인 중 하나로 조선의 9급 관리 중 하나.

사내는 방금 전 아쉽게 끝낸 힘자랑을 다시 하고 싶은
지 쉼 없이 떠들었다.

"산천 여기저기 호랑이 이동 구역마다 덫도 설치했고,
우리들이 떼로 달려들면 그놈들 몇 마리 잡는 거야 식은
죽 먹기라 이거야! 주모, 그 허연 놈 말고 나한테 와서
탁배기 한잔 따르면 내 임금님께만 진상된다는 호랑이
가죽 자네 손에 쥐여줌세."

"됐네요. 허풍은……."

말은 그렇게 하면서도 어느새 주모는 그 풍만한 엉덩
이를 실룩실룩 좌우로 흔들며 은근슬쩍 사내에게 다가
가 잔에 술을 따르고 있었다. 휘지는 다짜고짜 착호갑사
라 하는 무리들에게 다가가 소리쳤다.

"오늘 범 사냥 간다는 곳이 오색령이 맞소?"

"뭐, 뭐요, 다짜고짜! 맞소. 요새 오색령에 호랑이가 터
를 잡아서 호환당한 이가 한둘이 아니오. 그래서 오늘
밤 관아에 모여 오색령으로 출발할 것이라오."

휘지가 생각하건대 봉구는 힘이 세고 지혜로워 호랑
이 앞에서도 살아날 재간이 있는 녀석이었다. 게다가 어
제 낮에도 멀쩡히 돌아오지 않았던가. 허나 두 번씩이나
호랑이를 만나지 않는다는 보장도 없거니와 하물며 여
인네를 하나 더 달고 가는데 그들이 무사히 오색령을 지

나갈 것이라고 장담할 수 있겠는가. 휘지의 머릿속에 처참하게 짓밟힌 봉구의 모습이 그려졌다. 그는 오금이 저리고 간담이 서늘해져 혼자서만 집으로 돌아가 자리를 보전할 수 없었다.

"주모, 내 말 좀 빌려 가겠소. 내일까지 꼭 돌려드릴 터이니 걱정 마시오."

"선비님, 찬 싸 들고 가시다 말고 어딜 가십니까? 도련님, 도련님!"

주모는 눈보라를 일으키며 사라지는 휘지의 뒷모습을 탁상에 덩그러니 남은 찬합과 함께 바라보았다. 그는 집으로 말을 몰아 장검을 하나 챙기곤 쏜살같이 봉구와 미르를 보낸 길로 접어들었다. 서서히 눈발도 거세어지고 산등성을 타고 뉘엿뉘엿 해가 저물어가기 시작했다. 높게 솟은 나무들은 짙은 그림자를 드리워 산길을 어둡게 만들었다. 휘지는 조급해져서 발로 말의 배를 힘껏 걷어찼다. "히히힝" 하는 요란한 소리를 내며 말이 달리기에 박차를 가하였다.

*

"슬슬 날이 저물어가네요. 미르 아가씨, 길을 서둘러

야겠습니다요. 조금만 더 가면 마을이 나오니까 오늘은 거기서 머물고 내일 아침 다시 행장을 꾸려 나가는 것이 좋겠습니다."

"네, 그렇게 하세요. 그나저나 저는 그래도 이렇게 말 위에 올라 편히 가는데 봉구 씨는 온종일 언 땅을 걸어서 어떻게 해요? 내일은 제가 걷고 봉구 씨가 말을 타도록 해요. 한양까지 번갈아가면서 타고 가는 거죠. 공평하고 좋죠? 아무튼 이 시대 이동 수단으로는 하루 종일 가도 별로 멀리 가지를 못하네요. 우리 시대였으면 벌써 가고도 남아돌았을 텐데……."

"예? 남아돌아요? 아무튼 아가씨 오신 곳이 어디인지는 몰라도 근두운이나 적토마라도 있는 곳인가 봅니다요, 헤헤. 그리고 말이 두 필 있는 것도 아니고 한 필밖에 없는데 어찌 종놈이 말 위에 오르겠습니까요. 마음 쓰지 마십시오."

"다 똑같은 사람인데 종이 어디 있고 주인이 어디 있습니까? 그런 말 마세요! 봉구 씨는 참 속없이 좋은 분인가 봅니다."

"흐흐, 이놈 마냥 좋은 놈은 아닙니다요. 하여튼 아가씨를 안전히 모시는 것은 우리 도련님 명이니까 미안하게 생각지도 마시고 그저 편히 가시면 됩니다."

"지금쯤…… 정 도령께서는 잘 지내고 계시겠죠?"

"우리 도련님요? 잘 계시겠지요. 먹는 것이야 주모한테 부탁해놓았으니 걱정할 것 없습니다. 다만 날이 추우니 고뿔 걸리실까 그게 걱정이긴 하지만서두요. 헤헤, 것보다 아가씨 시장하시지는 않으셔요? 아침부터 아무것도 못 드셨잖아요?"

"저야 고생한 것도 없는데 뭘요. 봉구 씨가 배고프시겠어요. 빨리 서둘러야겠네요."

미르와 봉구가 정신없이 떠드는 사이, 어느새 해가 서산을 넘어 사라졌고 온 천지가 어둠에 삼켜졌다. 바람은 스산했고, 나무 사이사이로 노란 눈을 번뜩이며 안광을 내뿜는 부엉이들이 그들을 내려다보고 있었다. 가끔씩 새들이 내는 울음소리에 미르는 흠칫 놀라 사방을 두리번거리며 뭐라도 튀어나오는 것은 아닌가 싶어 잔뜩 신경이 곤두섰다. 봉구도 그녀의 불안한 기색을 눈치챘는지 말안장에서 화등을 꺼내 불을 밝혔다. 작은 불빛에 의지해서 그들은 발걸음을 바삐 움직였다. 그런데 어찌된 영문인지 길이 가도 가도 끝이 없는 것이 옳게 가고 있는지도 확신할 수 없었다.

'분명 어제도 되감아 올라왔던 길이 아닌가. 이쯤 되면 마을이 나올 때도 되었는데.'

봉구는 귀신에라도 홀린 것처럼 길을 헤매고 있는 자신이 이해가 되지 않아 의아했다. 이미 자신이 예상했던 시간을 훌쩍 넘겼음에도 마을은커녕 사람 코빼기도 보이지 않았기 때문이다. 더불어 불빛이 만들어내는 한 폭정도의 길을 제외하고, 주변은 빛에 대비되어 더욱 칠흑같아 보였기 때문에 여간 으스스한 것이 아니었다. 그는 자신의 살갗 위로 도돌도돌 올라오는 닭살이 느껴졌지만 옆에서 오들오들 떨고 있는 미르에게 내색하지 않기 위해 애를 썼다. 더 이상 산길은 봉구에게 익숙한 곳이 아닌 생소하고 낯선, 위험이 도사리는 곳이 되어 있었다. 그는 자기도 모르게 한기가 들고 정수리가 곤두서는 두려움에 정신이 빠져나갈 것만 같았다. 처음 느껴보는 일이었다. 봉구의 동물적인 감각이 위험을 감지하고 있었다. 그의 귀에 '갸르릉'거리는 동물 소리가 들렸다. 미르를 태우고 있던 말도 무언가의 기척을 느꼈는지 콧김을 내뿜으며 흥분하여 한껏 동요하고 있었다. 말은 앞으로 가지도, 뒤로 물러서지도 못한 채 계속 한 장소만을 빙빙 돌며 "히히힝" 하는 비명을 질렀다. 무겁게 가라앉은 분위기 속에서 미르는 말을 타이르기 위해 노력했지만 그녀 역시 무섭기는 매한가지였다. 봉구도 말의 고삐를 잡고 축 쳐진 갈기를 쓸어주며 뻣뻣해진 근육을 풀어주기 위해 노력했다. "앞으로 가자, 이랴." 애면글면 봉구도, 미르도, 또 말까지 이 수렁에서 벗어나기 위해 최선을 다하느라 혼이 빠져나갔다. 하지만 상황은 나아지지 않고 더욱 악화되어 이제 말은 다리를 굽히고 옆으로 쓰러져버렸다. 그 바람에 말 위에 앉아 있던 미르는 눈바닥에 내동댕이쳐졌고 싣고 있던 짐들도 다 풀어헤쳐져버렸다. 봉구는 겁에 질려 침을 질질 흘리는 말의 동공이 공포에 수축되어 있음을 확인했다. 그 큰 눈을 데굴데굴 굴리며 도망갈 의지도 잃어버린 말의 모습은 기괴하기까지 했다. '이건 산신의 조화다.' 그는 소름이 돋아나 저 아가씨를 데리고 이 난관을 어찌 헤쳐나갈 것인지를 고민했다. 그리고 손가락으로 바짝 마른 입술을 훔치고는 결연한 눈빛으로 미르를 바라보았다. 봉구는 미르에게 다가가 그녀의 눈 묻은 외투를 털어주고 신발에 설피를 달아주곤 입을 열었다.

"아가씨, 지금부턴 정신을 바짝 차리고 앞으로만 달리셔야 합니다. 이놈이 뒤에서 따라갈 것이니 무슨 소리가 들리든 결코 뒤돌아보지 말고 그저 달리셔야 됩니다."

"예? 그냥 같이 가면 되잖아요. 왜 저만 먼저 가라 하세요……."

"산길이라는 것이 원체 등 뒤에서 뭐가 튀어나올지 모

르는 곳입니다요. 그러나 이 북촌동 황봉구가 있으니 아가씨는 땡잡으신 것이요, 걱정 하나 할 것이 없지요. 암요, 제가 무슨 일이 있더라도 아가씨는 민가로 모실 터이니 겁먹지 마시고 그저 앞으로 달리십시오."

그제야 미르도 눈이 뽀드득거리는 소리가 그들 주변을 뱅글뱅글 돌고 있다는 것을 알았다. 뭔지 몰라도 덩치가 어마어마한 놈이 불길이 번쩍거리는 눈으로 연신 '그르릉'대며 그들을 주시하고 있었던 것이다. 미르는 울상이 되어 봉구를 바라보았고, 봉구는 그런 그녀를 향해 애써 웃음을 지었다. 봉구가 "지금입니다. 뛰십시오!"를 외침과 동시에 어두운 나무 뒤 그림자 쪽에서 집채만 한 산짐승이 달려들었다. 빛도 들지 않는 산속에서 산짐승은 타오르는 불길만큼 붉고 윤기 나는 털을 번뜩이며 큰 앞발을 휘둘러 말의 숨통을 단번에 끊어놨다. 외마디 비명마저 입안으로 머금은 채 말은 단명하였고, 봉구와 미르는 화등 하나만을 든 채 어둠을 향해 달리기 시작했다. 온 산을 쿵쿵 울리며 겅충겅충 다가오는 짐승은 충분히 그들을 잡고도 남을 속도였으나, 마치 잡아먹기 전에 실컷 장난이라도 칠 요량인지 적당한 거리를 유지한 채 한층 위압감을 조성했다. 미르는 요동치는 자신의 심장박동과 조금씩 다가오는 짐승의 발소리만

이 존재하는 듯한 착각에 빠져들었다. 길은 여전히 가도 가도 끝이 없었고 어느새 봉구의 숨소리도 들리지 않았다. 그녀는 얼굴을 적시는 것이 눈물인지 콧물인지 분간이 가지 않았다. 놈이 등 뒤에까지 다가왔다는 것이 느껴졌다. 놈의 뜨거운 입김과 강자의 여유로움이 활이 되어 미르를 찔러왔다. 포효하는 사자후가 산을 뒤흔들었고 미르는 자신의 공중에 드리워진 검고 거대한 그림자에 소스라치게 놀랐다.

"엄마!"

단말마의 비명과 함께 그녀는 자신의 몸이 공중에 두둥실 떠오르는 것을 느낄 수 있었다. '다그닥'거리는 말발굽 소리에 맞추어 자신의 몸도 위아래로 중력을 받아 사정없이 흔들렸다. 뒤에서는 여전히 쿵쿵거리는 땅울림 소리가 계속되었고 미르가 눈을 떴을 땐 사나운 이빨을 드러내며 달려오는 호랑이 한 마리가 있었다. 이 하늘 아래 저 짐승을 이길 수 있는 존재란 없을 것 같다는 압도적인 기분에 미르는 차라리 정신을 놓고 싶었지만 까무러쳐지지도 않았다. 하지만 그녀는 이내 자신이 아프지도 않을뿐더러 호랑이에게 물리지도 않았음을 인지하였다. 괴이히 여긴 미르가 고개를 돌려 옆을 보자 휘지가 그녀의 허리를 안아 말 위에 얹고 날쌔게 달리고 있었다.

"소저, 괜찮으십니까? 걱정이 되어 달려와봤더니 늦지 않아 다행입니다. 정신을 차리셔야 합니다. 무릇 강한 존재가 사람을 홀리는 것이 아니라 사람이 스스로 홀리는 것이라 하였습니다. 정신만 바짝 차리시면 미혹되지 않으실 것이니 저깟 호랑이 손아귀쯤이야 벗어날 수 있을 것입니다."

휘지의 중저음의 목소리와 그의 하얀 피부, 눈동자가 지금 미르에게 얼마나 위안이 되는지를 저 도령은 알까? 미르는 여전히 호랑이가 뒤에서 쫓아온다는 것도 잊고 휘지의 얼굴을 뚫어져라 쳐다보았다. 그녀는 휘지를 만난 것만으로도 이미 두려움이 사라졌다. 미르가 휘지를 넋 놓고 바라보는 동안 휘지는 정신없이 산길을 달렸다.

"소저, 정신이 없는 줄은 아오만 봉구는 어디 있습니까? 봉구와 어디쯤에서 흩어지셨는지 기억나십니까?"

"봉구 씨는, 그러니까 봉구 씨가 먼저 뛰어가라고 하셨어요. 혼자 도망치는 게 아니었는데, 너무 무서워서 저도 모르게 달려버렸어요. 분명히 뒤에서 쫓아오고 있었는데 어느 순간 아무 소리도 들리지 않았어요. 어떡하죠? 기억이 안 나요."

미르는 횡설수설 이야기를 이었다. 그들의 뒤에서, 약이 올랐는지 호랑이 울음소리가 더욱 커졌다. 호랑이가 앞발을 휘둘러 허공을 가르며 내는 소리가 귓가에 획획 울렸다. 말의 궁둥이가 호랑이의 앞발에 닿을 듯 말 듯 아슬아슬하게 간격을 유지하며 앞으로 내달렸다. 엎치락뒤치락, 호랑이와의 달밤의 경주가 계속되었다. 이윽고 하얗게 언 얼음 바위에서 펄쩍 뛰어오른 호랑이는 휘지가 타고 있던 말을 추월하여 앞을 막아섰다. 그들 사이로 잠시 침묵이 흘렀고 불꽃 튀는 긴장이 일었다. 휘지는 고개를 돌려 미르를 보았다. 그의 눈앞에 미르가 있었다. 어제 처음 보았던 그대로 그녀는 겁에 질린 순간에도 황홀하리만치 아름다웠다. 휘지는 호흡을 가다듬고 호랑이를 노려보았다. 미르가 뭐라 말릴 새도 없이 휘지가 장검을 빼어 들고 말안장에서 뛰어내리더니 말머리를 돌려 궁둥이를 찰싹 때렸다. 말은 긴 울음소리를 빼고 미르를 태운 채 호랑이와 휘지를 남겨두고 어둠 속으로 달려갔다. 말안장에 매달린 미르는 비명을 지르며 애타게 휘지를 불렀지만 혼자서는 사납게 달리는 말을 멈출 수 없었다.

"도령!"

휘지는 미르를 따라가려던 짐승의 앞을 가로막았다.

호랑이는 본디 산신이라 할 정도로 영험한 동물이었다. 그는 경건한 마음으로 재차 호랑이의 눈을 응시하였다. 호랑이의 눈동자에 불꽃이 일었다. 그들 사이에 수 초간 고요한 공기가 흘렀고 호랑이는 그 둔중한 발을 슬쩍슬쩍 눈에서 들었다 내리기를 반복했다. 휘지는 그 검은 눈동자에 까마귀가 내려앉는 것을 보았다. 그는 이제 갈데없이 죽음을 피할 수 없음을 직감했고 허리춤에 들고 있던 검을 검집에서 슬며시 빼냈다. 달빛을 받아 검광이 호랑이의 눈을 부시게 하였다. 휘지는 다만 일 초라도 더 미르가 도망갈 시간을 벌기로 다짐했다. 순식간에 호랑이가 휘지에게로 몸을 날렸다.

한편, 미르는 휘지가 있던 뒤쪽으로 시선을 거두지 못하고 하염없이 어둠을 바라보고 있었다. 그녀는 방금 전까지 등 뒤에서 전해지던 휘지의 따스한 온기가 사라지지 않아 그가 없다는 사실마저 얼떨떨하였다. 말은 여전히 속도를 늦추지 않고 숲을 달렸다. 불현듯 미르의 앞으로 횃불들이 일렁거리며 사람들의 웅성거리는 소리가 들려왔다. 드디어 말의 속도가 느려지는가 싶더니 이내 천천히 걷다가 자리에서 멈추어 푸르르 갈기를 털었다. 여전히 미르는 현실 감각이 없어 멍한 정신으로 아른거리는 불빛들을 훑어보았다. 사방팔방에서 "워허이,

워허이" 하는 말소리와 함께 장구며, 북, 나팔 부는 소리
가 시끄러웠다. 꽤 많은 사람들이 악기를 연주하며 낮게
위협하는 추임새를 넣고 있었다. 미르는 사람이 가까이
에 있다는 사실에 긴장이 풀려 말 위에 앉아 그대로 엉
엉 대성통곡을 하고 말았다. 그녀는 울면서 휘지가 했던
대로 말고삐를 다시 돌려 숲 속으로 돌아가려 했다. 그
때 나무 사이로 사람들이 나타나며 귀에 익은 목소리가
들려왔다.

"아이고, 아가씨! 무사하셨습니까? 정신 차리십시오.
이놈 봉구입니다요. 이제 무사하십니다."

"봉……구 씨? 봉구…… 봉구 씨!"

미르는 봉구의 부축을 받고 말에서 내린 후 그의 팔을
부여잡고 목 놓아 울었다.

"어쩌면 좋아요. 정 도령이, 정 도령이 위험해요. 봉구
씨, 얼른 다시 가야 돼요. 이러다 정 도령 혼자 큰일 나요."

"아가씨 꿈을 꾸시었소. 새파랗게 질려서는 무슨 헛소
리요? 우리 도련님이 대체 왜 위험하오? 똑바로 말을 해
보시오."

"여기! 여기 호랑이 발자국이 있소! 가까이에 있나 보
오. 눈이 별로 쌓이질 않았소!"

착호갑사들 사이에서 외침이 들렸다. 가까이에 호랑

이 발자국이 나타나자 한층 긴장한 그들은 삼삼오오 대열을 맞추어 수색에 박차를 가했다. 그들의 외침을 뒤로 하고, 봉구는 미르가 타고 왔던 말을 보더니 사색이 되어 말을 입 밖으로 내지 못하고 뻐끔거렸다.

"혹, 혹 우리 도련님께서 예까지 이 말을 몰고 나오셨소? 설마 우리 도련님이 아가씨만 말에 태우고 홀로 남으셨소? 아가씨 혼자 도망오신 것이오?"

"죄송해요. 죄송해요. 난 몰랐어요. 정 도령이 그리할 줄 몰랐어요. 분명히 내 뒤에 있었는데, 무척이나 따뜻했는데, 갑자기 도령이 말에서 뛰어내렸어요. 미안해요."

"어찌…… 어찌, 여기 이보오! 갑사님들, 이쪽으로 오시오. 이리 가야 하오. 우리 도련님이, 우리 도련님이 홀로 있다 하오. 서두르시오. 여기 발자국이 있소. 이 말이 왔던 발자국만 따라가면 호랑이를 잡을 수 있을 것이오. 어서 갑시다, 어서요!"

봉구는 울고 있는 미르의 손길을 야멸차게 뿌리치고는 핏발이 선 눈으로 고래고래 소리를 질렀다. 어쩔 줄을 모르고 그 자리에 서 있던 미르는 멀어지는 봉구의 뒤꽁무니를 쫓아 뛰었다.

"내가 알아요. 내가 도령이 어디에 있는지 알아요. 얼마 지나지 않았으니 내가 안내할게요. 봉구 씨, 나 떠날

게요. 더 이상 폐 끼치지 않고 떠날 거예요. 다만 도령, 정 도령 무사한지 그것만 확인하고 떠날게요. 나 미운 거 이해해요. 나도 알아요. 그래도 나 도령 안전한 것, 그건 꼭 확인해야겠어요."

애원하는 미르를 쏘아보던 봉구가 그녀에게 손을 내밀었다. 미르는 그 손을 잡고 다시 말안장에 올랐다. 갑사들 역시 전열을 갖추고 한 손에는 죽창을, 다른 한 손에는 횃불을 들고 말을 달렸다. 뒤에서는 많은 사람들이 악기를 때려 타위打圍* 준비에 나섰다. 바람 소리, 불길한 부엉이 울음소리, 그리고 제 심장 뛰는 소리로 미르는 골이 띵해졌다. 사람들은 서서히 털이 쭈뼛거리는 것을 느꼈다. 녀석이 근처에 있는 것이리라. 눈길에 붉은 핏방울들이 군데군데 떨어져 비장한 분위기를 조성하고 있었다. 피 흘린 양으로 보았을 때 능히 큰 상처를 입었다는 것을 알 수 있었다. 그것이 호랑이인지 휘지인지 몰라 봉구도, 미르도 가슴이 타들었다.

"어이, 이쪽에 호랑이 발자국이 있어! 이 녀석 다리를 다친 것 같군. 절뚝거려서 보폭이 달라. 피도 많이 흘린 것 같고, 빨리 가자고. 이 녀석은 힘 안 들이고도 잡을 수

---

* 타위: 북, 장구, 나팔 등의 악기를 연주하여 호랑이를 한곳으로 몰아넣은 후 포위하여 사냥하는 방법.

있을 것 같으이!"

갑사들이 우르르 핏방울을 좇아 뛰었고 긴박감은 극에 달했다. 미르는 어둠 속 어딘가에 휘지가 쓰러져 있을까 봐 샅샅이 톺아나가면서 살폈다. 핏방울은 여기저기 중구난방으로 흩어져 있었다. 이윽고 길이 두 갈래로 나누어졌는데, 왼쪽에는 호랑이 발자국이 이어져 있었고 오른쪽에는 핏방울만 그득했다. 갑사들이 왼쪽으로 우르르 몰려가자 일대는 잠시 어둠에 휩싸였다. 봉구와 미르는 어느 방향으로 가야 할지 결정이 서지 않아 수 초 동안 갈피를 잡지 못했다. 뽀드득거리는 소리라도 들었던 걸까? 경직되어 있던 미르가 뒤도 돌아보지 않고 오른쪽으로 내달리기 시작했다. 핏자국을 따라간 눈밭 사이에서는 금방이라도 끊어질 듯 희미한 숨소리가 새어 나왔다. 봉구가 덜덜거리는 손으로 전방에 등불을 비추자 불빛 너머로 가늘게 떨리는 몸뚱이 하나가 눈 위에 퍼드러져 있었다.

"도련님! 아이고, 도련님!"

하얀 도포는 더 이상 그 색을 알아볼 수 없을 정도로 붉게 물들어 휘지가 누워 있던 눈 언저리는 그저 새빨갛다고밖에 할 수 없었다. 휘지는 힘겹게 눈을 떠서 숨을 몰아쉬었다. 그럴 때마다 가슴께에서는 피가 왈칵 솟

구처 올라왔다. 미르는 그 자리에 털썩 주저앉아 비명도 지르지 못했다. 봉구는 도련님 가슴에서 뿜어져 나오는 피를 멈추어보겠다며 무턱대고 제 손으로 꾹꾹 환부를 눌러댔다.

"도련님, 정신 챙기시오. 잠들면 안 됩니다. 이제 마을로 돌아갈 테니 걱정 마십시오. 이 봉구가 왔습니다. 도련님, 봉굽니다. 봉구가 왔어요. 정신 차리시오. 이, 이 피가 다 뭐요. 이게 다 뭐란 말이오."

"보…… 봉구가 왔구나. 소저…… 소, 소저께서는 안전하시느냐?"

"시방, 그게 뭔 소리요, 도련님. 저 아가씨가 무사하든 말든 지금 그게 대수요? 내 저 아가씨 요물이라 생각했더니, 진정 요물이었소. 도련님 잡아먹으려고 온 도깨비였소. 그래, 내가 떨어트려놓으려 했더만 예가 어디라고 나오셨소? 예까지 나오셔서 이게 웬일이오, 도련님."

"보…… 봉구야, 네 뭐라고 하는 것이냐, 잘 안 들리는구나. 내가 귀가 어두워져서…… 잘 안 들리는구나."

"아이고, 이제 이놈 주인마님 얼굴을 어찌 봅니까요? 이놈도 그냥 여기서 도련님이랑 같이 목숨을 끊어야겠소. 왜 우리 애먼 도련님이 이런 참담한 일을 당한단 말이오? 저리 가시오. 아가씨, 우리 도련님 곁에 오지 마시오."

"봉구야, 그만두어라. 소저 이리 가까이 오세요."

"도령……."

봉구는 제 옷에 묻은 휘지의 피에 현기증이 일었다. 저 아가씨가 아니라 도련님 곁을 지켰어야 했다. 자책감에 봉구는 차가운 눈 바닥에 주저앉아 울부짖었다. 미르는 처참하게 널브러져 있는 휘지의 곁에 가서 그의 머리를 자신의 다리로 받쳐주었다. 그는 더디게 숨을 토해내고 있었다.

"소저의 잘못이 아니니 결코 미안해하지 말아요. 난, 난 괜찮을 것이오. 곧…… 다 괜찮아질 것이오. 차라리 이렇게라도 고향 땅으로 돌아갈 수 있을게요. 그러니 괘념치 말아요."

그가 무거운 기침을 뱉어내자 울컥 입안에서 피가 쏟아졌다. 미르는 사람이 눈앞에서 피를 흘리는 것이 생소하여 꿈처럼 여겨졌다. 몽롱하다. 가슴이 뜨겁고 심장이 뛰었다. 도령이 아프다. 미르의 눈물이 휘지의 눈가로 흘러내렸다. 미르가 눈을 감았다. 어둠 속에 미르가 있었다. 바람이 스치는 소리와 점점 싸늘하게 식어가는 휘지의 체온이 느껴졌다. 그의 생명이 얼마 남지 않았다. 미르의 감은 눈 사이로 휘지의 늑골이 보였다. 부러진 늑골이 그의 폐를 뚫고 깊게 파고들어 피가 샘솟았다.

얇은 세포막들은 갈가리 찢겨져 있었다. 미르의 몸에서 빛이 일기 시작했다. 봄볕보다 따스한 온기가 미르와 휘지를 감쌌다. 휘지의 찢겨진 세포가 자체적으로 증식하면서 혈관과 피부를 메워나갔다. 흘러넘치던 핏방울들이 핏길을 찾아 스며들었다. 부러진 휘지의 늑골이 서서히 접합되었다. 휘지의 벌어진 피부 살갗이 점점 아물었다. 이내 미르가 눈을 떴고, 휘지의 하얀 도포는 여전히 피로 물들어 있었지만 번지진 않았다. 봉구가 놀란 눈으로 그들을 바라보았다. 휘지는 줄어드는 통증 속에서 가물가물한 정신줄을 놓아버렸다. 마침내 미르 역시 나무토막처럼 굳어선 자신의 무릎에 기대어 있던 휘지 위로 쓰러졌다.

양양지풍*

襄陽之風

* 양양지풍(襄陽之風) : 양양에 부는 바람. 양양에 불어 닥친 꽃바람. 연애 기류.

1.

양양도호부. 관아 내아^{內衙}.

방금 전, 정청(동헌)에서 근무 중인 아버지께 문안 인사를 드리고 나온 수하는 잰 발을 움직여 별당으로 건너갔다. 별당으로 통하는 작은 문을 넘기가 무섭게 자신의 신세를 한탄하는 여인의 짜증 섞인 목소리가 들려왔다. 환기를 시킬 참으로 살짝 열어둔 창문 틈새로 고운 빛깔의 한복을 입은 아리따운 아가씨가 아얌*을 손에 쥔 채, 바깥으로 나갈 차비를 하겠다며 종년과 실랑이를 벌이고 있었다.

"아니, 내가 지금 가만히 앉아 있게 생겼니? 교학 도련님께서 다치셨다는데 어찌 집에서 풍문으로만 그분 소식을 들어야 한단 말이냐?"

"하오나, 아가씨. 어찌 규중 부녀자께서 사내의 거처에 함부로 드나들려고 하십니까. 영감님께서 아시면 소인이 경을 칩니다."

"아, 모른다, 몰라. 나는 지금 아무것도 귀에 들리지가 않는구나. 어젯밤 도련님 다치셨다는 이야기를 듣고 가슴이 미어지는 듯하여 눈물로 밤을 지새웠다. 한 10년은 늙어버린 기분이었어! 더는 그냥 아무것도 못하고 앉아만 있지 않을 테다. 그러니 너는 어서 나갈 차비를 돕든가, 아니면 나 혼자 알아서 나갈 테니 그냥 앉아 있든가!"

"거기서 부동! 내 너 이러고 있을 줄 알았다. 춘심이 말이 틀린 것이 없거늘 네 규중 아씨가 사사로이 사내의 거처에 드나들어도 된다는 법도는 대체 어디서 배워먹은 것이냐?"

"오라버니 오셨소? 배우긴 누구에게 배웠겠소. 거야 매일 주야 가릴 것 없이 기방은 물론이며, 남의 집 안채

---

* 아얌: '액엄'이라고도 하며, 조선 시대 겨울에 부녀자들이 나들이 할 때 춥지 않도록 머리에 쓰던 물건으로 이마만 덮고 귀는 내놓으며, 뒤에는 아얌 드림을 늘어뜨린다.

에 몰래 드나드는 못된 오라버니에게 배웠겠지요. 지금도 기방에서 밤새우고 오는 길 아니셔요?"

누이를 꾸짖어주려다 말로 받은 수하는 입맛을 쩝쩝 다시며 능글맞은 표정으로 수연이 하는 양을 바라보았다. 그녀는 잠을 제대로 자지 못했는지 피곤한 기색이 역력하였고, 얼굴에는 온갖 시름과 근심이 떠날 줄 몰랐다. 항상 곱게 땋아져 있던 머리도 삐죽삐죽 새어 나와 지저분하였고 머리 위의 배씨 댕기도 삐뚤어져 있었다. 오로지 그녀의 손에 들려진 아얌만이 가장 정돈되고 안정되어 있는 느낌이었다. 게다가 이 아가씨 입이 사내 못지않게 걸어 그 작고 예쁜 입술과는 어울리지가 않았다. 과연 이 여인이 양귀비도 울려버린 양양 고을 최고의 별당 아씨 연수연이 맞는가? 양양 도호부사의 여식인 연수연은 그녀의 오라버니인 연수하와 함께 그 청초하고 맑은 외모 덕에 '물결 위의 수련꽃 같은 남매'로 뭇 사람들의 입방아에 자주 오르내리는 유명 인사였다. 헌데 지금 반쯤 정신이 나가서 온 방 안을 서성이는 수연은 여느 때의 연수연이 아니었다. 수하는 제 누이의 그런 흐트러진 모습이 우습기도 하고, 또 귀엽기도 하여 일찌감치 그녀를 말릴 생각은 접은 눈치였다.

"아이고, 도련님. 구경만 하지 마시고 아가씨 좀 말려보셔요. 지금 저런 모습으로 대체 어딜 나가신단 말입니까? 머리도 다시 빗고 의복도 갈아입고 좀 진정하고 나서 나가시지요, 아가씨!"

"시끄럽다. 내 모양새가 어때서? 내 단장할 시간에 교학 도련님 간호를 한 번이라도 더 하는 것이 옳다!"

"정말 그렇게 생각하는 것은 아니겠지요, 수련화(垂蓮花, 수연의 당호) 아씨? 우리 교학은 단아하고 청순한 처자를 흠모할 터인데 지금 수련화께서는 진흙투성이인걸."

마구잡이로 장에서 배자를 꺼내 입고 있던 수연이 고개를 핵 돌려 수하를 노려보더니 자신의 모습을 경대에 비추어보았다. 본디 타고난 미색이야 어디 가겠느냐만 부스스한 머리 모양이나 시커먼 그을음이 앉은 눈물 고랑은 볼썽사나웠다. 스스로도 안 되겠던지 그녀는 춘심에게 일러 다시 세숫물을 받아 오라 명하였다.

"내 꼴이 가관이 아니었구나. 지금 이대로 갔다간 도련님도 깜짝 놀라시겠다. 세안부터 깨끗이 하고 복색도 갖추어서 정오쯤에는 출타할 수 있도록 하자구나."

"누이, 이 오라비 눈에는 지금도 충분히 아름다워 보이니 그냥 나가거라. 교학이 기다리고 있으면 어쩌누?"

"지금부터 준비해야 할 것이 산더미이니 오라버니도 내 방에서 이만 나가셔요. 그리고 옆에서 자꾸 그런 심술궂은 소리만 할 요량이라면 다시는 보지도 맙시다."

"하하하, 네 단단히 삐쳤구나? 알았다. 이 오라비가 이제 그만 놀리도록 하마. 잔뜩 뿔난 모습이 꼭 네 어렸을 적 같아서 좀 과하게 농을 쳤다. 그러니 성이 났다면 화 풀도록 하려무나. 대신 이 오라비가 교학과 관련된 따끈따끈한 소식을 전해주마. 이 오라비가 방금 전까지 어디 있다 왔는지 아느냐?"

뿌루퉁하던 표정도 잠시, 수연은 눈이 초롱초롱해져서 수하의 곁으로 다가왔다.

"오라버니께서는 기……방에 계시다 온 것이 아니셨소? 혹 교학 도련님 댁에 있다 오신 것이오? 지금 도련님 상태는 좀 어떠시답니까?"

"에헴! 이 오라비가 아무리 주색잡기에 빠져 있다 하나 벗이 다쳤다 하는데 어찌 술잔을 기울였겠느냐? 평상시 이 오라비를 대체 어찌 생각한 것이야? 아무튼 교학은…… 멀쩡하다는구나! 참 다행이지, 입고 있던 하얀 장의는 피투성이였다는데 몸은 상처 난 곳 하나 없이 깨끗하다지 뭐냐. 다들 하늘이 도우셨다면서 지금 저잣거리며 기방이며 할 것 없이 교학 이야기로 난리가 아니다, 난리가."

밤새 맘 졸이던 것이 한 번에 풀렸는지 수연은 다리가

바들거려 몸의 중심을 잃고 바닥에 주저앉았다. 그녀는 안심이 되어서 입에 미소가 걸렸으나 눈에서는 저도 모르게 줄줄 눈물을 흘리고 있었다.

"다행이오, 정말로 다행이오. 오라버니, 참말로 다행한 일이 아닙니까?"

"하, 너도 참. 교학이 그리 걱정되었느냐? 그 친구 얼굴 생김새가 아직 어린 티를 벗어나지 못했어도 엄연히 약관의 사내다. 호랑이 한 마리에 굴할 친구가 아니지, 암! 처음엔 다들 눈밭에 시뻘건 핏자국이 흥건하여 교학이 친구가 이미 창귀가 되어 저세상을 헤매는 것은 아닌가 하고 단념을 했다지. 그런데 웬걸, 교학 그 친구는 정신을 잃긴 했어도 몸에 상처 하나 없이 멀쩡한데 비해 이놈의 호랑이는 교학이 휘두른 칼날에 요절났다지 뭐냐. 내가 뭐랬니, 교학이 그저 허연 백면서생이 아니라 했지? 허허, 아까 교학에게 갔을 때 잠시 맨 살결을 보았는데 정녕 찰과상 하나도 없지 않겠니? 하늘이 도우셨단다, 하늘이. 그런데 교학이 호랑이를 잡는 통에 울상이 되어버린 곳도 있단다. 바로 착호갑사들이지. 그네들이 호랑이를 떠메고 오긴 했으나 사람들은 죄다 그 공이 실은 교학의 몫이라고 입에 침이 마르도록 떠들어대고 있단다. 게다가 교학이 휘두른 칼 때문에 호피도 많이

상했는지 아주 불평이 이만저만이 아닌가 보더구나. 그
래도 뭐 양양 고을 계집년들은 우리 교학 다시 보았다면
서 아주 안달이 났단다. 설향이 고년도 교학 얘기로 귀
를 따갑게 하길래 내 남은 술잔만 마저 마시고 부용각에
서 나와버렸단다."

"설향이라면 부용각 기생이 아닙니까? 그 미천한 것이
언감생심 도련님을 넘본대요? 어찌 자꾸 그 교교한 분
의 이름이 그것의 입에 오르내린답니까. 좌우당간 도련
님께서 멀쩡하시다니 한시름 놓았습니다. 조금 있다 장
에 들러 소뼈라도 사 가야겠습니다, 오라버니."

"원 녀석도, 질시할 것이 없어서 기생년 입방아를 질
시하는 것이냐? 아, 그리고 이미 오라비가 병문안을 갔
다 왔는데 네가 교학에게 부러 가볼 것은 없다. 조금 있
다가 이 오라버니가 다시 방문할 것이니 너는 그냥 가만
히 있거라. 네 비록 집 안팎에서 하는 행실이 판이한 아
씨이긴 하나 어찌 되었든 간에 양양 고을에서 소문난 규
중 아씨이거늘 자꾸 외간 사내 거처에 드나들려 하느
냐? 아버님 아시면 역정을 내실 터이니 이번엔 조용히
별당이나 지키고 있거라. 내 소뼈 하나 사 들고 가서 우
리 수연이가 마음 쓴 것이라고 전해주마."

"말이 되는 소리를 하세요, 오라버니. 어찌 되었든 도련

님 황천 넘어가실 뻔하였는데 내가 한 번은 뵈어야지요."

"말 마라. 사람들 보는 눈이 있거늘, 아직 교학이 자리에서 일어나지도 못했는데 여인인 네가 드나드는 것은 괜한 흉만 될 것이다. 이 오라비가 보고 와서 이야기해 줄 테니 너는 세수도 좀 하고 옷도 갈아입고 잠이라도 한숨 자거라. 피부 안 좋아진 것 봐라! 그럼 이 오라빈 이만 나가마."

수연은 제 오라비에게 몇 번 더 쏘아붙일까 고민도 해 보았지만 곰곰이 따져보아도 그리하는 것이 보기 좋을 듯 싶었다. 하는 수없이 그녀는 아쉬운 눈길로 별당 문을 나서는 수하를 오래도록 바라보았다. 해가 나는지 열어놓은 창문 사이로 처마에서 떨어지는 눈 뭉치들이 보였다.

'저 눈들은 마음껏 창공을 나리다가 도련님 계신 곳으로 더금더금 쌓이겠지.'

수연은 녹아내린 눈 뭉치들을 바라보며 별당 안에 갇혀 있는 제 처지와 비교되어 한숨을 내쉬었다. 다른 댁 규수들보다야 마음껏 나돌아 다녔다고 자부했는데도 결정적인 순간에는 언제나 규중 법도에 발목이 묶여 갑갑한 신세였다. 제 오라비가 다니던 서당에서 남자 행색을 하여 글월을 배우기도 하였고, 틈만 나면 몰래 저잣거리에 나가 여기저기 헤집고 돌아다니며 구경을 다니기도 했다. 허나 연모하는 도령이 죽을 뻔했다는데 그것을 보러 가지 못하는 것이 조선 여인의 인생이었다. 수연은 휘지가 사내로 태어나고 자신이 여인으로 태어난 것이 못내 기뻤지만 지금 이 순간만은 계집으로 태어난 것이 원망스러웠다. 그녀는 눈이 녹으면서 내는 사각거리는 소리에 두 눈을 감고 휘지를 처음 보았던 때를 떠올려보았다.

*

"아가씨, 집중하시지요. 『익지서』에 이르기를 여자에게는 네 가지 덕의 아름다움이 있다고 하였습니다. 첫째는 부덕婦德이요, 둘째는 부용婦容이요, 셋째는 부언婦言이며, 넷째는 부공婦公이라 하였습니다. 이 네 가지 덕에 대하여 읊어보십시오."

수연은 자신의 앞에 앉아서 개인 교습을 해주고 있는 스승을 고역스러운 표정으로 바라보았다. 양가의 규수 자제들은 각 가정에서 간단히 언문을 배우기도 하는데, 그것도 겨우 『훈민정음』이나 『소학언해』 정도가 다였다. 여인네들이야 자수를 놓는 것이나 집 안에서 지아비를 보필하는 것, 그리고 가솔들을 정비하는 것이 가장 큰 미덕이었다. 그나마 수연은 아비를 조르고 졸라서 별당 내까지 가숙家塾 선생을 모셔 소학이며 사서와 사경을 뗄 수 있었다. 그러나 그래 봤자 여인이 알아야 할 바와 사내가 알아야 할 바는 따로 나누어져 있어, 저 고리타분한 훈장님께서는 마땅찮은 표정과 퉁명스러운 어투로 책을 읽어주곤 하였다. 게다가 꼭 저런 텁텁한 문장만을 읊게 만들어 여간 짜증 나는 것이 아니었다.

"예예, 읊어보지요. 부덕이라고 하는 것은 반드시 재주와 이름이 뛰어나야 하는 것이 아니며, 부용이라는 것은 반드시 얼굴이 아름답고 고와야 하는 것이 아니고, 부언이라는 것은 반드시 입담이 좋고 말을 잘해야 하는 것이 아니고, 부공이라는 것은 반드시 손재주가 보통 사람보다 나아야 하는 것은 아님을 말합니다. 먼저 부덕이라는 것은 맑고 정절이 있고 염치가 있으며 절도가 있어서, 분수를 지켜 마음을 바르게 가다듬으며, 몸가짐에 수줍음이 있고 동정動靜에 법도가 있음을 말하며, 부용이라는 것은 먼지와 때를 씻고 의복을 청결히 하며 목욕을 제때에 하여 몸이 더럽지 아니하게 함을 이릅니다. 부언이라는 것은 말을 가려서 하고 예가 아니면 말하지 아니하며, 때가 된 뒤에 말을 하고, 남이 그 말을 싫어하지 않는 것이니 이것이 부언이 된다고 했습니다. 마지막으로 부공이라는 것은 부지런히 길쌈을 하고, 술 빚는 것을 좋아하지 않으며, 맛난 음식을 장만하여 손님을 대접하는 것이라 하였습니다. 이 네 가지 덕은 부녀자로서 빠뜨릴 수 없는 것이니, 행하려면 매우 쉽고, 힘쓰는 것은 바름에 있으니, 이에 의지하여 행하면 곧 아녀자의 범절이 된다고 하였지요."

"아주 잘하셨습니다, 아가씨. 이 네 가지 덕을 잊지 마시고 가슴속에 새겨두어야 합니다."

"예, 스승님. 한데 어찌 이 네 가지 덕들이 여성의 아름다움이기만 합니까? 제가 생각하기엔 이 네 가지는 인간 된 자의 기본 도리에 해당하는 것이니 여성뿐만 아니라 사내에게도 응당 요구되어야 할 아름다움이라고 생각합니다. 사내도 정절을 지키며, 몸가짐에 수줍음이 있어야 하고, 몸을 깨끗이 하며 말을 함부로 하지 말아야 하지요. 그러니 이것은 여성의 아름다움만이 아니라 모두가 배워야 할 네 가지 아름다움이라고 하는 것이 맞는 말 아닐까요?"

"아가씨, 아가씨는 그저 서책을 읽기만 하십시오, 질문하지 마시고요. 어찌 자꾸 사내와 여인을 인간이라고 한데 묶어 말하려 하십니까? 엄연히 다른 것이니 아가씨께서 떼쓴다고 달라지지 않는 법입니다."

"질문도 못 하게 하실 것이라면 예 와서 저를 가르치실 이유가 없는 것 아닙니까? 스승님께서는 매번 그러시지요. 여인은 어떻고, 사내는 어떻고……. 되었습니다. 저는 이제 스승님께 더 배울 것이 없으니 하산토록 하지요. 예서 춘심이가 내오는 다과나 드시다 가십시오!"

말이 끝나기가 무섭게 수연이 치맛자락을 휘날리며 별당 문을 벌컥 열어젖혔다.

"아가씨, 아이고, 아가씨! 또 어딜 도망가십니까? 당장 예 와서 예의범절부터 다시 배우시지요!"

"스승님이랑 예의범절을 배우느니 저기 부용각에 있는 설향이에게 사내 맘 사로잡는 법이나 배우겠습니다. 어찌 매번 그리 갑갑한 소리만 하십니까? 스승님 마음에 들지 않으시겠지만 저는 여인이기 이전에 사람입니다."

"아가씨! 도호부사께 다 고해바치겠습니다!"

"고하시려거든 고하세요. 가벼이 말을 옮기는 것은 여인은 물론이거니와 사내도 하지 않는 일입니다. 역시 스승님은 좀생이십니다!"

수연이 막 신을 신고 동헌 마당으로 나갈 채비를 하고 있는데 누군가 박수를 치며 별당 마당 안으로 들어섰다. 수연이 고개를 들어 소리 나는 곳을 보자 화려한 자주색 장의에 접선을 든 수하와 옥색 도포를 걸친 처음 보는 사내가 장난기 가득한 미소로 그녀를 바라보고 있었다.

"거기서 부동! 저기 저 아가씨가 바로 내 누이이자 그 소문난 '수련화'라네. 네 어찌 또 스승을 희롱하고 내빼려고 하느냐? 내 당장 정청으로 가서 아버님께 다 고해 바칠 테다!"

"그만두십시오. 한명(侃鳴. 수하의 호) 형님, 아가씨께서 도망하시는 것이야 옳지 못하나 그 학구열이나 질문하는 자세는 참으로 사부학당의 학동들 못지않다고 생각됩니다. 여성이 배우려 하는 것이 잘못된 일은 아니지 않습니까? 궁금한 것이 있으면 가르쳐주시는 것이 스승의 존재 이유이지요. 그러니 스승께서도 아가씨께서 질문하신다 하여 입부터 막으려 하지 마시고 조금이라도 상대해주십시오. 그러면 아가씨께서 도망하시지 않으실 것입니다. 아무튼 수련화께서는 듣던 대로 밝고 당찬 아가씨입니다."

수연은 그렇게 그윽하게 깔린 음성은 처음 들어보는 듯하였다. 농을 주고받는지 수하와 연신 홍소를 터트리는 미남자는 장신에 비해 무척이나 맑고 어리게 생긴 아름다운 선비였다. 수연에게 있어 사내는 그저 큰 소리로 시끄럽게 웃기나 하고 허세가 심하여 이 세상 모든 이치를 다 아는 듯 여인을 가르치기에 급급한 자들이었다.

게다가 제 옷의 뜯어진 솔기 하나 꿰매지 못하고 여인에게 미루는 무능하기 짝이 없는 거구들이 아니었던가? 그런데 저기 마당에서 햇살을 받고 있는 백안의 사내는 착용하고 있는 의관정제衣冠整齊도 정갈하였으며 말하는 어투에도 품위가 있었다. 수연은 양양 고을에도 아직 저런 선비가 남아 있었던가 하는 눈길로 사내를 바라보았다.

"누이, 교학의 얼굴에 구멍이 나겠네그려. 여인네가 사내를 그리 뚫어지게 쳐다보다니 부끄러운 것도 모르나 보이."

수연은 평소 성질 같았으면 당장에라도 달려가서 수하의 조잘대는 얄미운 주둥이를 한 대 날려주었을 텐데, 왠지 저 선비 앞에서는 아무것도 할 수가 없었다. 수연도 몰랐던 정숙함과 수줍음이 튀어나와 그녀를 참한 규중 아씨로 만들었던 것이다.

"허허허, 참으로 평소답지 않네그려. 우리 누이가 교학 자네가 마음에 들었나 보군."

"귀형께서 하시는 농이 아가씨께 과한 것 같습니다. 저런 고운 소저께서 어찌 저 같은 사내를 바라보겠습니까? 남몰래 훔쳐본다면 그것은 제 쪽의 이야기이겠지요."

어느새 수연은 두 볼이 발그레해져서는 눈도 못 맞출 정도로 얼굴이 화끈거리고 가슴이 두근거렸다. 이것이

116

과연 무슨 조화인가 싶어 수연은 눈물이 찔끔 나오려고 했지만 내심 교학이라는 선비와 계속 이야기를 나누고 싶었다.

"아직 아가씨께서 수업 중이신 것 같으니 형님과 저는 이만 별당 밖으로 나가는 것이 좋겠습니다."

"허허, 교학 이 친구야, 그래도 안까지 들어와서 수련화를 보았는데 통성명 정도는 하고 가는 것이 옳지 않겠나?"

"아…… 귀형의 말씀이 옳습니다. 제가 여인의 처소에 들어온 것이 처음이라 경황이 없었습니다. 안녕하십니까, 아가씨. 저는 정휘지라 하고 본관은 연일, 자는 청야, 호는 교학이라 합니다."

"여기는 내 누이이자 양양 도호부사의 여식인 연수연이라네. 내 보기엔 일 할一割 정도는 과장인 것 같은데 교학 자네 눈에는 어찌 보이는가?"

"한명 형님께서는 참으로 끊임없이 농을 치십니다그려. 여인이 물건도 아니고 아가씨를 면전에 두고 어찌 그 아름다움을 품평한단 말입니까? 굳이 들으려 하신다면 일 할의 거짓도 없이 아름다운 분이라 생각됩니다만……."

"이 친구 역시 물건일세그려. 내 사람 보는 눈이 있지,

암! 교학 자네 그 세치 혀로 계집을 몇이나 울렸는가? 열은 울리고도 남았을 솜씨네."

"하하, 그만두시지요. 소저께서 아직 수업이 끝나지 않은 모양인데 이제 정말 우리는 그만 별당에서 나가는 것이 좋겠습니다."

"그러함세. 수연아, 오라비는 이만 나가보마. 너 어디 다른 곳으로 튀려는 생각은 아예 고이 접어 넣고 스승님과 남은 공부 마저 다 하거라. 어디 계집애가 망아지같이 발딱 일어나서 신을 신고 날뛰려 하는지, 원. 아, 그리고 훈장께서는 이 철딱서니 없는 것 맡아 가르치시느라 수고가 많으십니다! 마저 수고하시고 우리 누이 질문에 성실히 대답 좀 해주십시오."

제 행실도 말쑥하지 않은 주제에 수하는 나가는 순간까지도 고래고래 잔소리를 늘어놓느라 문턱에 걸려 자빠질 뻔하였다. 저 난봉쟁이 오라버니로 인하여 수연은 휘지 앞에서 창피를 당한 것 같아 얼굴을 들 수가 없었다. 스승은 스승대로 저 왈가닥 아가씨가 갑자기 고분고분 조용해져서는 마루에 걸터앉아 있는 모습을 신기한 눈으로 관찰하였다.

*

용마루와 처마에서 눈 녹은 물방울이 더 이상 떨어지지 않을 때가 되어서야 수연은 회상에서 깨어날 수 있었다. 그녀는 네모난 창문을 통해 불어오는 차가운 바람을 맞으며 네모난 창틀이 허락한 하늘을 바라보았다. 자신의 마음은 이미 창틀을 넘고 담을 넘어 휘지가 있을 조그만 초가집에 당도하였는데 육신은 여전히 작은 별당에 앉아 있었다. 그녀는 하는 수 없이 휘지를 떠올리며 수틀에 고운 수련화를 수놓기 시작했다. 여전히 잊을 수 없는, 그날의 옥색 도포 차림의 휘지를 떠올리면서 말이다.

2.

봉구는 방 양쪽에 누워 있는 두 환자들을 간호하느라 눈코 뜰 새 없이 분주하였다. 그는 전날 밤, 제 눈으로 보았던 것이 아직도 믿기지가 않는지 내내 귀신에 홀린 기분이었지만, 뭐가 어찌 되었든 간에 지금 눈앞에 도련님이 멀쩡한 모습으로 누워 있으니 그저 하늘에 감사할 따름이었다. 밤새 의원이 들어 휘지와 미르의 상태를 진료

하고 나서도 봉구는 자리에 엉덩이를 붙이지 못하고 이 것저것 처리할 일들이 많았다. 대표적인 예로, 휘지의 부상 소식을 듣고 다짜고짜 쳐들어오는 젊은 선비들을 통제하는 일을 들 수 있겠다. 그들은 유배형에 처해진 휘지가 양양 고을에 도착하자마자 초가집에 막무가내로 들이닥쳐 고매한 인품과 번뜩이는 지성을 배우고자 왔다며 머리를 들이민 어린 학도들이기도 했다. 물론 학동의 나이에서부터 장성한 선비에 이르기까지 다양한 연령층이 섞여 있었다. 그들의 목적은 단 하나, 한양 도성에 대한 다양한 소식과 그곳에서 유행하는 최신 지식들이었다. 아무튼 휘지의 집은 배움을 바라는 그런 부류들로 인해 한동안 꽤나 문전성시를 이루었다. 그런데 이러한 혼잡함을 단번에 잠재운 이가 있었으니 그가 바로 양양 고을 최고의 난봉쟁이 수탉 '연수하'였다. 그는 도호부사의 자제로 그 세도가 막강하기도 했지만 무엇보다 그 불같은 성정이나 우레와 같은 목청, 한번 붙들고 늘어지기 시작하면 기방에서부터 시작하여 대폿술에 이르기까지 난잡함과 주색잡기로 하루를 모두 망치게 하는 마력으로 모두를 뒷걸음질 치게 만드는 위인이었다. 처음 봉구는 제 주인이 그런 추접한 사내와는 어울리지도 않을 것이라 여겼는데, 의외로 둘의 성격이 맞았는지 아주 찰떡같이 붙어 다니게 되었다. 물론 수하 쪽에서 일 방적으로 달라붙는 것이 없지 않았지만 어쨌든 휘지도 수하를 꺼리진 않는 눈치였다. 그리하여 그 수많은 추종 자들은 휘지를 남의 애인 쳐다보듯이 먼발치에서 애잔 한 눈빛으로 쳐다볼 수밖에 없었다. 그 이후로 그들의 발길이 좀 뜸해졌나 싶더니, 휘지가 다쳤다는 소식이 전 해지자마자 다시 몰려들어 마당이 소란스러워졌다. 그 바람에 봉구는 어젯밤부터 지금까지 한숨 돌리지도 못 하고 그들을 돌려보내느라 애를 먹었다. 새벽쯤이 되어 서야 야차처럼 달려온 수하로 인해 무리들은 강제 해산 되었고, 한숨 돌리나 했던 봉구는 다음 난관과 맞닥뜨리 게 되었다. 방 안에는 휘지뿐만 아니라 미르도 누워 있 었던 것이다. 그는 휘지가 괜한 구설수에 오를까 식겁하 여 수하가 한눈을 파는 사이 미르를 골방으로 옮겨 뉘였 다. 봉구가 골방에서 나왔을 땐, 언제 들어갔는지 수하 가 휘지의 곁에 죽치고 앉아 이것저것 잔심부름을 시켰 고, 그는 환자 수발도 모자라 수하 수발까지 드느라 멀 미가 날 지경이었다. 새벽녘까지 수하는 휘지가 눈 뜨 는 것을 보고 가겠다고 고집을 피웠지만, 오래도록 깨어 나지 않으니 참지 못하고 술을 한잔 걸치러 기방으로 떠 났다. 그럼 그렇지, 가기 전 수하가 '어차피 몸에는 상처 하나 없으니 나는 이만 가마'라고 어찌나 상큼하게 말하던지 봉구는 그 등짝을 걷어차주고 싶었다. 그렇게 수하가 떠나고 미르를 다시 따뜻한 방 안으로 옮기고 나서야 봉구는 잠시 궁둥이를 방바닥에 붙일 수 있었다. 녹초가 되어버린 봉구가 멍하니 화톳불을 바라보다 깜빡 잠이 들었다.

"봉구야, 물 좀 다오."

비몽사몽, 지금 들리는 말소리가 꿈인지 생시인지 분간이 가지 않더니, 제 주인 목소리임을 깨닫자 잠이 훅 하고 달아나버렸다.

"도련님! 아이고, 우리 도련님. 정신이 좀 드시오? 거의 하루 종일 잠들어 계시었소. 이 봉구가 얼마나 걱정을 했는지 아십니까요? 아무튼 다행입니다, 다행이어요. 이리 다친 곳 하나 없이 멀쩡하니 하늘이 도우셨습니다."

"봉구야, 물부터 좀 주겠니? 내 갈증이 일어 목이 타들어가는 것 같구나."

"예예, 드리다마다요. 물뿐이겠습니까? 뭐 달리 더 필요한 것은 없으십니까?"

"아…… 저기 봉구야, 내 분명 호랑이한테 한 대 세게 후려쳐진 것 같은데……."

"말도 마십시오. 도련님 하얀 창의가 완전히 피로 물

들어서 새빨개져 있었습죠."

"어…… 그러니까 네 말은 내가 진짜로 호랑이에게 호
되게 당했다는 얘기구나. 나도 앞발에 맞아 공중에 붕
떴다가 눈밭에 떨어진 기억까지는 있는데…… 아, 그리
고 음…… 왜 이리 기억이 흐린지 모르겠구나. 분명히
그 뒤에 누굴 본 것 같은데."

봉구는 침을 한번 꿀떡 삼켰다.

"그래, 소저…… 소저였구나! 봉구야, 미르 소저는 무
사하시냐?"

"예? 아, 예, 도련님. 무사하십니다요. 지금은 그저 피
곤하셔서 잠든 것뿐이라고, 오전에 의원이 다녀가면서
그리 말했습죠."

"그래, 소저께서 무사하시다니 다행이구나. 내 분명 이
제 죽었구나 싶었을 때 소저의 얼굴을 본 것 같은데. 소
저가 나를 발견한 것이냐?"

"예, 도련님. 이놈이랑 아가씨께서 도련님 눈밭에 누워
계시던 것을 발견했지요."

"허…… 그런데 분명히 내 기억으로 그때 나는 이미
소생할 가망이 없을 만큼 망가져 있었는데, 지금은 온몸
이 가뿐한 것이 여기저기 조금 쑤시기는 해도 불편한 곳
은 없구나."

"그것이…… 실은 저도 어제 제 눈으로 보고도 믿을 수가 없는지라."

"무슨 일이 있었던 것이냐? 밤새 화타가 들른 것도 아니고 내가 이리 멀쩡한 것이 괴이하구나."

"맞습니다. 화타입니다! 소인이 그것은 까맣게 잊고 있었습니다요. 암만 봐도 저기 저 미르 아가씨께서 화타가 아니신가 싶습니다요. 어젯밤 거의 갈가리 찢어진 도련님 가슴을 그냥 확 다 고쳐놓았지 뭡니까! 갑자기 새카만 밤인데도 불꽃이 일렁이더니 도련님이랑 미르 아씨 계신 곳만 봄볕처럼 따뜻해졌습죠. 아씨께서 도련님 몸뚱이를 부둥켜안고 눈물을 뚝뚝 흘리시는데…… 어느새 도련님 가슴에 피가 멎고 새살이 돋아나더니 이렇게 상처 하나 없이 멀쩡해지셨지요. 저는 어젯밤에 도련님 돌아가시는 줄 알고 발만 동동 굴렀는데 순식간에 아가씨께서 도련님을 뚝딱 고쳐주셨습니다요."

휘지는 몸을 일으켜 색색 고르게 숨을 쉬며 잠들어 있는 미르를 바라보았다.

"소저께서 나를 살리셨구나. 진정 선녀가 맞았어."

휘지가 감격한 눈빛으로 미르를 응시하며 혼잣말을 중얼거렸다.

"예? 선녀라굽쇼? 미르 아가씨께서 선……녀라는 말

씀이십니까?"

휘지는 순간 아차, 하는 표정을 지었으나 이내 얼굴을 고치곤, 곧은 눈빛으로 봉구를 바라보았다. 두 눈에 어찌나 힘이 들어가 있는지 봉구는 휘지의 눈동자에 빨려들어가는 것은 아닌가 싶어 재차 외면하기에 급급하였다.

"왜 눈길을 피하느냐? 지금부터 하는 이야기는 중요한 것이니 내 두 눈을 똑바로 쳐다보거라. 그래, 봉구야. 내 그저께는 소저의 정체를 여기저기 떠벌리는 것이 옳지 않을 것 같아 너에게까지 쉬쉬하였다마는, 어제 너 또한 소저의 신묘한 능력을 보았으니 그만 말하여주는 것이 맞지 싶구나. 네 절대 바깥에서 소저에 대해 이야기를 하여선 안 될 것이다."

"도련님, 참말로 섭섭하구먼요. 제가 어디 입을 함부로 놀리는 놈이었습니까? 어찌 그런 것을 숨기셨습니까요. 이놈 갑자기 서글퍼집니다."

"내 너를 믿지 못하여 그런 것이 아니다. 다만 한 사람이 알던 것을 두 사람이 알게 되면, 이내 곧 세 사람, 네 사람이 알게 되는 것이 세상 이치이기에 내 함구하기로 했던 것뿐이다. 별것 아니니 섭섭케 여기지 말고 네 이 제부터 입조심을 해야 할 것이다. 정녕 소저께서 내 상처를 아물게 하셨다는 것이지?"

"예, 저는 태어나서 그런 것은 정말이지 처음 봤습니다요. 저기 한양 땅 대궐에 살고 계신 임금님을 진맥하시는 어의 영감도 그렇게는 못 할 겁니다. 정말이지 귀신같은 일이었다니까요. 어찌나 신묘하던지 이놈은 혼백이 달아나는 줄 알았습니다. 그런데 도련님께서는 아가씨께서 선녀라는 것을 어찌 아셨습니까?"

"나 말이냐? 나는 그저께 소저께서 별을 타고 하늘에서 내려오는 것을 보았기 때문이지."

"벼, 별을 타고 내려오셨다고요? 선녀가요?"

"그래, 선녀는 날개옷을 입고 내려오는 줄로만 알았는데 실상은 그것이 아니었나 보더구나. 소저께서는 떨어지는 유성을 타고 내려오셨단다. 얼마나 장관이었는지 상상도 못 할 것이다."

"유성이라니. 참말로 저 같은 놈은 상상도 못 하겠구먼요. 그래도 어제 아가씨 하시는 모습을 보니 아가씨께서 유성이 아니라 용을 타고 내려오셨다 해도 다 믿을 수 있겠습니다."

두 사내가 떠드는 통에 미르도 몸을 뒤척이더니 번쩍 몸을 일으켰다.

"도령!"

미르의 외침에 놀라 토끼눈이 된 휘지와 봉구는 일제

히 미르를 바라보았다. 미르는 악몽이라도 꾼 표정으로 울상이 되어서는 휘지에게로 안겨들었다. 휘지는 미르의 갑작스러운 포옹에 놀라 온몸이 뻣뻣하게 굳었다. 그녀는 그런 휘지의 반응은 신경도 쓰지 않고 휘지의 상태를 확인하기 위해 그의 옷을 들추었다. 휘지는 여인네가 자신의 은밀한 속살을 보려 하는 것이 경악스러워 두 눈알이 튀어나올 뻔하였다. 그는 자신의 다리 위에 걸터앉아 있는 미르를 밀어내지도 못하고 '어버버'거리며 미르를 주시하였다.

"소…… 소…… 소저, 떠…… 떨어지십시오."

그제야 미르도 제 하는 짓이 잔망스러운 것을 깨닫고는 재빨리 몸을 틀어 누워 있던 이부자리로 돌아갔다. 휘지는 놀란 가슴이 진정되지 않아 여전히 충격에 겨운 표정으로 미르를 흘끔거리며 제 앞섶을 가다듬었다. 미르는 지금 자신이 무슨 짓을 했는지 기억하면서 부끄러움에 휘지를 쳐다보지 못했다. 그리고 봉구는 담대하게 사내에게로 뛰어들어 앞섶을 마구 열어젖히는 천상계의 선녀에게 문화 충격을 받은지라 휘지와 미르를 번갈아 가며 훑고 있었다. 좁은 방 안에 침묵이 흘렀다.

"미, 미안해요, 도령! 도령이 무사히 눈뜬 걸 보니 무척 기뻐서 그만……. 그리고 상처가 있나 없나 확인해보려고 그런 거였으니 오해는 하지 말아요. 모…… 몸은 좀 괜찮아요? 어디 아픈 곳은 없고요?"

"걱정해주셔서 감사합니다. 소저 덕분에 아픈 곳 하나 없이 씻은 듯 나았습니다. 간밤에 소저께서 저를 살리기 위해 도술을 부리셨다 하던데, 소저께선 괜찮으십니까?"

"맞습니다, 미르 아가씨. 아니지, 선녀님! 선녀님 덕분에 우리 도련님 북망산 넘어가시려다 도로 돌아오실 수 있었습니다요. 감사합니다. 감사합니다."

"감사하다니요. 감사하단 말은 제가 해야 할 말인걸요. 도령께서 저를 구하시다 그런 변을 당하신 것인데 제가 어찌 감사 인사를 받습니까? 다행히도 도령의 상처가 깊지 않아서 제 비루한 능력으로 고칠 수 있었어요. 그보다 도령도 그렇고 봉구 씨도 그렇고 다음부턴 절대로 저를 비겁하게 만들지 마세요. 밤새 두 번씩이나 홀로 도망쳤더니 기분이 엉망진창입니다. 본 지 얼마 되지도 않았는데 어찌 제 목숨 구하시겠다고 두 분 목숨을 버리시려고 하십니까? 제가 마치 큰 짐 덩어리가 된 것 같아 얼마나 죄스럽고 두려웠는지 모릅니다."

미르는 각각 휘지와 봉구의 한쪽 팔을 잡고서는 감정이 북받쳐 올라와 언성이 높아졌다. 밤새 두 번씩이나 죽을 상황에서 한 사람만을 남겨두고 홀로 어두운 밤길을 내달렸던 미르의 심정은 말이 아니었을 것이다. 스스로 말 한 마리 멈추지 못하는 무능력함에 그녀는 자신이 괜히 이 착한 사내들을 만나서 큰 죄를 짓고 있다고 자책할 수밖에 없었다. 그런데 이렇게 두 사내 모두 온전히 눈앞에 있으니 미르는 부끄러움도 잊고 그들을 제 품에 그러안았다. 그녀는 당황하는 두 남자를 옴짝달싹하지 못하게 꽈악 안고 나서야 얼굴을 붉히고 화다닥 방을 빠져나갔다. 휘지와 봉구는 그들대로 얼음이 되어버려선 방금 전 무슨 일이 있었나 하고 서로 갸우뚱거렸다. 참으로 화끈한 여인이 아닌가. 휘지는 두 번씩이나 여인에게 먼저 안겼다는 것이 신기하기도 하고 수치스럽기도 하여 싱숭생숭해졌고, 봉구는 미르가 선녀든 요물이든 좌우지간 남정네 혼을 빼놓는 것만큼은 맞다고 생각했다. 한바탕 철면피를 깔고 날뛰던 미르는 마당에 나가서 양손으로 제 뺨을 두드렸다.

"아가씨, 바깥은 추우니 애먼 뺨은 놔두시고 그만 들어오시지요."

봉구가 새어 나오려는 웃음을 속으로 우겨넣고 시치미를 뚝 뗀 채 능청스럽게 말했다. 미르는 여전히 얼굴이 붉어 눈을 마주치지 못했다. 휘지 역시 시선 둘 곳을 몰라 애꿎게 방 안을 기웃거리며 서책을 넘기기도 하고 이불을 걷어내기도 했다. 그는 마른기침을 몇 번 하여 목소리를 다듬더니 미르에게 불쑥 한마디 던졌다.

"봉구 말이 맞습니다. 날씨가 추우니 소저께선 그만 방으로 드시지요. 저, 저희는 작은방으로 넘어가면 됩니다."

휘지가 봉구의 옷소매를 잡아채어 자리에서 일으키자 봉구는 장난기가 발동하여 일어날 생각을 않고 버티었다.

"아, 도련님도 참. 뭘 벌써 일어나십니까? 혹시 부끄럽기라도 하셔요? 선녀님께서 반가운 마음에 포옹 한번 해주신 것을 가지고 뭘 그리 화들짝 놀라셔서 안절부절 못하십니까?"

"어허, 봉구 네 이놈, 주인을 희롱하는 것이냐? 소저께서도 피곤하실 것 같아 자리를 피해드리려는 것뿐이다."

"아니, 그러니까 이왕이면 다 같이 따뜻한 방 안에서 쉬는 것이 좋지 않겠습니까요. 그리고 이놈은 선녀님께 궁금한 것이 무척이나 많습니다요."

"봉구야, 궁금한 것은 내일 물어도 늦지 않는다. 소저께서 어디 다른 곳으로 가실 것도 아니니 이만 물러가자꾸나."

미르는 휘지의 이야기에 귀가 솔깃해졌다.

"소저께서 어디 다른 곳으로 가실 것도 아니니……."

휘지가 정신을 차리는 대로 짐을 꾸려서 이곳을 떠나려고 마음먹었는데 그의 말 한마디로 결심이 와르르 무너졌다. 미르는 조심스러운 눈짓으로 휘지의 다음 말을 기다렸다.

"하기야 그렇긴 하지요. 그래도 지금 궁금한 것을 어찌 내일까지 참습니까?"

"내일이 아니라 모레, 글피까지도 참을 줄 알아야지. 참을성 없이 그리 입에서 나오는 대로 궁금한 것을 이야기하는 버릇은 좋지 않다."

마당에 서서 휘지의 말을 듣고 있던 미르가 굵은 눈물을 흘리기 시작했다. 참느라 끅끅 숨넘어가는 소리로 그녀가 울자 두 사내는 어리둥절하여 미르를 달래기 위해 버선발로 뛰쳐나왔다.

"소저, 어찌 그러십니까? 어디 편찮기라도 하십니까?"

"선녀님, 왜 그러십니까요? 이놈 농지거리가 너무 지나쳐서 그러십니까, 아니면 이놈이 한시도 다물지 못하고 시도 때도 없이 종알거려서 그러십니까? 아무튼 다 소인이 잘못했으니 눈물 거두시지요."

"저…… 저…… 모레도, 글피도…… 여기, 여기 있어도 돼요? 저 여기 있어도 되는 거예요?"

미르는 며칠 동안 겪은 일이 하도 많아 감정의 기복이

심해 보였다. 울었다 웃었다, 분했다가 아주 인간이 보일 수 있는 모든 감정이 한꺼번에 다 빠져나오려는지 미르 스스로도 주체하지 못하는 모습들이 불쑥불쑥 튀어나왔다. 아마 불안해서 그런 것이리라. 그런 그녀를 향해 휘지는 다 이해한다는 인자한 미소를 지어 보였고, 봉구는 너스레를 떨며 그녀의 긴장을 풀어주려 노력했다.

"아이고, 선녀님이 가긴 어딜 가신단 말입니까? 그런 쓸데없는 걱정은 왜 하고 그러셔요. 우리 도련님도 아직 온전히 쾌차하지 않았는데 쭉 같이 계시면서 고쳐주셔야 하지 않겠습니까요? 그러니 어디 가실 생각은 아예 말고 우리하고 계시는 것입니다. 안 그렇습니까, 도련님?"

"그래, 네 말이 옳구나. 소저께서는 괜한 걱정을 하셨습니다. 소저는 제 생명의 은인인데 어찌 다른 곳으로 떠나시게 하겠습니까? 소저께서 불편하게 여기지만 않으신다면 머무르고 싶을 때까지 예 머물러주십시오."

미르는 고개를 끄덕이며 휘지 곁으로 다가가 그의 두 손을 잡고 오래도록 놓지 않았다. 남녀가 유별하거늘, 이 하늘 아가씨는 품행이 방정맞아도 너무 방정맞아서 어디서부터 가르쳐야 할지 암담했다. 휘지는 그런 생각을 하면서도 미르의 보드라운 두 손을 뿌리치진 않았다.

3.

"밥값을 하세요, 밥값을. 이 밥주머니 아가씨. 곡식만 축내는구려."

어느덧 쌓여 있던 눈이 다 녹아내려 세상이 따뜻해지는 춘삼월이었다. 세 사람이 복작대며 살아가는 생활에 익숙해졌는지 각자 일사불란하게 자기 맡은 바 소임을 다하기 위해 분주했다. 휘지는 미르와 봉구를 따라다니면서 잔소리하기 바빴고, 미르는 그런 휘지를 눈으로 흘기며 봉구가 있는 쪽을 향해 익살맞은 표정으로 휘지를 흉보기 바빴다. 미르가 이들과 어울려 산 지도 벌써 두 달이라는 시간이 흘렀다. 처음에는 그렇게 '소저, 아가씨, 혹은 선녀님'이라고 부르면서 예절을 차리더니 본색이 드러난다고, 휘지는 어느새 꼬장꼬장 잔소리를 늘어놓는 벽창호 선비로 돌변했다.

"미르 소저, 공자『삼계도』에 일렀습니다. 일생의 계획은 어릴 때 있고, 1년의 계획은 봄에 있으며, 하루의 계획은 새벽에 있습니다. 어려서 배우지 않으면 늙어서 아는 것이 없고, 봄에 농사짓지 않으면 가을에 거둘 것이 없고, 새벽에 일어나지 않으면 종일 할 일이 없다는 말입니다. 소저께서 추위에 약하시어 겨울 사이 이불 속에 웅크리고 나올 생각을 하지 않으셨다면 이제는 얼음 녹아 개구리 눈뜨는 봄이 왔으니 부지런히 일할 생각도 하셔야지요. 언제까지 게으르게 구시렵니까?"

"도령, 전 아직도 추워 죽을 것만 같다고요. 이 이른 시간부터 무엇을 하겠다고 이러세요."

미르가 부러 불쌍한 표정을 지으며 휘지에게 어리광 아닌 어리광을 부렸다. 휘지는 미르의 하소연보다는 그녀의 얼굴에 문신처럼 묻은 검은 글자들이 눈에 띄어 눈썹이 둥글해졌다. 그의 옷깃이 순식간에 미르의 하얀 볼을 문대더니 나중에는 벅벅 문질렀다.

"도령, 뭐하는 짓입니까? 나오면 될 것 아닙니까, 말로 해요. 말로."

"그것이 아니라, 소저가 얼굴에 글월을 새겨놓으셨기에 닦아드리려 했지요."

"글……월이요? 무슨…….'

미르가 어리둥절한 표정을 짓자 휘지가 눈짓으로 방 안의 명경을 가리켰다. 후다닥, 미르가 거울에 얼굴을 비추어보자 그녀의 얼굴에 검은 먹물로 '德', '義' 자가 찍혀 있었다. 이게 뭔가 싶은 마음에 미르가 제 옷깃으로 글자를 지우더니, 잘 닦이지 않자 혀를 쏙 내밀어 손가락에 침을 발라 지우려 했다. 휘지가 식겁을 하며 그녀의 손목을 낚아채 물을 묻힌 손수건을 건네주었다.

"밥낭, 여인의 품행이 그래서야 쓰겠습니까? 예희 아씨께 대체 뭘 배우셨소. 음전해야지, 어찌 더럽게 침을 묻히십니까?"

"안 지워져서 그런 것이 아닙니까. 자꾸 쳐다보면서 비웃지 마셔요."

"그건 내 마음입니다. 공부를 하라 했지 언제 얼굴을 화선지로 오인하라 했습니까?"

"도령이 매일 밤마다 천자문이랑 소학을 필사하라 하니 쓰다가 곯아떨어진 것이 아닙니까?"

"제 핑계를 대시는 것입니까? 공부를 하실 땐 맑은 정신으로 하라 했거늘, 졸면서 하시니 얼굴이 그리 엉망이 되신 것 아니오?"

휘지는 괜히 웃음이 멎지 않아 듣기 싫은 잔소리를 늘어놓았다. 미르는 뾰로통한 표정을 지은 채 얼굴에 묻은 먹물을 지워냈다. 그래도 기분이 나쁘진 않은지 미르는 그의 웃는 낯을 힐끔힐끔 구경했다. 두 달 동안 어찌나 괴롭히던지, 미르는 쿡 하고 웃음이 나왔다. 조선은 그녀가 생각했던 것보다 더 낯설어서 움직임 하나에도 제약이 만만치가 않았다. 고마운 마음에 휘지와 봉구에게 밥을 해주려다가도 부뚜막에 피워놓은 불씨를 꺼트리는 바람에 옆집, 앞집 돌아다니며 불씨 동냥을 하느라 애를 먹기도 했다. 샤워는 생각도 할 수 없었다. 화장실도 곤욕이긴 매한가지였다. 욕조라고는 커다란 들통이 다였고, 변기라고는 조그마한 요강 단지가 전부였다. 거기에다 말이야 기계로 언어를 설정한 탓에 그럭저럭 소통이 가능했지만 글자는 도무지 알아볼 수가 없었다. 휘지는 미르가 까막눈이라는 사실을 알고 매일 어찌나 놀려대던지……. 자기 전, 필사를 서른 번씩이나 시키는 악독함에 미르는 하품이 쩍쩍, 눈물이 찔끔거리는데도 비몽사몽 붓을 잡느라 고생이었다. 어젯밤에도 필사를 하다가 책상에 엎드려 잠들었더니 얼굴에 먹물이 고대로 찍혀버리지 않았는가.

"이리 주시오. 여기는 아예 닦이지도 않았습니다. 이리 얼굴을 틀어보아요."

휘지가 미르의 손에서 손수건을 빼앗더니 그녀의 턱을 잡고 신중하게 먹물을 닦았다. 돌연 가까워진 휘지의 얼굴에 미르는 숨이 멎었다. 그의 곧은 콧날과 검은 눈썹이 소담했다. 미르가 쳐다보는 것이 느껴지지 않는지 참 진지하게도 닦았다. 휘지의 얼굴을 더듬는 미르의 눈에 그의 눈동자가 들어왔다. 갑자기 마주친 눈길에 미르의 눈동자가 동그래졌다.

"숨, 숨 쉬세요, 소저."

그녀의 볼을 마저 훔쳐 지나간 손수건이 휘지의 옷 속으로 들어갔다. 그가 장난스러운 얼굴로 미르에게 속삭이자 미르는 참고 있던 콧바람을 흥 하고 내뿜었다. 휘지는 온갖 근엄한 체는 잘도 하지만 이럴 땐 영락없는 장난꾸러기였다. 미르가 입술을 삐죽이며 다시 그를 흘겨보았다.

"아, 정말 어제도 도령 때문에 밤새 필사했더니 졸려 죽겠습니다. 청소는 날 더 풀리면 해요. 네, 도령?"

"투정 그만 부리세요, 밥낭. 원래 춘삼월이 되면 집집마다 겨우내 방치해놓았던 집 안 세간들을 정비하고 보완하기 마련입니다. 봉구는 부엌 아궁이 청소를 맡고 저는 문풍지를 새로 바를 터이니 소저께서는 이부자리 정리와 마당 비질이라도 해주십시오."

"조금만 더 따뜻해진 후에 해도 괜찮을 듯싶은데……. 저는 지난 두 달 동안 얼음 지옥을 보았단 말입니다!"

"헤헤, 도련님. 아가씨께서 여간 춥지 않으신 모양입니다. 하기야 눈도 처음 본 분인데 겨울 날씨가 오죽 추우셨겠습니까요? 그래도 아가씨, 이제 불평은 그만하시고 허리 펴고 어깨도 벌리시어 봄기운이 몸에 담뿍 스며들 수 있게 하시지요. 그래야 덜 춥습니다. 우리 도련님은 꼼꼼하시어 봄만 되면 좀이 쑤시는지 꼭 이리 봄맞이 대청소를 해야 직성이 풀리십니다요. 매년 소인은 귀가 닳도록 듣던 잔소리라서 이골이 났습죠. 이러니저러니 해도 소인이나 아가씨가 굽히고 들어가야지요. 헤헤, 이놈은 이제 부엌으로 들어가서 부뚜막이랑 아궁이 청소한 후에 깨끗하고 정결한 불씨를 우리 집 조왕신께 바치겠습니다. 아가씨께서는 마당에 계신 터주신 위해서 정성을 다하여 바닥을 쓸어주십시오."

"두 사람 다 입으로 청소를 하는 것입니까? 어찌 행동이 그리 굼뜨오. 한 해의 시작을 부지런히 해야 가정에 복이 들어오고 사람에게도 복이 미치는 법이요. 유 소저께서도 추위는 좀 견뎌내시고 몸을 움직여보십시오. 청소 마치는 대로 한명 형님 댁에 모셔다드릴 테니."

미르가 덜렁 남자 둘만 있는 집에서 불편 없이 살아가기 위해선 난봉쟁이 수탉 '연수하'의 원조가 없어선 안 되었다. 당장 그녀가 몸에 걸치고 있던 해괴망측한 복색부터가 문제였다. 그런 걸 입고 돌아다녔다간 사람들의 지탄은 물론이며 풍기 문란으로 관아에 하옥될 것이 불보듯 뻔하였다. 휘지는 수하를 통해 미르에게 필요한 조선식 여성 복색을 빌려 입힐 수 있었고, 또 그의 지어미인 예희에게 규중 부녀자가 갖추어야 할 기본 품행에 대해서도 들을 수 있었다. 자연히 미르는 수하의 집에 자주 드나들게 되었고 예희와도 제법 친해져선 부쩍 의지하는 눈치였다. 그러니 휘지의 말이 끝나기 무섭게 미르는 청소하기 싫다고 투정부리던 것도 잊고 날래게 폭풍 비질을 해나갔다.

"아가씨께선 예희 마님이 그리 좋으십니까?"

"그럼요, 봉구 씨. 여기 계신 깐깐한 누구누구랑은 다르게 예희 아씨는 말투부터 사근사근한 것이 어찌나 친절하신데요. 여기서 사귄 첫 동성 친구인걸요. 아씨는 제 마음의 위인이랍니다."

"밥낭 소저께서는 소생의 고마움은 업신여기시고 예희 형수님의 고마움만 아시는 분이니 예서 나가서 그리 옮겨 가시지요."

"도령은 뻑 하면 나가라고 하더라. 그런다고 내가 나갈 줄 알아요? 떠나려던 사람 붙잡은 건 도령이니까 내가 나가고 싶을 때 나갈 거예요! 절대 나가나 봐라."

성질을 내며 비질을 하느라 마당으로부터 흙먼지가 올라왔고, 미르는 기침을 하면서도 휘지를 향해 나가지 않겠다고 아득바득 소리를 질러댔다. 휘지는 그 모습이 우스웠는지 문풍지 뒤에 숨어서 연신 작은 웃음을 흘렸다. 진짜로 내쫓을 생각도 없으면서 휘지는 미르의 격한 반응이 재미있어서 입버릇처럼 장난을 쳤다. 이 밥낭 아가씨는 생각보다 씩씩하고 까다롭게 굴지 않아 휘지의 구박에도 꿋꿋하게 버티었으며, 낯선 조선 땅 생활에도 빠르게 적응해나갔다. 그녀는 이불에서 나가기를 꺼려하면서도 꼭두새벽에 일어나 봉구의 아침 준비를 거들었고, 점심부터 저녁까지 휘지의 곁에서 글공부를 하기도 했다. 물론 날이 갈수록 잔꾀가 늘어 예희의 집으로 도망가기가 일쑤였지만 그녀는 최선을 다해 현실을 받아들이는 중이었다. 휘지도 그런 그녀가 대견하기도 하고 안쓰럽기도 하여 예희와 수연에게 친절히 대해주기를 거듭 당부하였다. 아무튼 미르가 근 두 달 동안 양양 고을 사람들에게 받아들여지기까지는 많은 노력과 거짓말이 필요했다. 수하의 도움 이외에도 우선 호패가 없는 미르를 위해 휘지는 그녀의 신분을 조작할 수밖에 없었다. 맨 처음 휘지의 집에서 미르를 발견한 수하에게 그녀를 자신의 먼 사촌 누이라고 속이는 것에서부터 거짓말은 시작되었다. 그리고 그 거짓말은 수하의 입을 통해 규중 별당에 전해졌고, 순식간에 귀양쟁이 집에 머물고 있는 푸른 눈동자의 사촌 누이에 대한 소문이 눈덩이처럼 부풀었다. 난잡한 뒷말들에 지친 휘지가 미르를 데리고 관아의 별당으로 불쑥 들어섰고, 수하가 그를 편들어

서슬 퍼렇게 지랄을 떤 후에야 소문은 잠잠해졌다. 어쨌든 2608년의 '유리아 미르'는 1608년, 정휘지의 사촌 누이인 '유미르' 소저로 살아가는 중이다.

"살살 좀 하시오, 소저. 흙먼지가 입으로 다 들어갑니다. 어찌 저리 뭐 하나 제대로 할 줄 아는 게 없을꼬. 그러기도 힘들 터인데. 하늘에서 오신 분이라 재주가 비범할 줄 알았는데 까막눈에 부뚜막 불씨 하나 다룰 줄 모르고……. 참 이 밥낭을 어찌 할꼬."

미르는 휘지 보란 듯이 더 거칠게 비질을 해나가더니 결국엔 콜록콜록 거하게 기침을 했다.

*

"교학 집에 얹혀사는 그 아가씨 말이오. 그 왜 교학 사촌 여동생이라고 하는 그 아가씨 말이야. 이름이 '유미르'라고 했던가? 참으로 기묘하게도 생겼단 말이지. 정녕 혈육이 맞는가 의심스러우이. 닮은 구석이 하나라도 있어야 말이지. 눈동자도 푸른색이더군. 나는 그런 하늘색의 동공을 본 적이 없어."

"아무려면 교학께서 아무 아녀자나 집에 들이셨겠어요? 그보다 교학께서 그 아가씨와 친하게 지내달라 부탁하셨으니 자주 찾아뵙고 놀아드릴까 합니다. 아녀자들의 놀이도 알려드리고 말이지요."

곤란해하는 휘지를 도와 저잣거리 뒷말들을 수습하긴 했지만 무관 출신의 수하의 촉에 암만 봐도 그 둘은 사촌 지간으로 보이지 않았다. 무엇보다도 미르의 이야기를 하는 휘지의 얼굴은 누이에 대해 이야기하는 오라버니가 아닌 난생처음 보는 사내의 얼굴을 하고 있었기 때문이다. 그 들뜬 목소리하며 활처럼 휜 눈썹이라든지 수하에게는 낯설 만큼 생소하였다. 게다가 미르의 이야기가 나오면 얼렁뚱땅 화두를 옮기고 눈을 피하는 봉구도 대놓고 수상하다는 것을 말해주었다. 그러나 교학 정휘지가 하는 일에 부정한 것이 있을 수는 없는 법이다. 수하는 휘지를 믿는 마음으로 미르를 받아들이기로 했다.

"이건 교학이 들었으면 기분 나빠 했을지 모르겠으나 가끔 나는 그 소저를 볼 때마다 사람이 아닌 것 같아 소름이 돋을 때가 있으이."

"어머, 당신도 참. 무관이란 분이 겨우 여인네 정체 하나에 소름이 돋아나시면 어쩝니까? 실망하였습니다. 그리고 제가 유 소저를 몇 번 만나보았는데 성정이 나쁜 분은 아니셨습니다."

"왜, 그래도 사내의 촉이라는 것이 있잖나? 꼭 여우 같단 말이야. 사내 홀리는 데 도가 튼 여인 같았어. 그러니 우리 순진한 교학이 홀랑 넘어간 것이 아닌가."

"제가 보기엔 서방님의 촉은 무디기 그지없습니다그려. 유 소저께서 여우라면 서방님이 부용각에 몰래 숨겨 놓고 밤마다 만나시는 여우는 여우가 아니라 백 년 묵은 구렁이랍니까?"

"아하하, 왜 그러시오, 부인. 부용각이라니, 그게 뭐 하는 곳이오? 나는 처음 들어본 이름인데. 양양에 그런 곳이 있었소?"

"말해 무엇하겠습니까? 서방님, 부용각에 한 번만 더 발걸음을 하다가 제 눈에 걸리시면 그날로 뼈도 못 추릴 줄 아시지요. 서방님은 모르시겠지만 서방님께서 부용각에 행차하시는 순간 그 소식은 제 귀에 들어온답니다."

"부인, 무섭게 왜 이러시오. 내 다시는 부용각 근처에 얼씬도 하지 않겠소. 난 별로 가고 싶지 않은데 교학 그 친구가 궁금하다 하길래 몇 번 데려다준 것뿐이라오."

"어찌 서방님의 지초와 난초 같은 벗을 변명거리 방패막이로 사용하십니까?"

수하는 예희의 서릿발 선 질문에 오늘도 꼼짝없이 백기를 들고 항복을 선언했다. 그녀를 상대로 비루한 변명이나 토를 다는 것은 통하지 않았다. 무엇보다도 수하는 방랑벽이 붙은 것처럼 바깥으로 돌아치기는 해도 어김없이 예희가 있는 제 집으로 기어들 수밖에 없는 애처가였으니 말이다. 그는 예희가 볼멘소리로 자신을 타박할 때마다 더없이 사랑받는 느낌이라 기쁘기까지 했다. 수연은 그런 수하더러 변태가 아니냐며 쏘아붙였지만 수하는 예희의 화내는 모습도 좋았다. 미안한 소리이긴 하나 부용각의 날고 긴다는 일패 기생들도 예희에 비한다면 한낱 노류장화에 불과했다. 수하에게 있어서 예희는 난공불락의, 자신을 제외한 어느 누구의 손에도 닿을 수 없는 견우노옹牽牛老翁*의 붉은 자줏빛 꽃이었다. 지금도 수하는 그저 허허실실 예희의 앙칼진 취조를 앙탈쯤으로 여기며 느긋하게 감상했다.

"새언니! 교학 도련님께서 오신다는데 무엇을 입어야 할지 도통 모르겠습니다."

수연이 기척도 없이 부부가 있는 침실 문을 벌컥 열어 난입을 시도했고, 덕분에 궁지에 몰렸던 수하는 예희의 질문을 넘길 수 있었다. 수하는 아내를 약 올릴 심산으로 수연을 바라보며 엄지손가락을 살포시 올려 화사한

---

* 견우노옹: 신라 성덕왕 때 사람. 미부(美婦) 수로부인(水路夫人)이 절벽 위에 피어 있는 철쭉꽃을 탐내자 위험을 무릅쓰고 그 꽃을 따 바치며 아울러 노래로 〈헌화가〉를 지어 부름.

미소를 날려주었다. 수연은 제 오라비는 가볍게 무시하고 예희를 향해 연신 호들갑을 떨었다.

"언니, 그저께 장에 갔을 때 명에서 새로 들여온 비단 옷감 가져다 만든 소색素色 저고리에 쪽빛 치마를 입을까요, 아니면 봄이기도 하니 화사하게 연노랑 숙고사 저고리에 진달래 치마를 입을까요? 어떤 옷을 입어야 교학께서 눈길이라도 한 번 더 보내실까요? 아, 그리고 이 나비 문양 노리개를 달까요, 매화 문양 노리개를 달까요?"

"아가씨는 무엇을 입어도 다 예쁠 나이세요. 무얼 그리 염려하세요? 교학께서 우리 아가씨께 첫눈에 반하지 않으신다면 사내도 아니지요! 일단 첫번째는 비단에서 윤이 나니 품위를 잃지 않으면서도 정갈하고 소박해 보일 것이고, 두번째는 제일 아가씨다운 옷이라 화사하면서도 사랑스러워 보이실 것입니다. 저는 개인적으로 후자가 더 잘 어울릴 것이라 생각되는군요. 그리고 복색을 후자로 정하셨다면 응당 꽃에는 나비가 따라오는 법이니 나비 노리개로 하시는 것이 좋을 거예요. 아참, 그리고 교학 오시면 머리에 하고 있는 배씨 댕기는 꼭 빼십시오. 서너 살 어린 아가들이나 하는 배씨를 아가씨께서는 언제까지 하실 요량입니까?"

"보기…… 흉해요?"

"놔두시게, 부인. 나나 아버님은 수연이가 배씨를 하고 있는 것이 좋으이. 어린아이 같고 얼마나 예쁜가. 시집을 가면 싫어도 자네처럼 쪽을 지고 비녀를 꽂게 될 텐데 그전까진 얼마든지 제 하고 싶은 대로 머리 장식 좀 하는 것이 어떻겠소? 가끔 부인께서도 배씨를 해주신다면 내 가슴이 봄철 아낙처럼 콩닥콩닥 뛸 것이오."

"오라버니는 실없는 소리 좀 하지 마세요. 이제 곧 도련님께서 오실 예정이라 치장을 빨리 마쳐야 한단 말입니다. 언니 말씀대로 배씨는 빼고 동백기름 발라 새앙머리로 만들렵니다. 그리고 옷도 언니 말대로 숙고사 저고리에 진달래 치마 입을래요. 오라버니는 여기 혼자 계시고 언니는 저랑 같이 제 방으로 가셔서 치장하는 것 좀 도와주셔요."

수연은 수하의 옆에 앉아 있던 예희의 손목을 잡아 별당으로 이끌었다. 난봉쟁이 수탉은 엉겁결에 제 누이에게 아내를 빼앗기고 별당을 향해 목청껏 울어댔다. 예희가 수연의 별당으로 들어서자 한 무더기의 옷감들이 방 전신에 어질러져 있었다. 춘심이가 치운다고 치운 모양인데도 수연이 어지르는 속도를 쫓아갈 순 없었나 보다. 예희는 제 어린 아가씨가 하는 짓을 보니 어느 도령에게 시집을 보낼까 싶어 미래의 서방님[媤妹夫]을 동정하였다.

"언니, 있잖아요. 그런데 오라버니가 혹시 그 교학 도련님 댁에 머무르고 계신 그 사촌 누이에 대해서 무어라 이야기하지 않으시던가요?"

"예? 서방님께선 딱히 미르 아가씨 이야기를 하진 않으셔요. 뭐 따로 신경 쓰이는 것이라도 있으신가요?"

예희는 수연이 무슨 심정으로 그러는지를 뻔히 알면서도 아무것도 모른 체하며 제 아가씨의 동정을 살폈다.

"아, 아니, 그다지 신경 쓸 것은 없지요. 도련님 사촌 누이라던데 뭘. 그냥 그 소저 눈 푸른 것이 하도 신기하고 특이하여서 딴 세상 사람 같더라고요. 뭐 그렇다고요. 도련님이랑 하나도 안 닮았던데 외가 쪽 친척이라니 그럴 수도 있고요. 한 가지 미심쩍은 것은 사내들만 있는 집이라 불편할 테니 차라리 묵을 것이면 우리 집에서 머무르시라고 제안을 했거든요? 그런데 단박에 거절을 하더란 말이죠. 사람 무안하게. 뭐 그것도 사촌을 놔두고 모르는 사람 집에 머무르기 어색하여 그렇다고 생각할 수도 있겠죠. 아니 그래도 그렇지 다 큰 처자가 왜 유배 온 사촌의 집에 머무르겠다고 하는 것일까요? 무슨 심보란 말이에요."

신경이 쓰이지 않는다더니 어지간하게도 쓰이는 모양이었다.

"괜한 걱정을 해봐야 아가씨께 좋을 것이 없으니 그저 좋으실 대로 생각하세요. 그리고 제 눈엔 지금 우리 아가씨가 미르 소저보다 훨씬 고운걸요. 이제 곧 교학께서 오실 테니 이 고운 자태로 도련님 마음을 봄바람에 눈 녹이듯 녹여버리세요."

"이럴 땐 참말로 부용각 설향이한테 남심 얻는 법 좀 배워놓을 것을 하고 후회한답니다."

부용각이란 단어에 예희의 눈썹이 미세하게 치켜 올라갔고, 수연도 아차 싶어 시선을 피해 거울에 제 모습을 최종 점검하여보았다. 고운 오색 실로 수놓인 나비 노리개가 저고리 아랫부분에서 날아다니는 것처럼 살랑살랑 흔들렸다.

"아가씨, 작은마님. 교학 선비님과 유 소저께서 사랑채에 도착하셨다고 합니다."

춘심의 말에 치장을 마친 두 여인은 어색해진 분위기를 뒤로하고 사랑채로 이동했다. 마당에는 두 여인만큼이나 색이 고운 작약들이 여기저기 피어 봄기운을 물씬 풍겼다. 수연은 가슴이 두둥실 부풀어 올라 사랑방 문풍지 뒤로 보이는 휘지의 실루엣을 향해 제 노리개의 나비처럼 사뿐히 그에게 날아들었다.

"허허허, 교학 이 친구가 짓궂은 면도 있었구먼."

뭐가 재미있는지 수하는 휘지와 눈길을 주고받으며 껄껄 웃고 있었다. 미르는 분한 표정으로 두 사내를 바라보았다.

"제 말이요, 누가 아니래요. 여인에게 한다는 소리가 밥주머니가 뭡니까?"

"밥 축내는 밥주머니 아가씨니 밥낭이라 하는 것이 무에가 그리 우습소? 누이께서 우리 집에 머무른 사이, 쌀독 비어가는 속도가 어찌나 빠른지 나는 곡고에 구멍이 뚫렸거나 쥐가 생긴 줄로만 알았소."

"하하하, 교학 그만두시게. 여인 당호로 밥낭이 무엇인가, 밥낭이. 미르 아가씨처럼 수려한 분에게는 결코 어울리지 않는 단어일세."

"원래 당호라는 것은 사내들 별호처럼 그 사람 됨됨이나 특성을 나타내는 그 사람 자체가 아닙니까, 형님. 그러니 우리 누이에겐 밥낭이 최고랍니다."

"뭐가 그리 재미있어서 사내 두 분이서 아가씨 한 분을 모셔두고 그리 경박하게 웃고 계십니까?"

예희의 새침한 목소리에 두 사내는 웃던 것을 멈추고 뒤를 돌아보았다. 단아한 자태의 수연과 예희가 미르의 옆으로 가서 옷매무새를 가다듬고 앉았다.

"그저 누이의 당호에 대해 이야기하는 중이었습니다."

"밥낭이 무슨 당호입니까? 이리 어여쁜 아가씨께 그무슨 실례되는 농이시지요? 오늘의 교학께선 아홉 살짜리 어린아이와 진배없습니다."

"예희 아씨 하시는 말씀이 백번 옳지요. 정 도령은 제게만 저리 촐랑대면서 매양 시비를 건다니까요. 더 나무라주세요."

"하하, 어느새 서로 편드는 사이가 되셨습니다. 예예, 제가 잘못한 것 같네요. 형수님 말씀은 한명 형님도 거스르지 못하는데 제가 큰 잘못을 범했습니다. 누이, 내가 미안하오. 허나 밥낭이라는 당호는 그대에게 가장 잘어울린다네."

휘지와 미르가 쉴 새 없이 농을 주고받으니 그 사이에 앉아 있던 수연은 골이 나서 입술이 부루퉁했다. 어떻게든 말꼬리를 잡아 대화에 끼어들어보려고 해도 틈이 나지 않아 속이 탈 뿐이었다. 휘지는 수연을 거들떠보지도 않고 즐거움에 겨워 찻잔을 들이켰다. 풀이 죽은 수연이 예희의 옆구리를 찌르자 겨우 예희가 이야기의 화제를 돌려주었다.

"아, 그보다 오늘 두 분을 모신 것은 이번 삼월 삼짇, 청명절 답청일에 있을 꽃달임(화전놀이)에 미르 소저를 초대하고 싶어서랍니다. 양양에 사는 양반 규수들 모두가 한자리에 모여 꽃구경도 하고 화전도 부치면서 놀 거예요. 어떠세요? 아가씨가 원하고 교학께서 허락해주신다면 함께 가고 싶습니다."

"저도 미르 소저와 함께 놀고 싶어요. 이번에 나들이 나가서 여러 규수들도 만나보면 더 친해지고 좋을 거예요. 교학께서도 허락해주실 거죠?"

이때다 싶어 수연은 휘지에게 말을 걸어보았다. 휘지의 눈이 수연에게 잠시 향하더니 예의 온화한 미소를 보이며 답해주었다.

"수연 아씨와 형수님의 마음씨가 참으로 비단결 같습니다. 저야 흔쾌히 허락하고 싶습니다. 누이만 좋다면 얼마든지 놀러 갔다 오면 좋지요. 경치도 구경하고 벗도 생기고 많이들 도와주십시오."

"저기…… 꽃달임이 뭐죠? 왜 도령 허락을 얻어야 한답니까?"

"어머, 미르 소저는 꽃달임도 몰라요? 그리고 여인네가 바깥에 나들이를 가려면 집안 어르신들께 허락을 얻어야 하는 것은 법도랍니다. 지금, 여기엔 소저의 양친이나 시부모님께서 계시지 않으니 오라버니인 교학의 허락을 얻는 것은 당연지사지요. 아무튼 우리 양가 규수들은 강남 갔던 제비가 돌아온다는 답청일이 되면 산천

에 핀 두견화며, 개나리, 철쭉 구경하러 화류놀이를 간
답니다. 같이 가면 경치도 구경하고, 그림도 그리고, 노
래도 부르면서 화전도 부쳐 먹고 참 좋을 거예요. 소저
께서도 그동안 겨우내 규방에서 웅크리고 계셨을 테니
같이 가요."

모두의 시선이, 특히나 휘지의 시선이 자신에게 쏠리
자 수연은 약간 과장된 친절을 베풀며 다소곳하게 눈을
내리깔았다. 미르는 모르는 것이 창피하지는 않았으나
수연의 말투에 배어 있는 약간의 무시 또는 업신여김이
신경 쓰였다. 게다가 방에 들어온 이래로 수연은 미르에
겐 눈길조차 주지 않고 멍청한 표정으로 휘지만 뚫어져
라 쳐다보고 있었다. 그것을 아는지 모르는지 저 눈치
없는 도령은 누굴 홀리려는지 그저 실없는 웃음만 흘렸
다. 휘지의 얼굴이 닳는 것도 아닌데 미르는 괜히 기분
이 떨떠름했다. 저 새침한 아가씨는 어딘가 모르게 친절
뒤에 가시를 품고 있었다. 이유는 알 수 없었지만 미르
는 서운하기도 하고 얄밉기도 하여 눈을 세모나게 만들
었다.

"전 당연히 좋지요. 예희 아씨께서 초대해주시는 것인
데 거절할 리가 있나요. 가보고 싶어요."

"잘됐군요, 누이. 그럼 내일 있을 꽃놀이 준비를 위하

여 이만 물러가도록 합시다. 형님, 형수님, 그리고 수연 소저께서도 쉬십시오."

"아, 교학. 자네도 내일 잊지 말고 향교 앞으로 나오시게. 아녀자들끼리 모여 화전놀이를 가니 우리 사내들도 질 수야 있나? 향교와 서원 유생들이 다 함께 모여 시회라도 열어볼까 하니 내일 꼭 나와야 하네. 내 자네 데리러 집 앞까지 갈 것이야."

"형님, 전 읽고 있던 서책도 있고, 별로 나가고 싶지 않은데……."

"말 마시게. 자네는 꼭 유희를 즐기려고만 하면 도망가기 일쑤니 내일은 절대 못 내빼네."

"그렇게까지 말씀하신다면 어쩔 수 없지요. 내일 사시에 뵙겠습니다. 그럼 이만."

말을 마친 휘지는 도포 자락을 펄럭이며 관아를 나섰다. 미르도 그의 뒤를 강아지처럼 쫄래쫄래 뒤따랐고, 수연은 그의 뒷모습을 하염없이 바라보며 한숨을 쉬었다. 언제까지고 저 뒷모습만 품어야 하는 것일까. 휘지가 온다는 소식에 일부러 꽃단장을 하며 달려갔건만 그는 뭇 사내들처럼 곱다는 입 발린 소리조차 한번 해주지를 않는다. 다른 사내였다면 얼마든지 대화에 끼어들어 마음껏 큰 목청을 드러낼 수도 있지만, 휘지 앞에서는

수줍어 큰 소리도 내지 못한다. 게다가 수연은 단 한 번
도 휘지와 나란히 걸어본 적이 없다. 그녀는 그저 미르
라는 저 아씨가 부럽고 야속하여 샘이 나서 돌아버릴 지
경이었다. 좀 전만 해도 심술이 나서 미르에게 톡 쏘아
보기도 했지만 원체 심성이 야박하지 못해 마음이 편치
않았다. 술렁이는 속종을 숨기고 그녀는 별당 문간에 서
서 여전히 멀어지는 휘지의 뒷모습을 바라보았다.

미르는 미르대로 속이 상하였는지 휘지가 걷는 속도
는 생으로 무시하고 저 혼자 앞장서서 털레털레 걸어갔
다. 휘지는 이 아가씨가 내일 놀러 갈 생각에 신이 나서
그런다고 생각했지만 왠지 모르게 귀가 근질근질했다.

"미르 누이, 좀 천천히 걸어가시오. 혼자 뭘 그리 바쁘
게 앞서가시오."

미르는 휘지 보란 듯이 터덜터덜 걸어갔다. 은근히 휘
지는 능글맞은 부분이 있어서 미르에게 '누이'란 소리
도 곧잘 했다. 미르는 또 그게 불만이라 속이 상하여 발
걸음을 재촉했다.

"미르 누이, 같이 좀 갑시다. 내게 성난 것이라도 있으
시오?"

미르는 말없이 고개를 홱 돌려 무언의 항의를 하더니
번잡한 장터 속으로 달리듯이 걸어갔다. 휘지는 하는 수

없이 뒷짐을 지고 천천히 그녀의 뒤를 따랐다. 저 아가씨는 아이처럼 웃기도 자주 웃지만 삐치는 것도 참 잘 삐쳤다. 휘지는 미르의 변덕스러운 마음을 따라가기가 버거웠다. 속이 상한 일이 있다면 차라리 툭 까놓고 이야기해주면 좋을 텐데……. 여인의 마음을 헤아리기란 쉽지 않았다. 지금도 뭐에 뿔이 나셨는지 여인이라기엔 방정맞은 저 걸음걸이를 보라. 저것이 어디 규수의 발걸음이란 말인가. 망아지가 따로 없었다. 하지만 어느새 미르를 바라보는 휘지의 입가엔 자신도 모르게 미소가 걸리어 있었다.

미르는 봉구를 따라 장 구경을 나온 적은 있지만 휘지와 함께 장을 걸어본 것은 처음이었다. 그래서인지 몇 번 와본 저잣거리임에도 불구하고 새로운 것이 한두 가지가 아니었다. 시끄러운 상인들의 소음도, 천방지축으로 뛰어다니는 어린 꼬마들도 오늘은 흥겨운 노랫말로 바뀌어 있었다. 기분이 풀린 미르는 그제야 자신이 얼마나 먼지를 일으키며 걸어왔는지 떠올릴 수 있었다. 씩씩대며 걷느라 미처 깨닫지 못했는데 등 뒤에 서 있을 휘지의 시선이 따가웠다. '도령이 보기에 얼마나 상스러웠을까.' 부끄러움에 두 볼이 새빨갛게 물들었다. 그녀는 도령의 반응이 두려워 고개를 돌리지도 못하고 더욱 긴장하여 시선을 앞쪽에 고정시켰다. 자신이 차지하고 있는 한 평 남짓의 땅만 공기가 사라진 듯 답답했다. 그때 방금 만들어 내놓은 엿과 강정에서 솔솔 풍겨 오는 달콤한 내음이 미르의 발길을 붙들었다. 따끈따끈하게 김이 나는 것을 뚝뚝 자르고 공기 중에 식히는데 동네 어린아이들이 다들 기웃거렸다. 분위기를 전환할 필요도 있었기에 미르는 그 사이에 섞여 시전의 간식 가게를 맴돌았다. 옆 가게에서는 꿀이 끈적끈적하게 늘어나는 유과까지 새로 내오고 있었다.

"무엇이 드시고 싶어서 발길을 못 떼실까요, 밥낭 아씨?"

언제 가까이 다가왔는지, 미르의 등 뒤 가까이서 휘지가 넌지시 말을 건넸다.

"정말, 밥낭이라 하지 말라니까요. 여인에게 그리 함부로 구시다니. 도령더러 다들 입이 닳도록 성인군자라 하던데 내 보기엔 절대 아니네요. 말 걸지 마시어요."

"밥낭 아씨만 그리 생각하는 거겠지요. 하는 수 없네요. 저 따뜻한 강정을 사드리려 했는데 낭자께서는 제가 마음에 들지 않으니 그냥 가는 수밖에요."

"도령은 치사하게 먹는 것 갖고 그러더라. 이왕 사주려고 했으면 그냥 사주면 되지, 뭘. 별로 먹고 싶지 않지만 도령이 사주고 싶다니 내가 먹어주는 거예요."

아이들 속을 비집고 들어간 미르가 과자를 한 움큼 쥐고 해맑게 웃었다. 휘지는 과자 하나에 금세 기분이 풀어지는 그녀가 귀여웠다. 미르는 분홍 댕기를 달랑거리며 작은 발로 복잡한 시장 바닥을 잽싸게 뛰어다녔다. 그녀가 움직이는 곳마다 생기가 돌아 휘지는 눈을 뗄 수가 없었다. 시종일관 미르를 지켜보는 그의 가슴은 간질간질했다. 마치 비강 사이에 갇혀, 나가지도 들어가지도 못하고 코끝만 안달 나게 만드는 공갈 기침의 간지러움이었다. 휘지는 콧등을 슥 닦고는 돈을 꺼내 주인의 손에 쥐여주었다. 미르는 강정 하나를 휘지에게 내밀었고, 체면 때문에 바깥에선 입에 음식을 물지 않던 휘지도 선뜻 하나 집어 들어 미르의 시장 구경에 동참했다. 그녀는 저잣거리 여기저기를 잔나비처럼 돌아다녔다.

어디선가 꽃잎들이 날아들어 미르의 머릿결 위를 살포시 수놓았고 휘지는 정녕 봄이 왔구나 싶어 그 뒤를 유유히 따랐다. 봄바람이 살랑이더니 하얀 꽃잎들이 일제히 하늘을 향해 몸을 실었다. 꽃들이 흐드러지게 핀 가운데 미르가 손바닥을 펼치고 꽃잎이 안착하기를 기다렸다.

"무엇하고 계십니까?"

"떨어지는 꽃잎을 잡으면 첫사랑이 이루어진다고 해서 잡아보는 중입니다."

"그래서 이리 서 계시는 것입니까? 밥낭께서는 지금 사람들 지나다니는 길목에서 통행을 방해하고 있습니다."

"치, 곧 비키려고 했습니다. 뭐, 그래도 이것 보세요. 꽃잎이 제 손바닥 위에 올라앉았습니다."

미르가 생긋 웃으며 휘지를 향해 손바닥을 펼쳐 보여주었다. 두둥실, 조그만 하얀 잎이 바람에 실려 허공으로 날아가버렸다. "어어" 하는 미르의 다급한 소리에도 불구하고 꽃잎은 처연히 떠나갔다. 휘지는 그 소녀 같은 모습이 어여뻐 미소를 머금었다.

"화류놀이 간다 하더니 멀리 갈 필요도 없겠습니다. 이리 지천에 꽃들이 만발하였으니 지금 걸어 다니는 것만으로도 봄 풍류는 차고 넘치지요. 아니 그렇습니까?"

"예, 뭐라고요? 도령 그리 느릿느릿 걷지 말고 빨리 이리로 와보셔요. 여기 이 꽃 이름은 뭡니까? 색이 참 곱습니다."

봄을 기다리다 목이 빠졌는지 복사꽃들이 예년보다 이르게 망울을 터트리고 만개해 있었다. 미르는 꽃나무 아래에서 향긋한 냄새를 맡으며 예의 꽃잎을 잡아보겠다고 고군분투했다.

"그 꽃은 복사꽃입니다. 연분홍빛이 참으로 곱지요. 꽃이 지고 나면 복숭아라는 아주 달고 물 많은 과실이 맺힌답니다."

휘지가 그녀에게 성큼성큼 다가가 꽃가지를 하나 꺾었다. 미르는 기겁을 하고 휘지의 손을 움켜잡았다.

"보기만 해야지 꽃가지를 꺾으면 어찌합니까? 다른 사람들은 어찌 구경하라고. 참으로 예쁘다, 하고 보았으면 다른 분들도 이 예쁜 광경을 함께 감상하고 꽃들에게 칭찬도 해주어야지 않습니까? 헌데 도령께서 이리 멋없이 꺾어버리면 이 꽃은 잠깐 도령의 손에서 사랑받을지언정 곧 시들어 죽어버릴 것입니다. 항상 잔소리만 하더니 도령도 참 철이 없습니다."

목소리에는 한껏 장난기를 품고 있으면서 얼굴 표정은 어찌나 새콤한지 휘지는 하마터면 미르의 볼을 꼬집어줄 뻔하였다. 가슴에는 봄바람이 불고, 미르의 볼은 복숭아처럼 말랑말랑해 보이고, 손에 쥐고 있는 복사꽃에서는 달콤한 향내가 오르고. 휘지는 꽃놀음은 오늘 다 한 것만 같았다.

"하지만, 이미 꺾은 꽃이니 나 주십시오."

미르가 손을 내밀자 휘지는 약을 올려주고 싶은 마음이 살그머니 샘솟아 팔을 높이 들어 올렸다. 스스로도 이해할 수 없었지만 미르와 함께 있으면 언제나 장난이 치고 싶어서 코밑이 간질간질하였다. 미르의 낯에도 숨길 수 없는 즐거움이 해사하게 피어올랐다. 깡충깡충 뛰어오르는 미르가 귀여워 휘지도 팔을 더욱 번쩍 들어올렸다. 마침내 그의 손아귀에서 꽃가지를 빼앗은 미르가 제 머리에 떡하니 꽂고는 재빠르게 도망을 쳤다. 일부러 손에 쥐여줬더니 미르는 제 혼자 힘으로 쟁취한 것인 줄 착각하고 아주 우쭐했다. 씨앗에서 움이 트고 연한 잎이 돋아났다. 드디어 봄이 와서 꽃이 고개를 내밀었고 휘지의 마음에도 싹이 돋아나기 시작했다. 고을 전체가 봄기운으로 묘하게 들썩였다. 휘지는 미르의 뒤를 쫓아가다 말고 길거리에 벌어진 좌판에 멈춰 서서 상인과 이야기를 주고받더니 품 안에 무언가를 집어넣었다.

4.

답청일, 청명절.

"어와 여종들아 이내 말씀 들어보소. 이해가 어떤 해뇨, 우리 임금 화갑이라.

이해가 어떤 해뇨, 우리 임금 화갑이라. 화봉의 축원으

로 우리 임금 축수하고

강구의 격양가로 우리 여인 화답하네. 인정전 높은 전에 수연을 배설하니

백관은 헌수하고 창생은 고무한다. 춘당대 넓은 땅에 경과를 보이시니

목목하신 우리 임금 서일같이 임하시고 빈빈한 명유들은 화상에 분주하다.

아이 종 급히 불러 앞뒤 집 서로 일러 소식하고 가사이다. 노소 없이 다 모여서

차차로 달아나니 웅장성식 찬란하다. 원산 같은 눈썹일랑 아미로 다스리고

횡운 같은 귀밑일랑 선빈으로 꾸미도다. 동해로 고운 명주 잔줄 지어 누벼 입고

선명하게 나와 서서 좋은 풍경 보려 하고, 가려강산 찾았으되 용산을 가려니와

매봉으로 가려느냐. 산세수려 좋은 곳은 설악산이 제일이라 어서가자 바삐 가자."*

한 무리의 가마 행렬이 끝도 없이 이어지고, 그 뒤를 따라 청홍백색 너울을 쓴 처자들이 두 발로 따랐다. 여인네

* 〈화전가〉에서 발췌함.

들의 흥겨운 노랫가락이 설악산 계곡을 가득 메웠고, 두
견화, 산수유, 개나리, 꽃 중의 꽃, 봄꽃들이 산천에 만개
하여 그네들을 반겼다. 미르도 오랜만의 나들이에 들떠
알지도 못하는 노랫말을 귀동냥하여 흥얼거렸다.

"백백홍홍 가진 교태 만화방창 시절이라. 놀아보세, 놀
아보세. 화전하며 놀아보세."

그동안 규방 안에 갇혀 있던 설움을 한순간에 풀어버
리려는지 여인네들은 산골짜기가 떠나가라 소리를 풀
어냈다. 그 바람에 놀란 산짐승들이 푸드덕거리며 날아
가기도 하고, 분내 풍기는 인간들을 구경하기 위해 수풀
사이로 고개를 내밀기도 했다. 미르도 지나가는 사이 청
설모, 노루 몇 마리와 마주쳤는데 그 눈이 농롱하기 그
지없었다. 그녀는 꽃과 나무, 그리고 청명한 계곡 하늘
을 올려다보며 지구라는 곳에 오기를 잘했다는 생각이
들었다. 상쾌한 공기와 맑은 물은 미르가 상상했던 지
구, 그대로였다. 그녀는 가마에 오른 예희와 수연을 앞
질러 사방 천지를 뛰어다니며 자연과 교감하는 중이었
다. 그녀의 고운 연보라빛 치맛자락이 나풀거리는 모양
새가 산속에 피어 있는 한 송이 제비꽃을 닮았다. 가끔
예희는 가마의 창을 열어 그런 미르에게 천천히 가라며
주의를 주기도 했지만, 그녀 역시 오랜만의 외출에 한껏

부풀어 목소리가 한 톤 올라가 있었다.

드디어 일행은 주전골 오색천 근처로 진입하였다. 물에 사는 물고기들이 다 보일만큼 맑은 주전골 계곡물이 그들을 반기고 있었다. 여인네들은 앞다투어 가마에서 내려 계곡 언저리에 자리를 깔고 본격적으로 놀음을 시작할 기세였다. 푸른 나뭇잎들이 수면 위로 둥둥 떠내려가고 있었고, 미르는 걸어오느라 갈증이 일어났기에 처음 휘지가 주었던 차를 떠올리며 한 모금 떠 마셨다. 가슴골까지 선득하게 만드는 시원함과 달콤함, 그리고 약간의 비릿한 물 내음이 입안에 감돌았다. 어느새 예희가 옆에 왔는지 그녀도 소매를 걷어 물을 한 모금 입에 머금었다.

"여기 오색천 물맛은 비할 데가 없다고 하지요. 시원하면서도 달고, 갈증이 순식간에 달아난답니다. 게다가 피부병, 위장병에 좋다고 하니 댁으로 돌아가시기 전에 조금 떠 가셔도 좋을 듯싶습니다."

"그러게요. 여기저기 정신없이 구경하고 돌아다니느라 굉장히 목말랐는데 지금은 갈증이 싹 가셨어요."

"다 큰 처자가 천방지축으로 그리 뛰어다니시니 목이 마를 만도 하지요. 호호호."

"언니, 미르 소저! 거기서 물만 마시지 말고 이리로 오세요. 곧 다들 모여서 꽃도 따고 화전 부칠 준비를 한다고 하네요. 저기 두견화가 어여쁘게도 피어 있어요."

소색 비단 저고리에 쪽빛 치마를 입은 수연은 청초한 물망초처럼 보였다. 그녀는 어디서 따 왔는지 진분홍 두견화를 귓가에 꽂고 있었고, 손에도 한 움큼 꽃가지들을 쥐고 있었다.

"이리 와보셔요. 소저도 이리 와요. 내가 미리 두견화를 잔뜩 따놓았답니다. 이렇게 귓가에 꽂으면 참 복스럽고 해사하니 보기가 좋습니다."

항상 시비를 걸거나 미르에게 까칠하다고 생각했던 수연이었는데, 오늘은 연적이고 뭐고, 신경 쓰이는 것 일체를 잊어버렸는지 다정스럽게도 대하여주었다. 미르 역시 기분이 최고조를 달리고 있었기에 수연의 장단에 맞추어 계곡 여기저기를 뛰어다녔다. 그 모습들이 딱 십대 소녀들이라 사내들이 보고 있노라면 입을 헤벌리고 아빠 미소를 지었을 것이 분명했다. 예희는 그중에서 시집을 간 어른이라고 흐뭇한 미소를 지으며 두 아가씨들을 바라보았다.

"자자, 다들 이리 계곡 근처로 모이세요."

이번 꽃달임을 주도한 가리동 김 진사의 지어미가 여자들을 한데로 불러 모았다. 그녀는 권위 있는 학자 흥

내를 내며 개회식을 알렸다. 목청을 몇 번 더 가다듬은
후, 그녀는 자신이 낼 수 있는 제일 교양 있는 목소리로
말을 이었다.

"지난해, 그 추운 겨울 날씨 규중 화롯가 근처에서 길
쌈만을 하며 애고지고 어느 날엔가 봄놀이 나올까 바라
기만 했던 그 시절들이 가고 드디어 동면 들었던 산짐승
들이 깨어나고 강남 갔던 제비가 돌아온다는 춘삼월 청
명 절이 왔네요. 두 주 전부터 가장 좋은 날로 택일을 하
고 각자 댁에 통문을 돌리기까지 많은 일들이 있었답니
다. 통기를 받고 설렜던 가슴 쓸어내리기도 전에 양친
시부모님들 허락을 받아 오느라 얼마나 수고가 많으셨
나요. 여러분, 지금 보니 개중 몇 분은 끝끝내 불호령이
떨어져 불참을 하게 되셨으니 마음으로라도 이 푸른 하
늘 눈에 담아 그분들께 전해드리고 싶답니다. 여하튼 집
집마다 쌀을 거둬 떡을 하고 묵을 쑤고 화전을 부칠 때
쓸 찹쌀가루나 파, 기름 등을 준비해 왔으니 오늘 먹고
즐기고 마시며 놀 일만이 남아 있답니다. 다 우리 모두
가 일심동체로 협조한 결실이 아닌가 싶습니다."

여인네들 모두가 그동안 시집에서 받았던 시집살이와
설운 기억을 떠올리는지 두 눈에 얼핏 독기가 서리기도
했다. 김 진사 댁은 성격 좋은 미소로 다시 말을 했다.

"저기 오색동 황 생원 댁, 엊그제 새로 옷감 장만하더니 곱게도 차려입고 왔네그려. 옥색 저고리에 다홍치마라…… 봄날 새색시 같구먼. 그리고 가리동 이 초시 댁은 소라색 저고리에 구름 문양이 정말 잘 어울려요."

어딜 가나 여인네들의 최대 관심사란 의상이 아닐는지. 김 진사 댁이 경쾌하게 서로의 입음새를 칭찬하자 너 나 할 것 없이 다른 처자들도 서로의 복색에 대한 열띤 이야기들을 펼치기 시작했다. 이번에 명나라에서 새로 들여온 비단에서부터 봄철에 입기 좋은 숙고사 의복에 이르기까지. 햇살 아래 병아리처럼 조잘거리는 소리가 계곡물 흐르는 소리와 함께 앙증맞게도 어우러졌다.

"역시 수련화 아씨와 예희 아씨는 무척이나 곱습니다. 그 소색 저고리는 어디서 사셨습니까?"

"그러게요. 그 노리개도 참으로 어여쁩니다."

역시 시선의 중심에는 수연과 예희가 있었다. 이 두 여인네들은 양양의 유행을 선도하는 선진 세력이었다. 그렇기에 부녀자들이 셋만 모여도 항상 그 이야기의 중심에는 수연과 예희가 무엇을 걸치고 있는지, 무슨 간식을 즐겨 먹는지가 최고의 화두였다. 그런데 오늘은 덩달아 그네들의 옆에 앉아 있는 미르에게도 시선이 집중되었다.

"아, 그런데 예희 아씨 옆에 계신 분이 이번에 새로 오

166

셨다는 교학 나리의 사촌 누이이신가요?"

"어머, 정말요. 처음 보는 얼굴이네요. 그동안 풍문으로만 소식을 전해 들었는데, 얼굴을 보기는 오늘이 처음이네요. 눈동자에 푸른 강물이 흐른다고 하더니 정말로 구슬 같은 눈동자를 가지셨네."

사람들이 일제히 미르에게 호기심을 보이며 다가오자 그녀는 당황하여 얼굴이 새빨갛게 변했다.

"어머머, 이 아가씨. 볼 붉히시는 것 보시게나. 수줍음이 많은 처자시네. 교학 나리 누이라 하시더니 미색이 뛰어나십니다."

"어쩜 눈동자가 그리 푸르십니까?"

여인들은 미르를 중심에 두고 까르르 웃으며 이야기꽃을 피워나갔다. 다들 시끌벅적 서로의 안부를 묻는 사이 김 진사 댁은 계곡 근처에 전 부칠 자리를 물색했다. 그녀는 적당한 곳에 자리를 잡더니 여인네들을 일제히 불러 모아 편을 갈라 화전에 쓰일 꽃을 꺾어 올 것을 부탁하였다. 김 진사 댁 옆의 돗자리에서는 챙겨 온 장구와 퉁소, 북 등을 꺼내어 풍물놀이를 시작하였다. 드디어 본격적인 화전놀이가 시작되었다. 여인네들의 웃음소리와 노랫소리에 산과 물도 함박웃음을 터뜨렸다. 수연이 미르의 손을 잡고 꽃이 있을 풀밭으로 뛰어들어 가자 그 뒤를 여러 여인네들이 뒤따랐다. 누가 더 빠른지 시합을 하는 것도 아닌데 여인들은 그동안 억눌려 있던 것에 대한 해방감으로 치맛자락을 걷어 올리고 힘차게 숲 속으로 내달렸다. 그사이에도 음악 연주와 노랫소리는 계속되었다. 수연이 이끄는 대로 따라가다 보니 짙은 다홍빛의 두견화들이 만발하여 있었다. 그네들은 꽃들을 꺾어 귀밑에도 꽂아보고 입에도 물어보았다. 하늘나라 선녀들이 잠시 지상에 내려와 꽃놀음을 하는 모양새였다. 다른 여인들도 산수유나 개나리 등을 발견하여 화관과 꽃반지를 만들어 손에 껴보았다. 어떤 이들은 꽃놀이는 잠시 잊고 승부욕에 불타올라 꽃잎을 더 많이 따 가려고 광주리 가득 막무가내로 몇 움큼씩 쓸어 담았다.

"층층시하 몸이 되어 부모 허락 받으려고 부모 침실 들어가서 두 무릎을 꿇고 앉아 백배사례 비는 말이 모월 모일 아무 날에 화전 가자 통문 오니 명령을 나리시와 부디 허락하옵소서. 부모님 하는 말씀 효녀로다 너의 말이 백사순종 모든 행실 허락 않고 어찌하리."

계곡을 따라 고소한 기름 냄새가 진동하고 여인들은 바리바리 꽃잎들을 따다가 불 곁으로 모여들었다. 계곡이 떠나가라 풍물 소리가 울리고 여인네들은 흥에 겨워 어깨춤을 추며 화전을 부쳤다. 까만 불판 위에 하얀 반

죽이 노릇노릇하게 구워지고, 그 위에 고운 꽃잎들을 예쁘게 얹어주자 여기저기 감탄사가 터져 나올 만큼 먹음직스러운 화전이 완성되었다. 모양도 모양이지만 익어가는 화전 냄새가 기가 막힌지라 미르와 수연은 침을 삼키며 먹을 차례를 기다렸다. 역시 정신없이 어울리다 보면 친해지게 마련이라고 어느새 미르와 수연은 서로 눈짓만으로도 까르르 웃음보가 터지는 절친한 벗이 되었다. 예희는 어린 두 아가씨들이 귀여워서 익어가는 화전 두 개를 집어 둘의 입안에 물려주었다.

"자, 금강산도 식후경이라고 화전이나 한번 먹어봅시다. 이번 꽃달임 승리 패는 오색동 황 생원 댁 패거리요. 아주 꽃을 쓸어 담아 왔더이다. 진 패거리는 승리 패에게 '잘 먹겠습니다' 하고 고개를 조아리시오."

승리자의 얼굴을 한 황 생원 패거리는 거들먹거리는 표정으로 진 패거리의 인사를 받더니 "그럼 잘들 드시게나"라고 한마디 했다. 이제 여인네들은 화전을 하나씩 입에 물고 진달래꽃으로 빚은 두견주를 홀짝였다. 알큰하게 취한 사람들은 일어서서 덩실덩실 춤사위를 펼쳤다. 지필묵을 챙겨 온 어느 댁 규수는 산천의 만개한 꽃이나 계곡물을 하얀 도화지 위에 그려나가기도 했다. 거기에 떼거리로 몰려든 어린 규수들은 저들끼리 시시덕거리며 초상화를 그려달라고 졸랐다.

"당 현종의 비라 하는 그 여인이 어여쁠쏘냐, 설악산의 두견화들이 어여쁠쏘냐.

경국지색 흥망성쇠 그 여인에게 달려 있다 한들, 오늘 보니 여기 있는 수십 명의

두견화들이 더 절색이로구나."

"옳소, 옳소. 항우장사 연인이라 하는 우희, 여포의 혼을 빼 간 초선. 신궁 예의 안사람이라 하는 월선녀 항아라 해도 설악산에 오늘 모인 여인네들보다야 한 수 아래요."

어디선가 제멋대로 시를 지어 노래 부르기 시작했다. 그간 얼마나 놀고 싶었으면 한을 풀 기세로 여인들이 먹고 마시고 놀았다. 배를 채운 미르와 수연도 다시 자리에서 일어나 개구지게 돌아쳤다. 예희는 물가에 내놓은 어린 자식 보듯 그들의 뒤를 따랐다.

"물에 발이라도 담글까요?"

"그러는 게 좋겠네요. 어디 바깥에서 맨발을 드러내본 적이 있었나요? 오늘은 마음껏 버선을 벗은 채로 돌아다녀보겠어요. 언니도 예 와서 물에 발 담가보아요."

죽이 척척 맞는 두 친구가 바윗가에 걸터앉고선 오라는 시늉으로 손바닥을 파닥거렸다. 우아하게 걸어온 예

희도 마저 자신의 뽀얀 발을 맑은 물 안에 담가보았다. 아직도 수온이 꽤 찬지 그녀의 발가락이 살짝 요동쳤다. 그게 또 재미난지 두 여인이 웃음을 터트렸다.

"두 분은 언제 그리 친해지셨나요?"

"언니도 참. 우리가 언젠 친하지 않았나요? 사실 그동안은 미르 소저께서도 추운 날씨 탓에 많이 왕래하지 못했고 얼굴도 자주 뵙지 못하여 어떤 분인지 잘 몰랐는데 오늘 꽃달임을 와보니 좋은 분이란 것을 알았습니다."

"저도요. 저도 수연 소저께서 어떤 분이신지 모르는 부분이 많았는데 오늘 보니 다른 분들에 비해 깨어 있고 활달한 것이 제 성격이랑 비슷한 부분이 은근 많은 거 있죠?"

"두 분 뛰어다니는 것이 꼭 방아깨비 같았답니다. 오라버니랑 교학 도련님께서 보았다면 아주 기함을 하셨을걸요."

"오라버니가 보든 말든 뭔 상관이에요. 다만 교학께서 보시고 욕하실까 염려스럽습니다. 하지만…… 어쨌든 그분은 지금 여기 없으니 내 맘대로 놀랍니다. 그렇죠, 미르 소저?"

"예예, 그 까칠한 도령이야 그저 여인은 정숙해야 한다고 입에 달고 살지만, 뭐가 대수래요? 나도 오늘은 도령이 없으니 마음껏 수연 소저와 놀 거예요."

"그런데 전부터 궁금했는데, 소저는 왜 교학 도련님께 오라버니라고 부르지 않아요?"

"그, 그건 말이죠. 누이더러 '밥낭'이라고 하는 사내에게 오라버니 대접을 하고 싶진 않기 때문이죠. 여인에게 밥주머니라고 부르는 법이 어디 있겠어요."

"교학께서 짓궂으시긴 했어요. 그래도 나는요, 도련님과 그렇게라도 말해보고 싶어요. 도련님은 어찌나 도도하신지 제게 눈길 한번 제대로 주지 않으시는걸요."

"어머, 아가씨. 그건 교학께서 수줍음이 많고 예의범절이 투철하여 아가씨를 바라보지 않으시는 것뿐이랍니다."

"그⋯⋯럴까요? 미르 소저, 혹 도련님께서 제 이야기를 하신 적 있나요?"

"글⋯⋯쎄요. 오라버니와 그렇게 사사로이 이야기를 나누지 않아서요."

수연은 진심으로 휘지를 깊이 연모하는 중이었다. 휘지의 이야기만 나오면 붉어지는 그녀의 두 볼과 초롱초롱해지는 눈망울, 그리고 그리움에 절절하게 떨리는 말투까지. 그녀의 모든 것들이 연심을 대변하고 있었다. 은연중에 미르는 심장이 저릿함을 느꼈다. 이유를 알 수는 없지만 이 어여쁜 아가씨가 큰 눈을 반짝이며 얼굴을 마주하면 미르는 숨길 수 없는 두려움이 일어났던 것이다. 그녀는 저도 모르게 저고리 밑 섶에 매달린 노리개를 두 손으로 꼭 쥐었다.

"잠깐 바람이 쐬고 싶어져서 그런데 저는 잠시 홀로 산책을 다녀오겠습니다. 괜찮으시지요?"

"어! 그럼 우리도 함께 가요. 저 위쪽으로 가면 성국사도 나오고 선녀탕도 나온답니다. 그쪽 경치도 절경이거든요. 우리 같이 가요."

"그래요, 배도 부르겠다, 한곳에 오래 있는 것보단 좀 산책하는 것도 좋겠군요. 미르 소저, 함께 가요."

마지못해 고개를 끄덕이는 미르를 따라 수연과 예희도 산으로 오를 차비를 했다. 밝게 웃어주는 수연을 보며 미르는 잠시나마 자신이 불편한 마음을 먹었다는 것이 한없이 미안하게만 느껴졌다. 그녀는 표정을 고쳐 신명 나는 산행에 합류했다. 따스한 햇살이 나뭇가지 사이사이로 새어 들어와 푸르른 녹음이 선명해졌다. 지저귀는 새들이 그녀들의 머리 위를 가로질렀다.

한편, 봄볕이 거나하게 차오르는 폭포 기슭에서 젊은 남녀들이 왁자지껄 떠들어댔다. 가야금 연주 소리가 폭포의 물 떨어지는 소리와 기묘하게 어우러져 훌륭한 화음을 자아내고 있었다. 유생들은 둥글게 모여 앉아 있고 그 가운데에는 전모를 쓰고 고운 자태를 뽐내는 기생들이 나긋나긋하게 춤사위를 펼쳤다. 형형색색, 얇은 천 저고리 속으로 뽀얀 살결들이 비치어 야한 느낌이 물씬 풍겼다. 간드러지는 몸짓의 여인들은 눈앞에 있는 사내들의 애간장을 태울 요량으로 혼신을 다했다.

"동방의 창룡들이 꽃가지를 꺾어 물길을 열었네.

속세를 초월하신 청정한 누각에서 선녀들이 쏟아져 유생들을 희롱하네."

앉아 있는 선비들 사이에서 제일 신이 난 자가 있었으니, 난봉쟁이 연수하가 시를 지어 노래했다. 휘지는 그 옆에 얌전히 앉아 유생들이 건네주는 잔을 정중하게 거절하느라 바빴다. 꽃놀이에 취하고 기생 놀음에 두 번 취한 유생들은 앞다투어 휘지의 옆자리를 차지하겠다고 난리들이었다.

"다들 진정하시게나. 우리 교학은 술에 취하는 것을 좋아하지 않는다네. 자네들같이 농땡이 유생이 아니라, 이 말씀이야."

"하하하, 그래도 봄나들이 오셨는데 제 술 한잔만 받아주십시오."

"계속 그리 권하시면 거듭 거절할 수야 없지요. 허나 한 분 잔을 받다 보면 오늘 고주망태가 되어 제 발로 걸

174

어가지 못할 성싶군요."

"허허, 교학, 이 친구야. 자네가 고주망태가 되면 내가 자넬 업어서라도 데려다줌세."

"그리하시지요. 이번에야말로 교학과 친분을 다지고 싶습니다. 교학의 안개*에 옷깃이라도 적셔보아야지요."

유생은 물론이며 기생들도 허리께로 감겨들어 코맹맹이 소리를 냈다. 온갖 아양을 떨어대는 여인들이 휘지의 팔뚝에 찰싹 달라붙자 그는 짐짓 놀라 엉덩이를 옆으로 옮겼다.

"어머, 그 유명한 교학 도령께서는 여인네 살결이 무서우십니까? 어찌 그리 도망가시어요."

"놔두시게. 자네 교학에게 달라붙었다가 수련화에게 걸리면 뼈도 못 추릴 것이야."

"난봉쟁이 나리가 눈감고 입 봉해주신다면야 이년이 교학 선비께 감긴다고 해서 그 누가 나무랄 것입니까? 자꾸 피하시면 이년 망측한 오해를 할지도 모릅니다."

교학에게 들러붙은 기생은 부용각에서도 한가락 한다는 여인으로 검은 저고리는 얇디얇아 속살이 그대로 비

* 안개: 『가어』에서 학문을 좋아하는 사람과 함께 가면 안개 속을 가는 것과 같아서 비록 옷이 젖지는 않더라도 때때로 물기가 배어든다는 말을 인용한 것.

치고 붉은 치맛자락은 두 겹으로 이어져 요염하기 그지 없었다. 교학은 유생들의 술잔과 여인들의 손길을 피하기 위해 애교스러운 시 한 수를 읊었다.

"때때옷 갈아입은 여인네들, 두견화에 버금가리.

서천 꽃밭 꽃감관의 실수인가. 속세에 피어난 꽃향기에 취하지 않을 재간이 있으랴.

그 위를 날아가던 여린 학은 너덜너덜해지는구나."

"하하, 교학 이 친구가! 자네가 어딜 봐서 여린 학인가. 능구렁이도 이런 능구렁이가 없으이. 자자, 교학이 이리도 몸을 빼니 우리 모두 교학에게 한 잔씩 돌리도록 하자고."

풍악은 더욱 거세어지고 휘지는 취기가 올라 머리가 어지러웠다. 유생들은 취한 휘지의 옆에서 거문고를 뜯기도 하고, 화폭에 폭포를 옮기기도 했다. 그야말로 봄을 관장하는 동방의 창룡들이 봄 산의 꽃들을 개화시키고, 부용각의 기생들은 유생들을 데리고 질펀하게 봄놀이에 가담하고 있는 형세였다.

"요새는 살기가 좋아졌는지 귀양쟁이 죄인도 봄나들이를 다 오는구나."

멀리서 구름 문양이 새겨진 화려한 토황색 장의를 휘날리는 선비가 한 무리의 유생들을 이끌고 시비조로 다가왔다. 우두머리로 보이는 토황색의 선비는 양양 향촌 좌수의 자제인 김문혁이었다. 그 성품이 오만방자하고 냉정하며, 세도를 내세워 가혹하기로 소문이 자자한 사내였다. 그는 오래전부터 수련화의 마음을 얻기 위해 공을 들였는데, 어느 날 내려온 저 허여멀건 귀양쟁이에게 여인의 마음을 빼앗겼으니 휘지를 보면 자동 반사적으로 싫은 말이 나오는 것은 어쩔 도리가 없었다.

"귀양을 왔다면 백배 반성하여 자숙하지는 못할망정 기생놀음이 웬 말인가?"

휘지는 취기에 아찔하여 반쯤 풀린 눈으로 문혁을 바라보았다.

"성강(盛彊, 문혁의 호) 아니십니까, 귀형 말씀대로 자숙하여야 하는데 꽃들이 만발하여 나오고 말았습니다."

"문발 사이로 스며드는 꽃향기도 자네에겐 과분하네. 흥청망청 여기서 이리 술잔을 기울이기에는 너무 풀어헤쳐진 것이 아닌가?"

의기소침해진 휘지가 말을 잇지 못하자 수하가 옆에서 한소리 거들었다.

"성강, 자네는 날 좋은 한때에 괜히 예까지 행차하여 시비를 거시는가? 우리 교학이야 오지 않겠다고 손사래를 쳤네만 내가 이리 끌고 왔지. 내 지초와 난초 같은 친구인데 아니 끌고 올 수 있겠는가? 나 혼자 쭐레쭐레 예까지 왔다면 아마 우리 도깨비 같은 부인께서 불방망이를 칠 것이 아닌가?"

문혁이 눈썹을 찡긋 올리며 휘지를 흘겨보았다.

"한명, 자네에게 저 친구가 지초와 난초 같은 친구라 할 수 있겠는가? 멀리 한양서 귀양살이하러 온 자인데 난향보다는 어물 가게 비린내가 진동을 허이."

"성강께서는 말이 지나치시오."

휘지를 둘러싸고 있던 유생들이 화가 나서 발끈했다.

"되었네, 이 사람들아. 성강에게 그리 성을 내서 무엇하나? 성강 자네도 알다시피 백옥은 진흙에 떨어져도 그 빛깔을 더럽힐 수 없고, 선비는 혼탁한 곳에 가더라도 그 마음을 어지럽힐 수 없다고 하지 않나? 우리 교학의 고아한 성품과 학식이야 따져볼 것이 무에 있겠나. 내가 보기엔 자네의 이지러진 연심이 엄한 곳으로 불똥을 튀기고 있는 것으로밖에 안 보이네만……."

"이…… 이, 이 사람이! 내 걱정스러워 한마디 조언을 건넸건만, 참으로 말귀를 못 알아듣는구먼. 어물 가게 근처에 달라붙어 있다 경을 친다 해도 그때는 늦은 것일세."

"하하, 이 친구, 벗 걱정할 줄도 알고. 역시 대인배일세. 허나 본디 대장부는 이름과 절개, 신의를 태산처럼 중요하게 여기고 마음을 씀이 강직하므로 죽고 사는 것을 기러기 털보다 가볍게 여긴다네. 내 죽고 사는 것이야 내 몫이고, 하물며 소나무와 잣나무 곁에 있으니 다칠 일이야 있겠는가."

"에헴, 그렇게까지 말한다면 내 긴말 더 하지 않겠네. 허나 그대의 생각이 짧았다는 사실만 명심하게."

"자자, 계속 성질을 부릴 것이라면 다른 곳으로 가서 놀음을 하시고, 함께 어울릴 생각이라면 이리 와 앉으시게. 그렇지, 내 술 한잔 받으시게."

문혁이 툴툴대며 수하의 옆에 자리를 잡았다. 그 기세에 휘지는 옆으로 떠밀리듯이 내팽개쳐졌다. 그런 휘지를 보며 문혁은 보이지 않게 조소를 흘렸고, 휘지는 씁쓸한 표정이 되어 접선을 부쳐댔다.

"교학, 아까는 내가 좀 무례했네. 여기 내 술 한잔 받고 마음 푸시게."

휘지의 평상시 주량으로는 더 이상 한 잔도 마실 수 없었지만, 마주치기만 해도 눈살을 찌푸리는 성강이 내미는 술잔을 차마 거절할 수는 없었다. 휘지는 몽롱한 눈길로 문혁이 쥐여주는 술잔을 거머쥐고 단숨에 들이켰다.

"옳지, 교학 자네도 술을 꽤 잘하는구먼."

문혁의 비웃는 목소리가 들리는 동시에 휘지는 식도가 타 들어갈 정도의 도수에 두 눈에 별이 튀었다. 일부러 골탕을 먹일 작정으로 문혁은 자신이 따로 챙겨 온 고량주를 휘지의 술잔에 부어준 것이다. 휘지는 토악질이 나오는 것을 느끼며 계곡가로 뛰어갔다.

　"허허, 한명, 보았나? 저 어린 선비는 저리도 술이 약하다네. 자네와 오래 어울릴 만한 인재가 아니야."

　"자네, 치사하지 않은가. 그리 좋은 술을 소맷자락에 몰래 숨겨놓고 교학에게만 주다니."

　언제 보았는지 수하가 문혁의 옷자락에 숨겨진 고량주를 발견하고 뼈 있는 말을 던졌다. 문혁은 헛기침을 몇 번 하고 시선을 돌렸다. 풍악 소리는 더욱 커져만 갔고 폭포 자락을 아우르는 산세의 취흥은 무르익었다. 물가 너럭바위에서 입을 헹구어낸 휘지가 엎드려 있었다. 널브러진 휘지의 근처로 몇 번이고 많은 유생들과 기생들이 함께 놀자며 기웃거리다 사라졌다. 휘지는 가물가물한 것이 정신이 들지 않아 바위에 곧게 누웠다. 그때, 휘지의 이마로 물에 적신 손수건이 얹어졌다. 그는 눈이 떠지지 않아 그대로 그 손길에 몸을 맡겼다. 시원한 손수건이 화끈한 얼굴의 열을 내려주었고, 누군지 모를 이의 손길이 휘지의 목을 들어 다리에 괴어주었다.

"답청일에 움트는 풀 밟으러 가신다던 분이 꽃놀음이 아니라 기생 놀음을 오셨나 보네요."

수하가 소스라치게 놀라선 여인의 목소리가 들리는 방향으로 고개를 돌렸다. 그곳엔 예희가 서슬 퍼런 눈을 하고 매섭게 쳐다보고 있었다. 수하는 자신에게 기대어 놀고 있던 기생을 돌바닥으로 밀치어냈고, 들고 있던 술잔을 집어 던졌다.

"사내대장부가 여인네를 그리 내팽개치시다니요. 설향이 다칠까 두렵습니다."

"아니, 부인. 이것은 말이오, 일단 오해요. 나는 단지 꽃놀음을 나왔다가 술잔을 기울이고 있었을 뿐이라네. 우연찮게도 부용각 봄나들이 장소와 겹치는 바람에 예서 만나지 않았겠는가. 부러 자리를 파하고 나설 필요가 없으니 이리 어울리고 있는 것이라네."

미르와 수연, 그리고 예희가 성국사를 지나 선녀탕과 금강문을 넘어 용소폭포에 다다르자 사내들과 기생들의 취연이 펼쳐져 있었다. 매의 눈으로 자신의 서방을 찾던 예희의 눈에 부용각 설향과 희희덕거리는 수하가 들어왔고, 그녀는 단번에 그들에게로 들이닥쳤던 것이다. 설향은 돌바닥에 쓰러져 수하를 잡아먹을 듯한 눈으로 쳐다봤고, 예희는 그런 그녀와 눈싸움을 벌였다.

"예, 예, 그렇지요. 그리 변명을 하시지요. 어디 더 나불거려보세요. 내가 이 많은 유생들 앞에서 소란을 피울 테니까요."

"부인, 왜 그러시는가. 내 그대가 나를 버려두고 화전놀이를 가니 외로워서 여기 나올 수밖에 없었단 말일세."

변명이라는 것을 뻔히 알면서도 수하가 달큰한 목소리로 안겨오자 예희는 이번만 봐준단 심정으로 그의 손길을 거부하지 않았다. 설향을 쫓아낸 자리를 예희가 차지하고 앉아 사내들의 봄놀이에 가담하였다. 한편, 수연과 미르는 고개를 두리번거리며 휘지를 찾기에 바빴다. 멀리 너럭바위 위에 웬 기생 하나가 술에 취해 쓰러진 사내를 뉘이고는 부채를 부처주고 있었다.

"누이, 여기도 사람들이 있건만 인사도 하지 않고 교학만 찾는가?"

"오라버니, 혹 교학 도런님이 저기 저 너럭바위 위에 쓰러져 계신 분이신가요?"

수연이 바위 쪽을 손가락으로 가리켰다. 미르도 수하의 말에 귀를 기울이며 너럭바위를 주시하였다. 기생은 입을 연신 헤벌쭉대며 부채질을 하다가도 물에 담근 손을 사내의 이마와 볼에 대었다. 수하는 약간 곤란한 표정을 지으며 긍정의 대답을 들려주었다. 순간, 수연이 눈에 쌍심지를 켰고, 보이지 않는 곳에서 미르 역시 눈을 희번덕거렸다. 수연은 문혁이 인사를 건네는 것은 보이지도 않는지 무시하며 너럭바위 쪽으로 다가가 기생에게 사나운 눈짓으로 으름장을 놓았다. 기세등등한 수연은 부끄러운 것도 잊은 채 눈을 감고 있는 수하의 머리를 제 다리에 괴어주었다. 휘지는 여전히 술이 깨지 않아 몽롱한 상태로 수연의 다리에 머리를 뉘었다. 멀쩡했더라면 감히 수연의 무릎을 벨 생각도 하지 않았을 텐데. 눈 둘 곳을 몰라 허공을 바라보며 두 볼이 발그레 해진 수연은 흡족한 미소를 지으며 떨어지는 용소 폭포의 물줄기를 구경하였다.

그 모습을 노려보던 문혁은 분이 나서 연거푸 술잔을 기울였다. 그동안 수련화의 마음을 사로잡기 위해 얼마나 공을 들였던가. 닭 쫓던 개 지붕 쳐다보는 것처럼 그녀는 그의 손아귀에 들어오지 않고 휘지에게로 달아나 버렸다. 심장이 터지고 두 눈에 핏발이 섰다. 그의 열기에 주변 선비들은 기가 눌려 눈치만 살폈고, 문혁이 노력하는 것을 보아온 수하도 나름대로 미안했던지 아무 말 없이 술잔을 들이켰다. 문혁의 옆에서 수연과 휘지를 애잔한 눈빛으로 바라보던 사람이 하나 더 있었으니 미르였다. 붉으락푸르락해진 미르는 자신도 모르게 눈가에 눈물이 고였다. 얼굴이 화끈거리고 누군가 가슴을 세게 꼬집어 비트는 느낌이 들어 그녀는 벌떡 자리에서 일어섰다. 문혁이 그런 미르를 바라보더니 비열한 미소를 짓고 낮게 읊조렸다.

"요망한 년 주제에 사내 마음 하나 휘어잡지 못하고 우는 꼴이라니. 귀신이 울겠구나."

워낙에 작게 낸 소리였기에 아무도 듣지 못하였으나 수하의 짙은 눈꼬리가 살짝 올라가 있었다. 수연의 행복한 표정에 도망치듯 숲 속으로 달린 미르는 숨이 차서 나무 그루터기에 멈추어 섰다. 꽤 뛰어왔던지 깊은 숲 속이었다. 인적이 보이지 않고 산새 소리만이 낭랑하게 울려왔다. 그녀는 그루터기에 걸터앉아 저고리 밑 섶에 달린 노리개를 잡아 뺐다. 매화 문양이 새겨진 자주색 노리개 위로 눈물이 떨어졌다. 몇 분 전까지만 해도 그리 예뻐 보이던 것이 지금은 못나도 그렇게 못나 보일 수가 없었다. 어젯밤, 잠자리에 들기 전 미르의 방문 앞에서 서성이던 휘지가 손에 쥐여준 노리개였다. 그가 뭐라고 했더라?

'내일 꽃달임에 가면 이것저것 치장하는 사람들이 많을 터인데 우리 밥낭 누이는 그 흔한 노리개 하나 없으면 불쌍할 것 같아 측은하여 사주는 것이오. 잃어버리지

말고 품에 꼭 지니고 다니셔야 하오.'

어느 틈에 사다놓은 것일까. 휘지가 품속에서 노리개를 꺼냈다. 노리개를 쥐여주던 그의 따뜻한 손과 살짝 닿은 듯하여 미르는 숨이 멎을 뻔하였다. 여태껏 왜 몰랐을까? 미르는 스스로가 바보 같아서 쏟아져 나오는 눈물을 주체할 수가 없었다. 처음 지구에 낙오당했을 때, 매서운 겨울 북풍과 사나운 범에게 쫓기던 그녀를 구해주었을 때, 그리고 그가 그녀를 받아주었을 때. 그 모든 순간마다 자신이 휘지를 어떤 마음으로 대해왔는지를 이제야 깨달았다. 수연의 곁에 있던 휘지, 휘지를 연모하는 수연. 미르는 노리개를 숲 속 수풀 사이에 내던지고 다시 달리기 시작했다.

'가벼운 사내 같으니라고. 순진한 얼굴을 해가지곤. 바람둥이, 둔탱이. 여인의 무릎이나 덥석덥석 베는 능구렁이.'

미르는 돌아갈 길은 확인도 않고 점점 더 깊은 산속으로 뛰어 들어갔다. 별안간 뒤에서 누군가 미르의 팔목을 붙잡았다. 갑작스러운 인기척에 미르가 소리를 빽 지르며 수풀에 떨어진 나뭇가지를 마구 휘두르기 시작하였다.

"그만, 그만! 그만 멈추시오. 아이고, 나 죽네. 낭자 놀라게 한 것은 미안하나 그만두시오."

미르가 정신을 추스르고 소리가 난 곳을 바라보자 허름한 차림에 콧수염이 제법 돋아난 사내가 두 손으로 얼굴을 가로막고 있었다. 미르에게 맞아 생긴 상처인지 그 전에 생긴 상처인지는 몰라도 사내는 꽤 산을 헤맨 모양이었다. 옷 여기저기에는 나무에 스쳤는지 구멍이 뻥뻥 뚫려 있었고 잔 상처들도 많았다. 머리에서는 피까지 나는 모양이었다. 그는 지친 기색이 역력하여 미르에게 말을 걸었다.

"내 워낙에 방향치, 길치라 벌써 세 시진이나 이 산속을 헤맸다오. 낭자, 혹 먹을 것이 있으시오?"

"죄송하지만, 지금은 먹을 것이 없습니다. 대신 저기 폭포 쪽으로 나가시면 꽃놀이 오신 선비님들이 계셔서 먹을 것이 있을 것입니다."

"오, 살았군. 살았어. 고맙소, 낭자. 그럼 예서 양양향교까지 가려면 얼마나 걸리는지 아시오?"

"저도 양양에 온 지 얼마 되지 않아서 지리를 잘 알지 못합니다."

"그렇군요. 아무튼 감사하오. 그럼 송구하오나 낭자께서 폭포까지 나를 데려다주실 수 있겠소?"

미르는 계곡으로 돌아가고 싶지 않았으나 사내의 행색이 급해 보이는지라 그를 이끌고 길을 되돌아갔다. 돌아가는 사이에도 사내의 이마께에서는 피가 멈추지 않았다. 작은 상처인 줄 알았는데 생각보다 출혈이 심했다. 사내는 현기증이 나는지 미약하게 비틀거렸다. 숨소리도 점점 거칠어졌다. 미르는 사내의 몰아쉬는 숨소리가 신경 쓰여 자주 뒤를 돌아보았다. 어느 순간, 사내는 수풀에 주저앉아 도리질을 하고 있었다.

"괜찮으십니까?"

"길을 헤매다 살짝 미끄러져 굴렀는데 머리를 돌에 찧은 모양이오. 큰 상처가 아니니 신경 쓰지 마십시오. 다만 내 허기지고 피도 흘려 머리가 어지러우니 잠시만 쉬었다 갔으면 합니다."

"그러하지요."

잠시 쉬던 남자는 점점 더 의식이 희미해져 눈의 초점이 흐려졌다. 미르는 별로 내키지는 않았지만 다 죽어가는 사내의 이마에 자신의 손을 가져다대었다. 미르의 손이 닿는 곳이 따스해지더니 피가 멎었다. 출혈이 멎자 사내의 의식도 점점 깨어났다. 완전히 정신이 차려진 것은 아니어서인지 사내는 정확히 무슨 일이 일어났는지 가늠치 못한 눈치였다. 사내를 부축한 미르는 한참을 더 헤맨 후에야 폭포에 도착할 수 있었다. 왁자지껄한 사람들 소리가 나자 사내의 표정이 밝아진 데 비해 미르의 안색은 어두워졌다. 미르는 부축하던 팔을 풀고 손가락으로 가리켜 사내에게 폭포에 도착했음을 알렸다. 사내는 물소리에 정신이 좀 들어 미르에게 감사 인사를 건넸다.

"감사하오, 낭자. 내 이름은 백도명이라 하며 본관은 대흥이고 호는 취성醉星이라 하오. 이번에 새로 양양향교에 배정받은 천문학훈도요. 낭자의 성함은 어떻게 되시오?"

그가 미르에게 감사 인사를 전하려 고개를 돌렸을 때 이미 미르는 성국사 쪽으로 내려가고 없었다. 도명은 의아한 얼굴로 미르를 찾았지만 어찌나 빨리 사라졌는지 흔적조차 없었다. 그는 귀신에라도 홀린 기분이었다.

*

보드라운 봄바람이 휘지의 이마를 쓸어주었다. 너럭바위 위는 햇살을 받아 따스하게 데워졌고 나른한 공기가 휘지의 졸음을 더욱 부추겼다. 휘지는 까무룩 하는 정신을 다잡고 힘겹게 눈을 떴다. 산란하는 빛들이 휘지의 속눈썹에 부딪혀 파스스 부서졌다. 여인의 달콤한 분내와 고운 머리 타래, 그리고 둥근 어깨 곡선이 눈앞에 아른거렸다. 맥없이 떨구어져 있던 휘지의 손이 허공을 휘저으며 여인에게 닿고자 하였다.

"밥……낭, 밥낭 누이……."

취기가 완전히 가시지 않았는지 꼬부라진 혓소리를 내며 휘지가 전에 없이 무장해제된 표정으로 여인의 뺨을 어루만졌다. 부드럽던 여인의 몸이 멈칫하고 굳었다가 비통하게 허물어졌다. 휘지의 가물가물한 눈에 미르의 웃는 얼굴이 떠올랐다. 휘지는 그저 좋다는 듯이 하염없이 미르의 얼굴을 바라보았다. 미르의 얼굴이 희미하게 웃는가 싶더니 서글프게 구겨졌다. 푸른 녹빛의 바람이 다시 휘지의 눈꺼풀을 내리눌렀다. 휘지의 가느다란 정신은 끊어졌고 다소곳이 앉아 있던 여인은 휘지의 머리를 너럭바위 위에 정성 들여 뉘이곤 자리에서 일어섰다.

5.

잔뜩 화가 난 휘지가 씩씩대며 초가집으로 들어섰다. 그는 눈을 부라리며 미르를 찾고 있었다.

"봉구야, 미르 소저께서는 어디 계시느냐?"

"예? 아가씨요? 아가씨께서는 뒤뜰에 있는 산등성이 위로 올라가셨습죠. 거 왜, 있잖습니까요. 고장 난 별 고치시겠다고."

휘지는 봉구의 말을 뒤로한 채 초가집 뒤뜰로 이어진 뒷산으로 올라갔다. 나무와 수풀을 지나치자 어스름한 숲 안개 너머로 빛이 보였다. 휘지는 헛기침을 하여 기척을 알렸으나 미르는 그것을 듣지 못했는지 혹은 못 들은 체하는지 뒤도 돌아보지 않았다. 무안해진 휘지가 살짝 기분이 상하여 미르에게 말을 건넸다.

"흠흠, 밥낭 누이께서는 다 함께 꽃놀음을 가셨으면서 온다 간다 말씀도 아니하고 홀로 집으로 돌아오는 법이 어디 있소? 사람들이 다들 누이를 찾는다고 얼마나 애를 먹었는지 아시오? 괜한 걱정을 끼치는 것은 사람 된 도리가 아니오. 그대 덕분에 모두의 귀가 시간이 지나치게 늦어진 것이 아니오."

"도령께 말을 안 했다 뿐이지 오늘 함께 꽃달임 가셨던 김 진사 댁 마님께는 먼저 물러가겠다고 말씀을 드렸습니다."

"그런 말이 아니잖소? 수연 아씨와 형수님과 셋이서 폭포까지 올라왔다는 것을 뻔히 알고 있었는데 이쪽에는 아무 말도 없이 홀연히 사라졌다 하니 사람들이 아니

놀라고 배기겠소?"

"내가 언제 도령에게 내 걱정을 해달라 하였습니까?"

"어찌 사람 속이 그리 옹졸하오? 지금 그것이 걱정한 사람에게 한다는 대답이오?"

"도령, 내게 밥낭이라고 하지 마시고 누이라고도 하지 말아요. 나는 도령의 친누이도 아니잖아요? 도령이 그리 부르는 것 기분이 좋지 않습니다."

휘지는 미르가 괘씸하기도 했지만 걱정했던 데 비해 무사히 집으로 돌아왔다는 사실만으로도 화가 조금 풀렸다. 게다가 아무래도 이 아가씨는 자신이 모르는 이유로 단단히 토라진 것 같았기에 그는 조심스럽게 눈치를 보았다.

"누이라고 부른 것은 다른 사람들 눈을 속이기 위한 것이 아니었소? 밥낭이라 놀리는 것도 소저가 정말로 밥을 축낸다고 하는 소리가 아니었소. 그저 내가 어느새 소저에게 친근한 마음이 들어 결례를 범한 것 같소. 미안하오."

휘지가 정중하게 사과를 하자 미르는 머쓱해져선 드디어 고개를 돌렸다. 눈가가 퉁퉁 부어오른 것이 운 흔적이 남아 있었다. 휘지는 놀린 것도 미안하고, 미르가 고향 생각이 나 그런가 보다 하고 애잔한 마음에 다가갔다.

"도령이 나를 친근히 여겨 누이라 부르는 것은 좋습니다. 하오나…… 하오나 아무도 없는 집에서마저 나를 누이로 대하는 것은, 나는 싫습니다. 나는 싫어요."

미르는 휘지가 자신을 여자가 아닌 누이로 대하는 것이 싫었다. 가뜩이나 그녀를 바라보는 그의 눈빛은 언제나 안쓰러움 내지는 동정심이 가득했기에 거기에 누이 같은 친근함까지 보태고 싶진 않았던 것이다.

"알겠소, 소저. 소저가 원한다면 그렇게 부르지 않겠소. 집 안에서는 그저 소저라고 부르겠소."

"되었습니다. 누이라고만 부르지 마십시오. 밥낭이든 뭐든 좋으니."

미르는 도저히 휘지에게 오래도록 화를 내지 못했다. 휘지의 다정한 행동에 마음이 풀린 미르가 순한 표정으로 그를 바라보았다. 그 표정에 휘지도 마음이 놓여 방글 웃으며 품에서 무언가를 꺼냈다.

"그럼 그냥 밥낭 소저라고 부르겠소. 안 그래도 밥낭께서 저녁밥도 먹지 않고 사라진 것 같아 걱정스러웠단 말이오. 하여튼 다음부터 그리 소리 소문 없이 사라지지 마시오. 내가 찾을 수가 없지 않소? 그리고 우리 밥낭 아가씨 얼마나 칠칠맞은지, 이걸 쥐여준 지 얼마나 지났다고 벌써부터 땅바닥에 흘리고 다닌단 말이오?"

휘지가 미르의 손에 건네준 것은 다름 아닌 매화 문양 노리개였다. 숲 속에 버리고 나서도 마음이 편치 않아 되돌아가 찾아보았지만 미르의 눈에는 보이질 않아 포기할 수밖에 없었던 그 노리개였다. 휘지는 의기양양한 표정으로 미르의 손에 노리개를 쥐여주었다.

"이거 흘리고 다니면 다음부터는 아무것도 사주지 않을 테요."

미르는 자기 스스로도 표정을 제어하지 못하여 웃다 우는 우스꽝스러운 얼굴이 되어버렸다.

"소저, 배가 고파 그런 것이오? 오늘 겨우 화전만 먹었으니 얼마나 배가 곯아 있겠소? 별은 나중에 다시 고치고 우선 내려가서 밤참이라도 먹읍시다. 봉구가 따끈따끈하게 감자를 쪄놓았더군요. 얼른 가지 않으면 봉구 녀석이 다 차지할 것이오. 밥낭께서 겨우 봉구 따위에게 져서야 되겠소?"

미르는 휘지에게 이끌려 따뜻한 감자가 기다리는 초가집으로 돌아갔다. 이 손을 놓치고 싶지 않다. 미르는 찔끔 눈물이 흘러나와 입술을 깨물었다. 그들의 머리 위로 별이 유난히도 밝았다.

*

　주전골, 깊은 산세.

　황소만 한 덩치의 사나운 투견들이 침을 질질 흘리며
짖어댔다. 개 짖는 소리에 새들이 요란하게 도망을 갔으
나 늦은 시각의 깊은 산속인지라 아무도 그 소리를 듣지
는 못하였다. 개들의 맞은편에는 겁에 질려 오줌까지 지
리는 불쌍한 약초꾼이 주저앉아 벌벌 떨고 있었다.

　"살려주시오, 사…… 살려주시오. 나, 난 아무것도 보
지 못하였소. 그러니 제발 살려주시오. 제발, 제발 목숨
만은 살려주십시오."

　눈물과 콧물 범벅으로 앞도 보이지 않는 약초꾼이 개
목줄을 잡고 있는 사내에게 애걸복걸 목숨을 구걸했다.
그러나 그런 것에는 아랑곳하지 않고 개 주인은 냉랭한
조소를 흘뿌리더니 천천히 손에서 힘을 뺐다.

　"아, 아, 왜…… 왜 이러시오? 제발! 제발! 제발 살려주
시오!"

　절규에 가까운 소리를 지르며 약초꾼이 비명을 질렀
다. 개 주인은 일말의 표정 변화도 없이 그런 약초길을
바라보았다. 드디어 그의 손에서 개줄이 스르륵 빠져나
갔다.

사나운 개 짖는 소리와 함께 사람의 피맺힌 마지막 숨
소리가 계곡을 울렸다.

암중비약*

暗中飛躍

* 암중비약(暗中飛躍): 은밀한 가운데 맹렬히 활동함.

1.

평생을 가난하게 살아 비단 이불 한 번은 고사하고 무명옷 한 벌도 제대로 해 입어보지 못한 약초꾼은 죽어서 꽃으로 수놓인 고운 흙에 덮여 있었다. 아직 이슬이 채 마르지 않아 축축한 흙을 매만지며 수하가 사건 현장을 살펴보았다. 꼭두새벽, 누군가 관아의 문을 요란하게 두드리더니 대경실색하여 혼이 빠진 나무꾼이 약초꾼의 시신 있는 곳을 고하였다. 한참을 횡설수설하던 그가 반쯤 미친 듯 공중을 응시하며 고함을 쳤다.

"호랑이 짓이여유. 호랑이가 잡혔다더만 다른 놈들이

더 있는 게 분명합니다요. 산신이 노하신 거예요. 호환이 끝난 줄 안심했더만 다시 시작이구먼요!"

'시체를 처음 보나.'

수하는 입술 근처에 거품을 물고 침을 튀기며 발광을 하는 나무꾼을 유난 떤다는 식으로 쳐다보며 혀를 끌끌 찼다. 그런데 지금 아버님 명을 받고 시신을 수습하기 위해 현장에 와보니 가히 혼백이 날아가고도 남을 만큼 잔인한 광경이었다. 나졸들이 시신을 덮고 있던 꽃잎과 나뭇잎을 걷어내자 비릿한 피 냄새와 살이 썩어가는 매캐한 악취가 훅 하고 풍기어 올라왔다. 시신은 여기저기 물리고 뜯기어 온전한 곳이라곤 찾아볼 수 없었으며, 구더기가 끓기 시작한 것으로 보아 이틀 정도는 그 자리에서 방치되어 있은 듯했다. 수하는 더 이상 눈 뜨고 볼 수가 없어서 시신을 관아로 옮겨 갈 것을 명하였다. 오만상을 찡그리고 주춤거리던 나졸들이 하얀 천을 가져다가 불쌍한 약초꾼의 시신을 수습하기 시작했다. 개중 비위 약한 몇 명은 하얗게 질리어 수풀 사이로 뛰어가 토악질을 했다.

"거, 시신 망가지지 않게 조심해서 관아로 옮겨 가거라."

수하는 시신이 누워 있던 주변의 흙을 유심히 훑었다. 사실 여기저기 물리고 뜯기어 나간 것이, 인간의 소행이라고는 생각되지 않았다. 나무꾼 말마따나 호환이 다시 시작되었는지도 모른다. 하지만 수하는 의심스러운 부분이 한두 가지가 아니었다. 죽음의 원인이야 검시를 해 보면 알 수 있다지만 누가 어떻게 죽었느냐는 시신뿐만 아니라 사건 현장에도 많은 단서들이 숨어 있기 마련이다. 헌데 시신이 있던 수풀은 너무나도 깨끗하였다. 아무리 호랑이가 한 짓이라 하여도 시신이 그 모양으로 작살이 났는데 어떻게 주변 나무껍질에 피 한 방울조차 튀지 않을 수 있을까. 그의 눈에 짐승의 발자국이 들어왔다. 네 발 달린 짐승이란 것을 감안하더라도 짐승의 수가 상당해 보였다.

'서너 마리는 되어 보이지 않는가.'

호랑이는 결코 무리 지어 생활하는 짐승이 아니었다. 수하는 점점 더 의구심이 일어 이번 사건이 단순한 호환이 아닌 것 같은 예감이 들었다. 심상치 않은 일이 양양에서 일어나고 있단 생각에 수하는 스스로 기합을 한번 크게 넣었다.

"시신이 있던 곳에 금줄을 치고, 너희들은 순번을 정하여 이곳을 지키거라. 절대 현장을 훼손하는 일이 발생하여서는 안 될 것이다. 나는 이 길로 등청할 것이니 결코 경계심을 늦추지 말도록 하여라."

수하는 검시를 참관하기 위해 시신의 뒤를 쫓아 바삐 관아로 말을 몰았다. 관아의 입구로 들어가려던 찰나, 그는 낯익은 세 명의 뒤통수를 발견하였다. 휘지와 미르, 그리고 그들의 뒤를 따르는 봉구였다. 요란한 소리를 내며 말을 멈춘 수하는 안장에서 뛰어내려 인사도 않고 휘지의 어깨를 붙들었다.

"휘지 아닌가? 자네 지금 바쁘지 않다면 나와 함께 등청하지 않겠는가?"

좀처럼 급하지 않고서야 별호가 아닌 이름으로 자신을 부르지 않던 수하가 자신의 이름을 언급하자 휘지는 진지한 눈빛이 되어 그를 바라보았다. 수하는 놀란 토끼 눈으로 바라보는 봉구와 미르의 눈치를 살피더니 소리를 낮추어 말을 이었다.

"자네가 한양에 있을 때 글만 읽는 서생인 줄 알았는데 곧잘 형조 소관의 사건들도 처리했다고 들었네. 내자네의 조언을 구하고자 하니 아버님이 계신 동헌으로 함께 오르지 않겠나?"

예희가 매작과를 만들었으니 놀러 와달라는 전갈을 보낸 바람에 아침 댓바람부터 잔뜩 신이 난 미르를 따라온 휘지는 갑작스러운 수하의 부탁에 당황한 듯 보였다.

"하오나, 한명 형님. 제 처지가 죄인인지라 사건 수사에 합류할 만하지가 못합니다."

"그런 건 걱정 말게나. 아버님과 나를 제외하고는 아무도 자네가 수사에 합류하였다는 사실을 모르게 하겠네. 그저 자네는 나와 함께 생각을 나누어주기만 하면 된다네. 안 되겠는가?"

수하의 간곡한 목소리에 휘지는 거절하지 못하고 그의 청을 수락하였다. 휘지는 미르와 봉구를 별당으로 가도록 지시한 후, 수하를 따라 동헌으로 들어갔다. 수하와 수연 남매의 아버지이자 양양도호부사인 연 대감이 그들을 맞았다.

"교학 왔는가. 지금 검시를 할 준비가 끝났다고 하니 다 같이 자리를 옮기세."

불안한 걸음을 옮겨 검시가 이루어지고 있는 검시소의 문을 열자 시큼한 알코올 냄새가 코를 찔렀다. 검시관들은 혹시라도 있을 미세한 흔적을 발견하기 위해 시신의 옷을 말끔히 벗겨낸 후 술지게미, 식초 등을 이용하여 몸을 닦아놓은 상태였다. 퍼렇게 부풀어 오른 시신의 몸에 울긋불긋한 시반과 선명한 이빨 자국들이 드러났다. 휘지는 눈앞의 뉘어져 있는 만신창이의 시신에 정신이 아득해졌다. 반면 도호부사 영감은 눈살을 찌푸리며 옷깃으로 코를 틀어막긴 했지만 시선은 꼿꼿하게 시신을 향했다. 수하 역시 이미 본 시신이었기에 거리낄 것 없이 가까이 다가가 검시관들에게 질문을 던졌다.

"시신이 심하게 훼손되고 부패된 것으로 보아 사람의 짓은 아닌 것 같소. 정녕 호환당한 것이 맞는가?"

"예, 소인들 보기에는 호환 내지는 산짐승들의 소행으로 보입니다. 아직 검시를 시작한 지 얼마 지나지 않았기에 더 조사해봐야 하겠지만 다른 곳에 큰 상처가 없는 것으로 보아 단순 사고인 것으로 보입니다."

"죄송하지만 저기 시신 대퇴부의 살점 떨어진 부분 말이오. 그 부분이 푸르죽죽하고 새빨간 것이 맞은 흔적으로 보이오만……."

잠자코 시신을 들여다보던 휘지가 말문을 떼었다.

"그것은……."

살점이 뜯겨져 나간 부분이라 검시관들이 소홀히 지나친 모양이었다. 그들은 급히 휘지가 언급한 엉덩이 부분을 살펴보곤 긍정의 대답을 들려주었다.

"이상한 곳이 한두 군데가 아닙니다. 이자는 무슨 일을 하던 자인지요?"

"주전골에 기거하면서 약초를 캐다 팔던 약초꾼이었다더구나. 그래, 뭐가 이상하다는 것이냐?"

"제가 현장을 보지 못하여 확언을 할 수는 없지만 짐

승이 사망에 이르게 하되, 그 뒤에 사람이 있는 사건인
것만 같습니다."

"살……인이란 말이냐?"

"아직 추측에 불과합니다만 살인이 아닌가 싶습니다.
우선 호환이라 하셨는데, 호환은 기필코 아닙니다. 여기
시신에 난 짐승의 이빨 자국이 보이십니까? 호랑이는 이
빨이 서른 개 정도인 데다, 송곳니는 1치 6푼에서 2치*
정도로 길고, 끝이 갈고리처럼 휘어져 있습니다. 헌데
시신에 드러난 상흔은 아무리 보아도 이빨 개수가 지나
치게 많은 데다가 송곳니도 호랑이만큼 발달되어 있지
않은 걸 볼 수 있습니다. 시신 여기저기에 난 이빨 자국
과 발톱의 모양새만 보아도 호랑이는 물론이며 괭이과
짐승이 아닌 걸 알 수 있지요. 제가 보았을 땐, 개과 동물
이 아닌가 싶습니다."

"그리고?"

"예, 얼마든지 산속에서 짐승에게 공격을 받을 수는
있지요. 하지만 이자 대퇴부에 난 멍을 보니 심하게 발
길질을 당했다는 것을 알 수 있습니다. 게다가 손톱 끝
이 마모되었고, 그 밑에 흙과 돌가루 그리고 검은 짐승

---

* 1치 6푼에서 2치: 1푼은 0.3센티미터, 1치는 3센티미터로 1치 6푼에서 2치
는 5, 6센티미터 정도를 말한다.

의 털이 끼여 있는 것으로 보아 막다른 곳에 갇히어 일방적으로 공격을 받은 것이 아닌가 싶습니다. 한명 형님, 혹 시신이 발견된 장소에 저항의 흔적이라든지, 짐승의 공격을 받은 흔적이 있습니까?"

수하는 '과연'이라는 표정을 지으며, 자신의 심중에 있었던 의혹들이 현실로 드러나는 것을 알 수 있었다. 그도 처음 사건 현장을 조사하면서 기시감을 느꼈다. 그것은 지금 휘지가 말하는 대로 어떤 흔적도 남지 않은 깨끗한 현장에서 오는 꺼림칙함이었다. 두 사람 모두 실제로 약초꾼이 숨을 거둔 장소는 따로 있다는 생각이 확실해졌다. 이외의 증거들이 나오면 바로 보고하도록 명하고선 수하와 휘지는 동헌으로 장소를 옮겨 이야기를 이어나갔다.

"그러니까 교학 자네와 수하 너도 이번 사건이 단순한 산짐승에 의한 사고가 아니라는 것이냐?"

"예, 영감. 교학의 말대로 사건 현장 수피樹皮 그 어디에도 핏방울은 튀어 있지 않았습니다. 수풀가 근처 바닥에는 몇 방울 정도의 피가 떨어져 있었지만 그 간격이 일정하고 시신이 쓰러져 있던 방향과는 다른 것으로 보아 일부러 누군가 뿌렸다고밖에 볼 수 없습니다. 이것은 곧 약초꾼이 그 자리에서 목숨을 잃지 않았다는 말이 됩니다. 그는 다른 곳에서 살해당하여 그 자리에 버려진 것입니다. 몸에 난 멍 자국들로 보건대 봉구사*한 것이 아닌가 싶습니다. 그리고 이런 것은 산짐승이 할 수 있는 일이 아니지요. 죽은 시신을 옮겨 호환을 당한 것처럼 위장하고 진실을 은폐하려 하는 것은 인간만이 할 수 있는 일입니다."

"예, 영감. 저도 한명 형님과 같은 생각입니다. 아직 제가 사건 현장에 가본 것은 아니지만 형님의 말을 들으니 교묘하게 조작된 현장인 것이 분명해 보입니다. 게다가 시신의 상흔은 호랑이의 것이 아니었습니다. 호랑이만큼 큰 덩치의 개 정도로 사려됩니다만……."

"이 고을에서 그 정도 덩치의 개를 키우는 자는 아무도 없지."

휘지가 흐린 말끝을 수하가 이어 말했다.

"그렇습니다. 이 마을에 개들이 많이 살고 있지만 그 정도의 상처를 남기고 사람을 공격하는 개는 찾을 수가 없습니다. 이 고을에 투견장이 있습니까?"

"물론 도박을 하는 곳도 있고, 몰래 투견을 벌이는 이들도 있는 모양이다만, 그래도 그렇지 호랑이만 한 투견

* 봉구사: 몽둥이에 맞아 죽음

을 기르는 자는 보지 못했다."

"허면 들개의 소행이 아니겠느냐?"

"허나 들개의 소행은 아닌 것 같습니다. 들개의 소행이라면 처음부터 사람이 관여되어 있어서는 아니 되지요. 시신이 발견된 장소는 허허벌판이라 어디로든 도망치기에 용이한 장소였습니다. 그런데 약초꾼의 손톱에 끼여 있는 흙이나 돌가루로 보았을 때 그는 어딘가 바위로 둘러싸인 막다른 곳에서 공격을 받았다는 것을 알 수 있습니다. 게다가 들짐승이 시신을 사건 현장까지 끌고 옮긴 것이라면 시신에 긁힌 흔적이 있어야 하는데 깨끗하단 말이지요. 누군가 들어서 옮긴 것이 분명합니다."

"형님 말씀대로라면 일이 심각합니다. 누군가 험한 개들을 사육하여 사람을 산 채로 공격한다는 말이 아닙니까?"

"어떤 경우도 배제할 수는 없는 법이다. 일단 교학 자네는 이 일대에 들개가 서식할 만한 식생 조건이 되는지, 또 들개가 서식하는 흔적이 있는지를 알아봐주게나. 은밀히 움직여야 할 걸세. 그리고 수하 너는 양양 고을은 물론이거니와 가까운 고을의 투견장에 다녀와 시신에 남긴 상흔과 유사한 이빨을 가진 개가 있는지를 알아보거라."

동헌을 빠져나온 수하와 휘지는 내아의 사랑채로 들어 둘만의 대화를 계속했다.

"우선 휘지 자네는 시신이 발견된 장소로 가보도록 하게. 내 이 통행증을 줄 테니 나졸이 뭐라 하든 상관 말고 마음껏 금줄을 넘어 다니시게."

"분명 시신 주변 상태가 말끔하다 하셨지요? 조금 후에 제가 직접 가보면 알 테지만 호랑이든 들개든 산짐승들이 살아서 사람을 해친다면 어딘가에 흔적이 남기 마련입니다. 그들은 영역 표시라는 것을 반드시 하는 존재들이니까요. 분명 어딘가 나무에 발톱 자국 하나쯤은 남아 있을 터이니 꼼꼼히 잘 살펴보고 오겠습니다."

"미안하이. 자네에게 이런 부담을 씌워서."

"무슨 말씀이십니까? 모두가 살아가는 고을의 일이 아닙니까? 미약하게나마 힘을 보태드릴 수 있다면 뭐든지 해야지요. 다만 저희 둘의 생각대로 이 짐승의 뒤에 사람이 있는 것이라면 그보다 소름끼치고 시급한 일이 어디 있겠습니까?"

"그렇지. 아무래도 위험한 일들이 일어나고 있는 것은 아닌가 싶군. 혹, 말이네. 지금까지 호환을 당하였다고 고해진 시신들 중에도 이런 일을 당한 자가 있는 것은 아닌가 싶군."

"그럴 수도 있겠지요. 하지만 섣부른 의심은 화가 되는 법입니다. 우선은 이 한 사건에 집중하는 것이 좋을 듯합니다."

"그래 그래. 놀러온 길이었을 텐데 짐만 얹어주는구먼. 미르 소저를 보고 나가겠는가?"

"아닙니다. 저는 지금 이 길로 바로 사건 현장에 가볼 생각입니다."

"알겠네. 그럼 뭔가 발견되는 대로 내게 방문해주게나."

가벼운 목례를 한 휘지는 창문 너머로 보이는 별당의 담장에 시선을 던지더니 이윽고 말없이 일어나 관아를 벗어났다. 그는 관아에서 빌린 말을 달려 시신이 있는 장소로 갔다. 햇살은 아찔하고 나무 사이로 불어오는 바람은 상쾌하기 그지없었으나 전체적으로 주전골의 분위기는 침체된 것이 스산하였다. 심호흡을 한 휘지는 멀리 나졸들과 금줄이 보이는 산 중턱까지 단숨에 올랐다. 그는 자신이 서 있던 나무에서부터 수색을 시작하여나 갔다. 수하가 말해준 현장의 그림을 머릿속으로 떠올리며 휘지는 시신이 있던 쪽으로 전진했다. 역시 시신 주변의 수풀가에는 마른 핏자국들로 군데군데 얼룩져 있었지만 그 외의 나무껍질이나 수풀가 근처에는 피 한 방울 보이지 않았다. 겨우겨우 몇 방울 발견된 피도 길쭉

한 타원형으로 얼룩진 것이 누군가 시신 근처에 서서 고의적으로 뿌렸다고밖에 볼 수 없는 상황이었다. 게다가 수피 어디에도 사망자의 저항 흔적이나 짐승의 할퀸 자국을 찾아볼 수가 없었다. 휘지는 자신이 생각했던 것보다 더 깊은 내막이 이 사건에 숨어 있진 않을까 하는 막연한 두려움이 일었다. 몇 발자국 앞으로 더 가자 땅에서 짐승의 발자국이 발견되었다. 발자국은 경계 부분부터 서서히 허물어진 것이 정확하게 알아보기에 어려움이 있었다. 휘지는 눈을 부릅뜨고 짐승들이 만들어놓은 길을 거슬러 올랐다. 얼마나 갔을까 계곡물 흐르는 소리가 들려왔다. 짐승 발자국은 계곡 근처 바위에서 감쪽같이 사라졌다. 물을 따라간 것인가, 공중으로 사라진 것인가. 휘지는 망연하게 서서 사라진 짐승 발자국과 시퍼런 계곡물을 바라보았다.

*

"도령, 무슨 일이 있었어요? 어찌 나만 홀로 두고 관아를 나섰습니까? 이제나저제나 도령이 별당으로 들어올 것만 기다리고 있었는데……. 나더러는 소식도 없이 사라지지 말라하더니 도령은 잘도 사라지십니다?"

"미안하오, 소저. 갑자기 한명 형님과 할 이야기가 생겨서 말이오."

"하긴…… 한명 나리께서 그리 불안한 표정을 지으시는 건 저도 처음 보았습니다. 무슨 안 좋은 일이라도 생겼습니까?"

"별로, 큰일은 아니었소. 그나저나 소저, 당분간은 밤에 별을 고치러 가는 것은 자제해주었으면 하오."

"네? 왜요?"

"그것이…… 아무래도 호랑이가 다시 기승을 부리는 모양이오. 산속은 위험하니 당분간은 자중하고 집에 계셨으면 하오."

"호랑이 말이에요? 후…… 하는 수 없지요. 호랑이라면 치가 떨리니. 당분간은 도령 말대로 집에 있어야겠네요."

"그러는 게 좋겠소. 그…… 별은 얼마나 고치셨습니까?"

"우주선요? 살펴보는 중이에요. 아무래도 기체 중앙통제 시스템이 날아간 거 같거든요. 비행 항로고 뭐고 데이터란 데이터는 다 깨져서 복구가 안 되네요. 제가 엔지니어 쪽에는 워낙 젬병이라 어디서부터 손대야 할지 막막해요. 집에나 돌아갈 수 있을지 모르겠어요."

"그렇군요. 제가 별에 대해 아는 것이 없는지라 별 도움을 못 드립니다. 아무튼 이제 해가 지면 바깥출입은 자제해주십시오."

"알겠어요. 그래도 집에만 있으면 숨이 막힐 거 같은데……."

미르가 시무룩해지자 휘지는 어쩔 수 없다는 표정으로 눈웃음을 지었다.

"그럼 소저가 답답하시다 여기실 때 제게 말씀해주십시오. 제가 함께 동행한다는 조건하에 소저와 밤 산책이라도 나서드리지요."

"정말요? 정말이죠? 사내가 한입 갖고 두말하기 없기에요. 그 약속 꼭 지키셔야 합니다. 어서 손가락 거세요."

미르가 휘지의 눈앞에 새끼손가락을 들이대며 천진하게 재촉하자 휘지도 그런 미르가 보기 좋아서 온종일 자신을 따라다닌 어두운 마음은 거둬내고 연신 싱글벙글이었다.

"자, 여기 손가락을 걸고 약속을 하였소. 마음에 드시오, 밥낭 소저?"

"네, 이제 저하고 새끼손가락까지 걸었으니 내가 나가자고 하면 도령은 군소리 없이 나가야 합니다."

"예, 밥낭께서 말만 하시면 꼼짝없이 질질 끌려 나가드리지요."

"질질 끌려가다니요. 빵긋빵긋 웃으면서 나가야지요.

휴, 아무튼 당장은 우주선도 못 고치니…… 무엇을 해야 될까요?"

"말 잘하셨습니다. 내일 저랑 향교에 가봅시다. 이번에 한양에서 새로 천문학훈도가 부임하셨다는데 그분과 이야기를 해보면 도움이 될 것입니다."

"천문학훈도요?"

"천체의 운행과 성질, 하늘을 읽을 줄 아는 분들이지요. 당분간은 별 수리 대신 공부를 하심이 좋겠습니다."

"그렇구나. 그럼 내일부턴 공부 시작이네요? 저기 도령, 우리 그러지 말고 지금 밤 산책이라도 나가지 않을래요? 나 답답한데……."

"서책 읽을 생각을 하니 가슴이 갑갑해지십니까? 하여간 우리 밥낭께서는 밥 먹는 것 이외에는 다 갑갑하시지요?"

"아, 나갈 거예요, 말 거예요? 군소리 없이 나가기로 해놓고선 뭔 말이 이리 많대. 사내 맞습니까?"

미르가 입을 내밀며 툴툴대자 휘지가 실소를 터트렸다. 그는 뒷짐을 지고 앞장서서 초가집을 나섰고 미르는 생글 웃으며 그 뒤를 따랐다. 봉구는 방금 출타에서 돌아온 휘지가 다시 밖으로 나서자 자시까지는 꼭 돌아오라며 잔소리를 던졌다. 부엌에서 마저 불쏘시개를 휘젓던 봉구는 두 사람의 뒷모습을 우두커니 바라보았다.

해가 서산을 넘어가면서 시장 바닥에 어슴푸레한 땅거미가 내려앉았다. 거리에는 하나둘 화등이 켜졌고, 바닥에 좌판을 깔았던 상인들은 짐을 챙겨 집으로 돌아갈 차비들을 했다. 미르는 어느새 손에 당과 하나를 들고 신이 나서 조명 아래를 뛰어다녔다. 휘지는 여전히 여유롭게 뒷짐을 지고 그녀의 뒤를 따랐다.

"누이, 뛰지 마시오. 그리 덤벙거리다간 넘어지기 십상이오."

"넘어지긴 누가 넘어진단 말이에요? 도령, 빨리 와요."

"뭐가 또 먹고 싶어서 그러오?"

"뭐 나만 보면 먹는 것밖에 모르나? 여기서 조금만 더 가면 큰 못이 있대요. 우리 연못 구경 가요."

화려한 화등이 줄지어 선 거리를 따라가다 보니 커다란 양양 못이 나타났다. 미르는 뛰느라 숨이 찼는지 연못가에 발을 내려놓고, 땅바닥에 그대로 털썩 주저앉았다. 휘지는 흙바닥에 털털히 주저앉는 미르의 옆에 넌지시 손수건을 떨구어주었다. 미르도 배시시 웃는 눈으로 힐끔 쳐다보더니 손수건을 주워 바닥에 깔고 앉았다. 휘지는 아무 일 없었다는 듯 기침을 하며 미르의 옆에 털썩 주저앉았다. 휘지의 감색 도포 위 세조대에 흙먼지가 들러붙었다. 가만히 눈치를 살피던 미르가 수줍게 그의 세조대를 손으로 탁탁 털어주었다. 검은 수면 위로 반짝이는 화등이 별이 되어 비치었고 그 속에 미르와 휘지의 모습도 나란히 떠올랐다. 단둘이 연못가에 앉아 있으려니 쭈뼛쭈뼛 등에서부터 닭살이 돋아났다. 어색한 기류 속에서 미르는 침묵을 깨기 위해 휘지의 입속에 당과 하나를 날름 집어넣어주었다. 달콤한 설탕이 혓바닥에서 녹아들자 휘지는 기분 좋게 미르의 얼굴과 하늘을 번갈아 바라보았다. 먼 남쪽 하늘에서 새하얀 유성이 포물선을 그리며 떨어졌다.

"소저, 보셨소? 유성이오. 유성이 떨어졌소."

"네, 봤어요. 도령은 무슨 소원을 빌었어요?"

"소……원요? 아, 나는 유성에 한눈이 팔려 미처 소원을 빌지는 못했소이다."

"그래도 괜찮아요. 내가…… 도령 소원까지 대신 빌어주었으니까요."

"밥낭께서 제 소원까지 챙겨주시었소? 허허, 고맙습니다. 헌데 뭐라 빌었습니까?"

"원래 그런 건 물어보는 게 아니에요. 소원을 다른 사람에게 말해버리면 부정 탄다고요."

"설마 제 흉보신 것은 아니겠지요? 밥낭이라면 그러고

도 남을 텐데요."

"아니거든요. 그냥 모두들 행복하자고요. 뭐, 그런 내용이었어요. 당과 하나 더 먹을래요?"

"나는 단것은 하나면 족합니다. 밥낭 혼자 실컷 드시지요."

미르는 다시 새빨간 당과를 하나 입에 물고 오물거렸다. 물결에 닿을 듯 말 듯 미르의 발에 신겨진 운혜가 휘지의 흑혜를 건드린다.

"저기 소저, 방금 유성이 떨어진 곳으로 가보지 않아도 되겠소? 혹여 다른 선녀님들이 내려오신 것일지도 모를 텐데."

"그런 거 아니거든요. 유성이랑, 추락하는 우주선은 엄연히 다르다고요. 거기다 서산을 훌쩍 넘어간 유성을 무슨 수로 찾아요? 뭐 나처럼 표류하는 사람이 흔한 줄 알아요?"

분위기 파악은 못하고 엉뚱한 소리만 늘어놓는 휘지가 야속하여 미르는 톡 쏘아붙였다. 휘지는 나오려던 질문도 쏙 들어가서 뻘쭘히 하늘만 올려다보았다. 그래도 생각해주어서 한 말인데 너무 과하게 짜증을 부린 것은 아닌가 싶어 미르가 조심스레 입을 열었다.

"도령은…… 정말로 내 생애 최고의 은인이에요. 내가

얼마나 고마워하는 줄 알지요?"

"괜히 내게 성질부리고 나니 미안해지셨소, 아니면 우리 소저께서 무언가 필요한 것이 생기셨소? 밥낭께서 이리 간질간질한 말을 다 꺼내시고."

"아니거든요. 진짜 마음속 깊이 감사해하고 있다고요. 도령이 아니었으면 생면부지의 땅에서 살 수 있었겠어요?"

"그렇게…… 고마우면 무슨 소원을 빌었는지나 말해주오."

잠시 고민하던 미르는 묻는 말엔 대답하지 않고 우물쭈물 다른 소리를 했다.

"도령은…… 집에 돌아가고 싶지 않아요? 부모님, 안 그리워요?"

잠시 그들 사이에 어색한 정적이 흘렀다. 휘지의 안색에 어두운 그늘이 드리워졌다가 이내 사라졌다. 그는 누구보다도 올곧은 눈빛으로 미르의 시선을 마주했다.

"그립지요. 어느 누가 자신이 태어난 곳, 사랑하는 가족을 잊을 수가 있겠습니까? 한시도 잊을 수가 없지요. 하지만 현실을 받아들일 줄 아는 것이 사람이 아니겠습니까. 그리움은 속종으로만 접어두고 지금은 이 순간에 충실한 삶을 살아야지요."

그녀 앞에서는 좁쌀만 한 내색조차 하지 않던 탓에 그녀는 휘지가 마냥 꿋꿋하고 강건한 사람이라고 생각해 왔다. 그런데 지금 자신의 옆에 앉아 있는 남자는 미르보다도 더 서늘한 외로움을 가진 자였다. 그녀는 안쓰럽게 말을 이었다.

"나는요, 맨 처음 지구에 불시착하게 되었을 때 말이죠. 하나부터 열까지 죄다 억울하고 화가 났어요. 다른 사람들이 얼마나 말렸는데, 내가 얼마나 잘났다고 오만방자하게 굴다가 이 꼴이 났구나 싶어서 얼마나 스스로 자책했는지 몰라요. 그런데요. 그런 와중에도 나는 도령을 만날 수 있어서 얼마나 다행인지 몰라요. 도령은, 도령은 내게 정말이지 많은 위안이 돼주었어요. 그래서 나도 도령에게 뭔가 힘이 될 수 있으면 좋겠는데…… 도령은 꼭꼭 구긴 종이 뭉치 같아요."

미르가 한숨을 쉬고 심각한 눈빛으로 정면을 응시했다. 휘지는 그런 그녀의 옆얼굴을 아무 말 없이 눈에 담았다. 이윽고 고개를 숙이고 자신의 신발 앞코를 들여다보던 미르를 향해 휘지가 말을 내뱉었다. 말을 하는 내내 휘지는 미르 쪽으로는 눈길도 주지 않고 정면만을 바라보았다.

"나도 처음 유배형을 받았을 때는 세상이 나를 버린

것처럼 느껴져 억울하고 분했습니다. 한양에 계신 가군
께서는 네가 떳떳하다면야 됐다 하시며 사가독서賜暇讀
書*라도 다녀온다 생각하라 하셨지만 제 마음은 그게 아
니었지요. 왜 내게 이런 시련이 왔는지, 답도 나오지 않
는 문제로 오래도록 골머리만 앓았습니다. 하지만 추운
북쪽에서 반년을 넘게 지내다 보니 깨달은 것이 있습니
다. 내가 어떤 부당하고 억울한 일을 당하였다면 그건
다 내 탓이라는 것을 말입니다. 나를 둘러싼 상황이 어
떠했는지, 누군가 파놓은 구덩이에 보기 좋게 떨어졌다
하더라도 결국 그 길에 들어선 것은 나였으니까요. 누군
가를 원망할 시간이 있다면 나 스스로부터 되돌아볼 필
요가 있다고 여겼습니다. 한 점의 불씨가 만경의 숲을
불태운다고, 아마 이 일이 제 발목을 잡을 평생의 오점
이 될지도 모릅니다. 그럼에도 불구하고 긍정적으로 여
기는 것은 이 오점이 내 생애 가장 큰 가르침이 될 것이
라는 점입니다. 게다가 저 역시 선녀를…… 아니, 밥주
머니 아가씨를 만나지 않았습니까?"

어느새 휘지의 다정한 눈이 미르를 향하고 있었다. 그
의 눈동자가 영롱하게 반짝였다. 그 시선에 미르는 숨이

---

* 사가독서: 사가독서는 조선 시대 젊은 문신들이 임금의 명으로 직무를 쉬
면서 글을 읽고 학문을 닦던 제도다.

멎어 한마디도 하지 못하고 얼음이 되어버렸다. 휘지는 미르의 너울을 챙겨 그녀의 어깨에 덮어주었다. 그의 숨결이 미르의 이마에 닿아 얼굴이 달아올랐다.

"꽤 쌀쌀하군요. 사람을 꼭꼭 구겨진 종이 뭉치 취급하시더니 어찌 말이 없으십니까?"

"그냥, 해본 말이었어요, 그냥. 단지 도령은 항상 속종에만 마음을 담아두고 구깃구깃 접어 넣어두는 느낌이라. 그래서 해본 말이에요."

"소저께서는 언제나 그렇게 솔직하오? 나는 이것저것 눈치보고 재는 것이 많아 차마 입 밖으로 내지 못하는 말들이 많은데……. 소저는 내 종이 뭉치들을 하나씩 하나씩 잘도 펼치는구려."

"딱히 내가 솔직한 게 아니에요. 이야기하는 상대가 도령이니까."

'당신 앞이니까. 당신이 궁금하니까.'

미르는 전하기엔 두려운 말을 삼켰다. 휘지는 누군가 찌르지 않는 이상 안에 담고 있는 것을 절대로 드러내지 않는 남자였다. 그러니 미르가 억지로라도 솔직한 척해야지 이 남자의 안을 까뒤집어볼 수 있으리라. 입안이 까칠해진 미르가 말을 이었다.

"그러니까 내 말은 내가 솔직할 게 아니라 도령이 좀

솔직해져야 한다는 뜻이에요! 도령은 가끔 너무 위태로워 보인다고요. 티가 안 나는 것 같아도 밤마다 한숨 쉬는 거 내가 모를 줄 알죠? 힘든 일이 있으면 힘들다고 털어놓는 게 현명한 사람의 행동이에요. 그렇게 힘든 것, 슬픈 것, 아픈 것 무식하게 꾹꾹 눌러 담고 있으면 언젠간 곪아 터져 나오기 마련이에요. 그러니까 체면이나 자존심 같은 것들 다 내려놓고 나한테 좀 기대봐요. 내가 그거 조금은 대신 들어줄 수 있으니까요. 항상 도령에게 받기만 하고 주는 건 없으니까 그 정도는 공짜로 해줄 수 있어요."

지금껏 하고 싶은데 참고 있었던 말들이 속사포처럼 터져 나왔다. 휘지는 매양 미르를 속없이 뛰어다니고 먹는 것에만 밝은 아씨인 줄 알았는데 오늘 보니 다 오해였다. 알맹이가 실해도 이리 꽉 차 있을 수가 없었다. 휘지는 뿌듯하기도 하고 볼 때마다 다르게 느껴지는 미르가 감탄스러워 넋을 빼고 씨익 웃었다.

"그 표정…… 지금 나한테 고맙다는 말 하고 있는 거죠? 뭐, 됐어요. 정 고마우면 나가라는 소리나 하지 말아요. 그리고 나도 가끔 도령에게 고민 상담하니까 쌤쌤으로 치자고요. 아무튼 인심 썼다! 오늘 하루만 내가 도령 대신 실컷 화내줄게요. 이리 선한 도령에게 감히 누가 누명을 씌운대요?"

미르의 선창에 휘지가 맞장구를 치며 추임새를 넣었다.

"그러게나 말입니다. 소저! 나처럼 선한 이에게 죄를 뒤집어씌우다니. 그 무뢰배들은 벌을 받을 것입니다, 하하. 이건 소저에게만 하는 말입니다만 사실 처음 임해군 마마 댁에 드나들게 된 것은 전하의 명이셨답니다. 임해군께서는 워낙에 귀가 얇으셔서 다른 사람들에게 휘둘리기 쉬운 분이셨거든요. 전하께서는 그런 형님이 걱정되셔서 임해군께서 구설수에 휘말리지 않도록 갖은 노력을 하셨답니다. 그래서 이 몸을 그 댁에 자주 들러 보필하게 하셨는데 도리어 제가 조심성이 없어 구설수에 휘말리고 말았답니다. 지금 생각하니 조금은 분한 감이 있지만 역시 그 누구를 탓할 일이 아니었습니다. 구덩이에 빠진 제가 잘못이지요. 아무튼 우리 밥낭께서 대신 화를 내주시니 속이 다 시원합니다!"

"'내 탓이요'가 제일이라지만 그래도 남 탓도 해야지 이놈의 세상을 살아갈 것이 아닙니까? 도령은 그런 면에서 너무 완벽주의자예요. 나처럼 징징댈 줄도 알아야 해요. 다른 사람들에게 그러지 못하겠다면 나한테라도 징징대요. 도령 타령쯤은 내가 도맡아서 들어줄게요."

미르의 위로 반 농담 반의 말에 휘지의 웃음보가 터져

양양 연못을 떠들썩하게 울렸다. 하늘에는 별들이 알알이 박혀 있었고 상쾌한 밤바람이 둘의 머리칼을 건드렸다 도망갔다.

2.

"저는 지금부터 향교로 들어가서 새로 부임한 훈도 나리를 모시고 나오겠습니다. 밥낭께서는 예서 전이라도 드시면서 기다리고 계십시오."

"도령, 그냥 처음부터 같이 들어가면 안 돼요? 뭣하러 번거롭게 부르러 들어가고 다시 데리고 나오고 그럽니까? 내가 직접 들어가서 그분을 뵙고 이야기하는 것이 훨씬 경제적일 것 같은데."

덥수룩한 수염투성이 사내들이 게걸스럽게 먹고 마시는 주막에서 미르는 앉지도 서지도 못한, 엉거주춤한 자세로 불만을 토로했다. 아침부터 휘지가 외출 준비를 보채는 바람에 옷장에 고이 모셔두었던 분홍 댕기와 연보라빛 치마까지 꺼내 신경 써서 꾸몄는데……. 데리고 온 곳이라는 게 고작 이런 꾀죄죄한 주막이었나 싶어서였다. 심지어 휘지는 향교에 들어가고 자신만 남아 기다리고 있으라니.

"그러게 말입니다, 소저. 밥낭 말씀이 백번 옳지만 안타깝게도 법도가 그러하니 어쩔 수가 없지요. 원래 향교는 여인의 출입을 삼가고 있습니다. 그러니 밥낭께서 사내가 되지 않고서야 죽었다 깨어나도 향교에 들어가실 수 없는 것이지요."

"그런 성차별적인 발언이 세상에 어디 있어요? 이 시대는 대체 왜 이 모양이래. 발 달린 사람이 제 발 갖고 어디를 가든 무슨 상관이라고. 참 너무합니다."

"그리 못난 표정 만들지 마시고 예서 좋아하는 전 드시며 기다리십시오. 내 얼른 다녀오리다."

휘지의 설득에 혓바닥을 쑥 내민 미르가 마지못해 의자에 걸터앉았다. 그녀는 소란스러운 주위 손님들의 눈치를 살피며 눈짓으로 빨리 오라는 의지를 전달했다. 휘지는 상큼한 미소를 던지곤 부리나케 저 혼자 향교 쪽으로 달아났다. 휘지가 홍살문을 지나 시야에서 사라지자 미르는 옷섶에 달고 있던 노리개를 꺼내 손가락으로 꼼지락대며 만져보았다. 가는 실의 고른 결이 손가락에 닿았다. 저 도령은 뭐가 급해서 저리도 서두르는 걸까. 물론 미르도 어서 집으로 돌아가고 싶었고, 부모님이 그립기도 했다. 하지만 동시에 그녀는 도령이 눈앞에 아른거려서 발길이 떨어지지 않았다. 그런데 저 뚝뚝한 도령은 어떻게든 자신을 빨리 돌려보내고 싶어 환장을 하였는지 우주선 수리에서부터 전문가 초빙까지, 여기저기 들쑤시고 다니느라 바빴다. 미르는 지금 휘지가 자신을 홀로 주막에 두고 향교로 들어간 것보다는 저 하는 짓이 괘씸하여 더 뿔이 났다. 자신을 보내놓고 뭘 하려고? 자기도 가족이랑 떨어져서 외로운 주제에. 사람이 많으면 많을수록 위안이 되고 의지가 되는 법인데. 미르는 자신의 존재가 휘지에게 아무런 위안도 되지 않는 것 같아 한없이 초라한 기분이 들었다.

"여기 전이랑 당과 나왔습니다, 아가씨."

세월이 덕지덕지 묻어 노련미가 보이는 주모가 미르의 푸른 눈을 가까이서 보려고 부담스럽게 얼굴을 들이밀며 말을 걸었다.

"교학 나리께서 아가씨 드리라고 주문해놓고 가셨으니 돈 걱정 마시고 한입 드셔요. 그나저나 아가씨가 그 소문이 자자한 교학의 사촌 누이신가 봐요. 올해로 몇이나 되십니까? 참말 피부도 보드랍고 눈동자도 푸르십니다. 볼에는 또 무슨 분을 바르시기에 이리 발그레하십니까? 이년도 좀 알려주시구려. 아무튼 아가씨는 참말로 좋겠소. 교학 같은 도련님을 오라버니로 두시다니. 댁내

에서도 다정다감하시지요? 모르긴 몰라도 양양 고을 계
집년들은 아가씨가 부러워 온통 시샘 구덩이라오. 호호
호!"

다른 손님이 주막으로 들어서서 "주모, 국밥 한 그릇
말아줘"라고 하기 전까지 그녀는 끈덕지게 미르 옆에
앉아 궁금했던 것을 쏟아냈다. 미르는 그녀가 자리를 옮
긴 이후에나 정신을 차리고 입에 전 하나를 집어넣을 수
있었다. 휘지가 떠난 지 채 10분도 지나지 않았지만 미
르가 체감하기로는 벌써 30분은 훌쩍 지난 듯하였다. 눈
앞에 도령이 없으니 입맛도 떨어지는지 미르는 김이 올
라오는 전도 더 이상 먹히지가 않았다. 그렇게 멍을 때
리고 있노라니 사내 몇이 추근거리며 다가왔다.

"이야, 아가씨가 그 소문의 푸른 눈의 소저요? 교학의
누이라 하시던데 교학께선 어디 가고 홀로 계십니까?"

"그러게 말입니다. 교학을 닮아 이리 미색이 뛰어나신
가 보오. 실례가 안 된다면 합석하여 이야기나 나누어보
면 어떨까 싶은데요."

"뭐 여쭤볼 것이 있나, 그냥 예 앉아서 함께 담소나 나
누면 될 것을."

심술궂게 생긴 사내가 버릇없이 의자를 덥석 빼더니
미르의 앞에 앉았다. 미르는 당황하기는 하였으나 싫은

건 숨기지 않고 티를 내는 성격인지라 미간에 주름을 잡고 입을 떼었다.

"규중 아녀자에게 이 무슨 무례입니까? 선비님들께서는 법도도 모르시나 봅니다?"

"아, 뭘 그리 비싸게 구십니까? 여기서 법도까지 따지시다니요. 교학 누이 아니랄까 봐 꽉 막히셨습니다."

"그러게 말이오. 비싸게 구는 것은 교학이나 누이나 다를 바가 없으이. 잘난 것도 없는 주제에."

미르는 자신을 욕보이려는 사내들의 의중보다는 휘지를 흉보는 것에 불같이 타올라서 냅다 잔에 들어 있던 물을 그들에게 끼얹었다. 안 그래도 기다리느라 짜증이 나 있던 상태에서 사내들이 기름을 들이부은 형상이었다.

"남녀가 유별한데, 이런 백주대낮에 감히 규중 처자를 함부로 욕보이는 것은 물론이며 그 오라비를 면전에서 욕하는 파렴치한들에게 꽉 막히다뿐이겠습니까. 이렇게 시원한 물세례 정도는 대접해드려야지요!"

"이, 이, 이년이, 겨우 귀양쟁이 사촌 누이 주제에. 제법 반반하게 생겼다고 양반 규수 대접을 해주었더니 무서운 줄을 모르고 덤비는구나! 내가 좌수대감의 자제인 성강 나리의 친우다! 내가 그분께 한마디만 하여도 너나 네 오라빈 이 고을에서 혼쭐이 날 것이야!"

물세례에 분개한 사내가 단단히 뿔이 나선 미르를 향해 손찌검하려는 동작을 보였다. 성질이 뻗쳐서 물을 뿌리긴 했으나 눈앞에서 눈알을 데굴데굴 굴리며 사내가 고함을 치니 미르도 어깨가 움찔거렸다.

"어이쿠, 미안하이. 내가 술이 좀 취해서 말이네."

미르가 실눈을 뜨고 정황을 살피자, 그녀를 향해 손을 올렸던 사내가 주막의 흙바닥에 나뒹굴고 있었다. 사내의 옆에는 고주망태가 되어 비틀대는 또 다른 사내가 여전히 정신을 못 차리고 해롱거리고 있었다.

"이 새끼가 미쳤나? 술에 취하려거든 집에 들어가 곱게 취하던가. 어디서 개지랄이여? 죽고 싶어 환장을 하였느냐?"

패싸움이라도 벌일 기세로 사내들이 쓰러져 있던 사내를 둘러싸고 발길질을 퍼부었다. 좀 전까지 해롱거리던 사내는 여전히 초점이 없는 눈이었지만 벌떡 일어나 사내들의 발길질과 주먹을 여유롭게 피했다. 마치 취권이라도 보는 듯이 사내는 상대방을 희롱하며 공격을 막았다. 미르는 놀란 눈으로 그 광경을 신기하게 바라보았다. 요리조리 잘도 피하던 사내는 회심의 일격을 가해 순식간에 세 명의 사내를 바닥에 나동그라지게 만들었다.

"뛰시오!"

사내는 넋을 놓고 구경하던 미르의 손을 잡곤 주막을 빠져나와 가열차게 내달리기 시작했다. 미르도 엉겁결에 손목이 잡히어 저잣거리를 이끌려 갔다. 혼이 쏙 빠질 만큼 빠른 속도에 미르는 숨이 턱까지 차올라 몇 번이나 새된 기침을 내뱉었다. 얼마나 갔을까. 사내가 속력을 늦추더니 커다란 나무 앞에서 멈추어 섰다. 미르는 한 손으로 가슴을 치며 가쁜 숨을 내쉬었다.

"허허, 낭자의 살결이 참으로 보드랍소."

사내가 여전히 미르의 한 손을 놓지 않고는 능청스럽게 농을 쳤다. 화들짝 놀란 미르가 무안하여 손목을 홱 빼내었다. 그녀는 사내에게 등을 돌린 뒤 놀란 가슴을 진정시키느라 애를 먹었다. 사내는 제 뒤통수를 무식하리만치 벅벅 긁더니 "허" 하는 기합 소리와 함께 미르에게 정면으로 제 얼굴을 들이댔다. 한숨 돌리고 있던 차에 당한 기습 공격에 미르는 중심을 잃고 뒤로 자빠질 뻔하였다. 사내는 재미있다는 듯 낄낄대며 그런 미르의 허리를 받쳐주었다.

"낭자는 내가 누구인지 기억나지 않소?"

미르는 사내에게 따끔하게 한마디를 하려다가 말고 그의 질문에 콧등을 찡그렸다. 어디서 한물간 수작질인가. 미르는 눈을 게슴츠레 떠 남자의 얼굴을 관찰하는 체하더니 바로 날카롭게 흘겨보았다.

"규중 처자가 어찌 그대 같은 불한당을 만났겠소? 소녀는 그쪽 같은 치는 본 적도 없습니다."

"하, 말이 너무 심한 것 아니오? 불한당은 내가 아니라 아까 주막의 그치들이겠지. 이래 봬도 내가 향교 훈도라오. 아, 이러면 아시겠소?"

말을 마친 사내는 자신의 머리를 사정없이 헝클어트리고 옷고름을 느슨하게 풀어 도포가 어깨에 반만 걸쳐진 너저분한 형상을 만들어냈다. 그는 손을 멈추지 않고 흙바닥에 진흙을 몇 번 찍어 옷 여기저기에 바르고 마지막엔 얼굴에도 살짝 찍어 바르더니 미르를 향해 씨익 웃어 보였다. 뭐 이런 미친놈이 다 있나 싶어서 미르는 바로 그 자리를 벗어나고 싶었지만 워낙 완강한 태도로 처다보니 발이 떨어지지가 않았다.

"이제 좀 알아보시겠소?"

알아보긴 개뿔. 어디 굴다리 밑 각설이가 따로 없는 형상이거늘. 이 남자는 대체 왜 구면이라는 듯이 말하는 것일까. 미르는 머리가 아파왔다. 한참을 인상을 쓰며 그를 바라보자 남자는 포기했는지 두 손을 탁탁 털고 다시 미르에게 가까이 다가왔다.

"낭자가 황급히 떠나는 바람에 내 소개도 하지 못했는

데 아예 낭자는 날 기억 속에서 깨끗이 비워냈는가 보오. 나는 나름 생명의 은인이라 여겨 잊지 않고 언젠가 만나게 되면 꼭 보은하자 결심하였는데 이건 뭐 완전히 김이 새는구먼."

투덜대는 남자의 행색을 유심히 살피던 미르도 어디서 한 번은 들어본 목소리인 것 같아 다시 사내의 위아래를 훑어보았다.

"왜, 이젠 좀 생각나시오? 내가 방향치, 길치라 여기까지 낭자를 끌고 왔소이다."

"어머" 하는 소리와 함께 미르의 눈이 샛별처럼 빛나더니 경계심이 풀렸다. 그녀는 사내의 더러워진 의복을 보며 웃음을 터트렸다.

"그냥 처음부터 말씀을 하시면 될 것이지, 이리 의복을 더럽힐 필요까지 있으셨나요? 다시 보니 반갑네요. 그날은 제가 기분이 좋지 않아 말도 없이 떠났습니다. 나리께서는 다행히 안색이 좋으십니다?"

"예, 이 몸의 회복력이 초인처럼 좋다는 것을 이번에 알았지요. 눈떠보니 말끔하게 다 나아 상처도 없더군요. 신기했지요. 아무튼 낭자가 길을 알려주지 않았다면 그 산속에서 아마 객사했을 것이오."

"뭐 대단한 도움이었다고요. 길을 아는 사람이 길을

알려준 것뿐이지요. 그보다 아까 주막에서 나리의 도움이 더 컸습니다. 감사합니다."

"아니지, 개의치 말아요. 나야말로 별 도움이 아니었으니. 그저 술 취해 비틀거리다 부딪친 것뿐이오. 하지만 이것도 인연이라고 다시 만났으니 술, 아니지, 차라도 한잔합시다."

"아, 저도 그러고 싶지만 선약이 있어서요. 그러고 보니 도령이 와 있을지도 모르겠네요. 저는 다시 주막으로 돌아가보아야겠어요. 감사했습니다, 나리."

"거기 가면 그놈들이 여전히 있을지도 모르오, 낭자. 그러지 말고 큰 약속이 아니라면 그냥 나하고 차나 합시다. 나 아직 낭자께 내 이름도 말하지 않았어요."

"하지만 약속의 크기를 어떻게 따질 수 있나요. 다만 약속은 지켜야 하는 것이니 가야지요."

"이야, 글 깨나 읽은 저보다 낫습니다. 그럼 낭자의 그 대단한 약속이 대체 무엇인지 여쭈어도 되겠습니까?"

"그건, 제 오라버니 되시는 교학께서 이번에 새로 향교에 부임하신 천문학훈도 나리를 소개해주시기로 했거든요. 제가 천문에 관해서 이것저것 궁금한 것이 많아서요. 그래서 주막에서 오라버니를 기다리고 있었는데 그런 봉변을 당했답니다."

"오, 천문학훈도라고요? 그럼 낭자는 정말로 거기 다시 돌아갈 필요가 없겠군요."

"네? 무슨……?"

"제가 바로 낭자의 오라버니께서 소개시켜주기로 한 신임 천문학훈도 백도명이라 하오. 본관은 대흥이고 호는 취성醉星이라오. 보시다시피 거의 매일 술에 절어 있어 벗들이 '술 취한 별'이라고 지어준 별호라오. 낭자의 성함은 어찌 되시오?"

미르는 사내의 말이 거짓인지 참인지 헷갈리어 큰 눈을 연신 굴리기만 했다. 사내는 드디어 자신의 이름을 미르에게 전했다는 뿌듯함에 괜히 가슴을 부풀렸다.

"뭐, 거짓부렁인 것 같소? 정 못 믿으시겠다면 향교로 가서 내 증명해 보일 수도 있소."

"아니, 되었습니다, 되었어요. 나리께서…… 그, 천문학훈도시라는 것을 믿겠습니다. 제 이름은 유미르라고 해요."

"유미르라…… 예쁜 이름이십니다. 그럼 유 낭자께서는 꿈에 그리던 천문학훈도를 만나셨으니 차라도 한잔 대접해주시겠지요?"

아직도 반신반의한 상태였지만 남자의 당당한 태도에 눌려 미르는 하는 수 없이 찻집으로 향했다. 사내는 뭐가 좋은지 연신 콧노래를 흥얼거리며 미르의 옆에 바짝 붙어 걸었다.

"그래 내게 묻고 싶은 것이 있다고 하셨지요. 한번 들어나 봅시다."

"예? 아…… 그러니까 그렇게 갑작스레 물어보시면 막상 어찌 질문을 드려야 할지 생각이 나질 않네요."

"그러십니까? 그럼 뭐 천천히 물어보시지요. 시간을 들여 물어보셔도 괜찮습니다. 다음번에 또 시간을 내서 차 한잔 사주신다면 언제든 상대해드리지요. 술이라면 더 좋겠지만, 그건 정숙한 규중 처자를 앞에 두고 상당히 지나친 농이겠지요?"

"다음번요? 글쎄…… 다음번까진 생각지도 못했는데 감사 인사 드려야 되는 건가요? 아무튼 저 혼자서는 무슨 질문을 어찌 해야 할지 막막하네요. 그러고 보니 나리께서 여기 계시다면 향교로 들어간 제 오라버니께서는 허탕을 치고 계시겠군요? 이리 앉아 있을 것이 아니라 오라버니께 가보아야겠습니다. 훈도께서도 여기 앉아 계시지 말고 저와 함께 오라버니를 찾아보는 것은 어떨는지요?"

"여인과 단둘이 대화를 나누어보는 것이 얼마 만인데…… 남동생도 아니고 낭자의 오라비라면 혼자서도 잘 돌아가지 않았을까요?"

사내는 농담과 진담 사이의 경계를 아슬아슬하게 넘나드는 말재주를 가졌다. 미르도 사내가 반은 농으로 한 말인 줄 알면서도 홀로 서성거릴 휘지가 떠올라 가슴이 시큰시큰했다. 그런 미르의 심중을 읽었는지 사내는 공쳤다는 표정이었다.

"아쉽지만 어쩔 수 없지요. 누이가 주막에서 소란을 피우다 도망쳤다는 것을 들으면 오라버니께서 놀라셨을 게요. 그렇다면 다시 향교 쪽으로 슬슬 걸어가볼까요? 제가 워낙에 방향치, 길치이니 낭자께서 앞장서서 이끌어주셔야 합니다."

사내는 아직 열기가 가시지 않은 차를 한입에 들이켜곤 미르의 너울을 챙겨 일어났다. 도통 의중을 알 수 없는 시끄러운 사내였다. 미르는 뭔가 휘말리고 있는 느낌이라 계속 찜찜하고 아리송하면서도 앞장서서 주막으로 돌아가기 시작했다. 가는 도중에 사내는 몇 번이나 다른 곳에 한눈을 팔고 새어 나가기를 반복하였다. 떠돌아다니는 사내를 간신히 잡아다가 목적지로 나아가느라 미르는 진이 다 빠졌다. 예전에 예희가 방아깨비란 말을 했는데 미르는 이제야 그게 무슨 말인지를 조금은 이해할 것 같았다.

*

　멀리 휘지의 실루엣이 눈에 들어왔다. 거리가 상당하지만 미르는 휘지만큼은 단번에 알아볼 수 있었다. 아침에 입고 나선 짙은 청색 전복 차림으로 허둥대고 있는 그가 귀여워 미르는 코웃음이 나왔다. 사내는 가늘게 뜬 눈을 얄팍하게 만들어 그런 미르의 안색을 살폈다.

　"도령!"

　미르는 반가운 마음에 큰 소리로 휘지를 불렀다. 사람들의 시선이 한곳에 모인 것에도 아랑곳 않고 그녀는 손까지 흔드는 여유를 보이며 휘지에게로 달려갔다. 휘지는 하릴없이 헛걸음을 하여 미르를 데리고 집으로 돌아가려던 차에, 미르가 웬 왈패들과 싸움이 붙어 튀었다는 소식을 듣곤 걱정하던 중이었다. 그런데 저 멀리 경쾌하게도 걸어오는 미르를 보니 휘지는 어이가 없으면서도 조건반사적으로 손을 흔들어주었다. 갑자기 쾌활해진 미르의 태도 급변에 놀란 것은 사내도 마찬가지였다. 방금 전까지만 해도 제 옆에서 죽상으로 걸어가던 처자가 어찌 저리도 발랄하게 변할 수가 있단 말인가. 사내는 허탈하기도 하고 심술이 나기도 하여 미르를 제쳐 휘지에게로 휘적휘적 걸어갔다. 휘지는 낯선 사내가 자신에게 돌진해 오니 이건 또 무슨 상황인가 싶어 눈이 동그래졌다.

"누……구신지?"

"그대가 저기 저 변덕쟁이 낭자의 오라비가 맞으시오?"

"그렇소만, 대체 누구……?"

"아, 오라버니, 이분이 바로 새로 부임한 천문학훈도 백도명이라는 분이세요. 주막에서 소란이 났는데 이분이 도와주셨답니다."

멋지게 자기 소개를 할 작정이었는데 미르가 끼어들어서 대신 말해버렸다. 산통이 깨진 사내가 못마땅한 표정으로 미르를 바라보았다.

"그렇소! 내가 바로 백도명이오. 이 낭자가 내게 볼일이 있다 하더니만 도령이 없으면 말을 못하겠다고 하도 난리를 피우는 바람에 다시 예까지 귀찮은 걸음을 하였소."

"아, 그러셨습니까? 번거롭게 하여 죄송하게 되었습니다. 우리 누이가 수줍음이 많아 제가 없으면 말을 조리 있게 잘하지 못한답니다. 그럼 이제라도 안으로 드셔서 이야기를 나누어보도록 하지요."

"오누이의 얼굴이 옥빛이라, 그대들이 그 유명한 양양의 수련꽃 남매요? 하지만 그건 도호부사의 자제들이라 들었는데……. 도호부사의 성은 연씨가 아니었나."

"저희가 아닙니다. 그분들은 도호부사이신 연홍수 영감의 자제분들이 맞고요. 저희는 그저 외사촌 관계의 오누이일 뿐이랍니다. 어서 안으로 드시지요."

휘지는 주모에게 부탁을 하고 방 하나를 빌려 미르와 사내를 방 안으로 들였다. 금세 술상이 한 상 가득 나왔고, 사내는 안주보다는 누런 탁배기에 입맛을 다셨다.

"헌데 얼굴이 아직 앳되고 야들야들한 것이 올해 몇이나 먹었소?"

"올해로 약관의 나이가 되었습니다. 제 소개가 늦었군요. 제 이름은 정휘지이고 본관은 연일, 호는 교학이라고 합니다."

"아, 자네가 그 유명한 교학이었는가? 원래대로라면 내가 이리 존대를 받고 있을 처지가 아니었구먼. 나는 올해로 스물두 살이 되었네. 번거로운 것을 싫어하니 무례하게 여겨지더라도 말을 놓아도 되겠는가?"

"예, 물론이지요. 편히 말하십시오."

"편히 취성이라 하게. 내 술 좋아하는 술귀신에 술고래라서 별호가 취성이라네, 하하하."

사내는 첫인상보다 훨씬 유쾌하고 즐거운 사람이었다. 별 어색함이나 께름칙함 없이 그들의 대화는 계속되었다. 그는 미르에게 관심이 많은지 휘지에게 연신 미르에

대해 물어보았다. 휘지와 미르는 둘 다 곤란한 표정이
되어 적당히 에둘러 말한다고 안간힘을 썼다.

"좌우당간 유 낭자께서 제게 하시고자 했던 말씀이 무
엇이었습니까?"

"그것이……."

미르가 말을 잇지 못하고 휘지의 얼굴을 쳐다보았다.
아마 어떤 식으로 질문을 해야 이 사내가 정신 나간 여
자를 만났다고 생각하지 않게끔 할 수 있을까 고민하고
있으리라. 휘지가 낌새를 알아차리고 말을 가로채 옆에
서 거들었다.

"제 누이가 어렸을 적부터 별에 대해 관심이 많았습니
다. 그러니까 단순히 별자리뿐만이 아니라 천체의 운행
이라든가 그런 것들 말이지요. 게다가 소문을 들으니 훈
도께서는 북경으로 유학도 다녀오셨다고 하더이다. 그
럼 선진 문물에 대해서도 익히 아실 것이라 사료됩니다.
우리 누이에게는 그런 정보들이 소소한 삶의 재미이지
요. 시간이 나실 때마다 누이의 궁금한 것이나 질문에
대답해주실 수 있으십니까?"

사내가 껄껄껄 호탕하게 웃었다.

"허허, 낭자는 입이 없는가 보구먼. 오라비가 대신 말
하여주는 것을 보니. 규중 법도에 얽매여 사내와 말 한

마디 섞지 못하는 연약한 분만 아니라면야 나도 소소한
재미로 삼아드릴 수 있지요."

"그럼 당장 오늘부터 질문을 해도 되겠습니까?"

집에 돌아갈 수 있을지도 모른다는 생각에 미르는 흥
분하여 말부터 튀어나와버렸다. 사내는 다소곳하게 앉
아 있던 미르가 눈을 번뜩이며 달려들자 또 한 번 이 아
가씨는 획획 변하는 것이 특기인가 보다 하고 혼자 웃을
수밖에 없었다.

화기애애한 취흥이 사내를 휘감고 있을 때쯤 바깥에
서 소란이 일었다. 문풍지에 장정들의 그림자가 비치더
니 별안간 문이 벌컥 열리며 사내들이 들이닥쳤다. 아까
주막에서 싸움이 붙었던 이들이었다.

"감히 우리를 쳐놓고 내빼더니 무슨 낯짝으로 여기를
다시 기어와서 술을 마시고 있는 게냐?"

장정들은 대뜸 도명과 휘지의 멱살을 잡더니 방 바깥
으로 내동댕이치려고 들었다. 하지만 도명은 물론이고
휘지도 꿈쩍하지 않았다. 생긴 것은 곱상하여도 사내는
사내라고 푸른 전복 아래의 떡 벌어진 어깨는 휘지도 도
명 못지않았다. 예상치 못했던 두 사내의 선전에 장정들
은 안색이 변하여 둘을 끌어내기 위해 문 앞에 서서 한
참을 낑낑대며 옥신각신했다. 욕설을 내뱉는 장정들의

뒤로 익숙한 얼굴 하나가 구경꾼들 사이를 비집고 들어왔다. 그는 싸늘한 표정으로 휘지를 바라보다 방구석에서 자신을 째려보고 있는 미르도 쓱 훑어보았다. 냉소를 짓던 남자는 휘지를 비난하기 시작했다.

"자네는 매일이 유희인가 보군? 대체 언제부터 죄인이 이리 편한 신세가 되었을꼬? 내 저번 화류놀이 때는 한 명의 체면을 생각하여 군소리 없이 물러났네만 예까지 와서 그것도 저 요망하게 생긴 누이까지 대동하고 취흥을 벌이다니 제정신인가?"

문혁은 자신이 판관이라도 되는 양 휘지를 죄인 다루듯 냉대하였다. 옆에서 그 꼴을 보고 있던 도명은 울화가 터지는지 문혁에게 삿대질을 하며 호통을 쳤다.

"거 왜 술들 잘 마시고 있는데 들어와서 패악질이요, 패악질은? 뭐, 귀양 온 선비는 술 한잔 못 기울이나? 사람도 못 만나고? 그런 법이 어디 있는가. 위리안치 당한 것도 아니고 단순한 정배인 것을. 거 갑갑하게 굴면 인생 살기 쉽지가 않을 것이오! 에잇, 술맛 떨어지네."

"허, 자넨 못 보던 얼굴인데. 감히 내가 누구인 줄 알고 그따위로 말을 하는가? 패악질? 뭐, 위리안치도 아닌데 뭔 상관이냐고? 나 김문혁이 양양 고을에 있는 한 죄 짓고 쫓겨난 귀양쟁이가 기세등등하여 돌아다니는 꼬락서니는 용납할 수가 없네! 이런 치의 어디가 존경스럽다고 벌레들이 꼬이는지……."

"듣자 듣자 하니 말이 심하네. 뭐 그대가 장승 판서의 자제라도 되는가? 난 누구냐고? 내가 바로 새로 부임한 훈도요, 훈도. 설경舌耕이지, 허허허."

"겨우 훈도 주제에 그리 오만방자했는가? 난 장승 판서의 자제는 아니더라도 이 고을 향청좌수의 자제인 김문혁이네. 자네도 이곳에서 편안히 지내고 싶다면 어디에 서야 더 이로운지를 빨리 파악해야 할 걸세. 나는 그리 너그러운 사람이 아니라서 자네의 술주정을 순순히 용서해줄 수 없으니 말일세."

"하참, 지나가던 똥개가 비웃겠네. 뭘 어찌하여 내게 잘해줄 것인가? 내가 그대에게 빌빌거리면 내 밥줄이 훨씬 나아진다던가? 좌수 자제면 좌수 자제답게 정숙히 있을 것이지, 자네야말로 오만방자하게 이게 무슨 행패인가? 그리고 내 월급은 백성이 주시고, 임금께서 내리시는 것이지, 자네가 상관할 바가 아닌 것 같은데?"

"흥! 똑같은 것들끼리 몰려다니는 꼴이라곤. 자네 월급이 백성에게서 나온다고 생각하나? 어리석기도 하지. 자네가 어떻게 하느냐에 따라 그 서푼만 한 월급이 배로 늘어날 수도 있는 것이고 쥐꼬리만 한 박봉보다도 더 못하게 변할 수도 있는 것이네! 둘 다 한양에서 쫓겨나거나 좌천된 것들이라 그런지 머리 돌아가는 것이 형편없구면! 이런 치들은 오래 상대할 것도 없네. 나가자고. 더 있다간 구린내가 배겠어."

"저, 저, 저 자식을 그냥, 뭐 저런 개아들놈이 다 있나? 이거 놓으시게. 내 저 주둥아리를 그냥 박살을 내버리고 말지."

"그만두시지요. 그리 성낼 필요도 없는 일입니다."

말은 그렇게 하지만 휘지도 상심이 큰 눈치였다. 미르는 휘지의 쓸쓸한 표정을 보자마자 울컥 부아가 치밀어 올랐다. 도명이야 제 성질 꼴리는 대로 소리라도 지른다지만 저 조아한 사내는 또 속종으로 삭인다. 저 축 처진 눈꼬리를 좀 보라지. 미르는 나가는 문혁의 목덜미를 부여잡곤 한 소리를 하였다.

"사내가 되어가지고 불만이 있으면 일대일로 와서 따져야지 떼거지로 몰려와서 한꺼번에 쏘아붙이다니. 너무 비겁한 거 아니오? 아니면 겁쟁이인가?"

도명은 통쾌하였는지 "옳소, 옳소. 진짜 암팡스러운 여인이네그려!" 하고 외치며 경이로운 눈으로 쳐다보았고, 휘지는 입을 벌리고 도대체 저리 작은 여인의 어디에서 저런 깡이 나오는 것인가 하며 존경과 걱정이 뒤

섞인 표정으로 바라보았다. 언제나 의외의 순간에 더 강한 모습을 보이는 미르였다. 간이 배 밖으로 튀어나왔나. 문혁은 눈살을 찌푸리며 한참 동안 미르와 눈싸움을 벌였다. 이윽고 그는 자신의 뒷덜미를 잡고 있는 미르의 손을 매몰차게 쳐내고는 표정을 유순하게 풀어 보였다. 그 기세에 놀란 미르를 향해 문혁은 음흉스러운 미소를 지으며 그녀의 귓가로 다가갔다. 그는 작게 속삭였고 미르는 영문을 몰라 문혁의 표정을 읽으려 노력했다.

"넌 지금 제일 믿으면 안 되는 사람을 믿고 있어."

3.

"당분간은 이곳에 오지 않기로 한 것이 아니었습니까?"

땀을 뻘뻘 흘리며 기계와 씨름을 하던 미르가 소리 나는 쪽을 향해 고개를 돌리자 휘지가 서 있었다. 그는 근심 가득한 얼굴로 미르의 안색을 살폈다. 미르는 주막에서의 실랑이가 아리송하게 머릿속을 맴돌아 비행선이 있는 산속으로 들어가 좀 전부터 뚝딱뚝딱 이것저것 만지던 중이었다. 하지만 말 그대로 '만지는' 정도였고 제대로 작업을 진행하지는 못하였다. 그녀는 사내들에게 모욕을 당하면서도 말 한마디 하지 못하는 휘지가 안쓰러운 동시에 화딱지가 났다. 대신 왈칵 성을 내주었다지만 문혁의 실실 쪼개는 폼이 영 뒷맛이 구렸다. 휘지도 미르의 심경을 알고 있었는지, 혹은 제대로 응수도 하지 못한 제 처지가 착잡하였는지 그녀의 발치에서 우왕좌왕 서성대고 있었다. 오랜 침묵 끝에 그가 뗀 첫마디에 미르는 다시 열이 솟아 휘지를 쏘아보았다.

"도령, 속에서 천불이 나는 것 같소. 왜 아무 말도 못하고 당하고 있습니까? 성강인지 머시깽이인지 그자에게 왜 한마디도 못했느냔 말입니다!"

"그만두세요. 지난 일을 계속 들추어 무엇하겠습니까? 화내지 말고 이만 내려가도록 합시다. 밤이 깊었는데 어디서 뭐가 튀어나올지 알고 홀로 올라오셨습니까?"

"도령이 집에 돌아온 이후로 줄곧 제 눈치만 살피면서 졸졸 따라다니지 않았습니까? 제가 산에 올라도 도령께서 뒤따라 와주실 것을 알고 올라온 것입니다."

미르의 말에 순간 휘지의 얼굴이 잠시 붉어졌다.

"다 계산하고 행동하신 것이었다면 되었습니다. 이제 내려가도록 하지요."

"뭘 내려갑니까? 내려가려거든 도령 혼자 내려가시지요. 나는 기분이 더러워 이것 좀 더 고치다 들어가야겠습니다. 아니, 솔직히 이 꼴 저 꼴 더러운 꼴 더는 안 보려면 이것 빨리 고쳐서 돌아가는 편이 낫겠지요. 나는 오늘 이 비행선을 다 고쳐야만 직성이 풀릴 것 같으니 도령 먼저 내려가시지요."

"밥낭! 내 일전에 뭐라 말했습니까? 요새 산이 위험하니 당분간은 자중하고 집에서 하늘 공부를 하자 이르지 않았습니까?"

"그리하였지요. 하지만 나도 나 하고픈 대로 할 수도 있지 않겠습니까? 내게는 이리도 잘 말하시면서 왜 성강께는 그리하지 못했습니까?"

안쓰러운 마음이 컸던 만큼 분한 마음이 컸기에 미르는 독한 말로 그를 몰아붙였다. 이게 아닌데. 이러려던 것이 아니었는데. 산속에서 마음을 가라앉힌 후, 그를 다독여주려 했는데. 내가 한마디 더하지 않아도 충분히 속상할 것인데. 벙어리, 귀머거리 행세가 좋아서 하는 사람이 어디 있겠는가. 미르는 다 알면서도 휘지에게 화가 났는지, 별 도움이 되어주지 못한 자신에게 성이 났던 것인지 괜한 화풀이를 하고 있었다. 그녀의 눈에 죄책감과 미안함이 내비쳤다. 휘지도 날카롭게 성을 내고 있었지만 그녀의 목소리가 덜덜 떨리는 것 정도는 눈치챌 수 있었다. 그는 하는 수 없다는 듯 한숨을 푹 내

쉰 후, 자신을 쳐다보지 못하는 미르의 머리 위로 손을 툭 올렸다. 휘지의 돌발 행동에 깜짝 놀란 미르가 고개를 들자 휘지가 씨익 웃으며 그녀의 머리를 가볍게 헝클어뜨렸다.

"밥낭께 악역은 어울리지 않은가 봅니다. 이리 성을 내시는데도 내 마음이 불쾌하지 않은 것을 보니 천상 웃어주셔야겠습니다. 성을 내봤자 아무도 소저를 두려워하지 않을 것이니 말입니다."

휘지의 웃는 얼굴이 어딘가 애잔한 것 같아 미르는 가슴이 시큰했다. 그가 먼저 웃어 보이는데 자신이 아니 웃을 수 있겠는가. 제 풀에 지친 미르가 표정을 풀어 휘지를 바라보았다.

"내 이리 방긋 웃고 있는데 밥낭께서는 어찌 무표정으로 일관하십니까, 이제 그만 꽃 같은 미소를 보여주시지요."

분위기를 전환하고자 괜히 너스레를 떠는 휘지를 향해 웃어 보이고 싶었으나, 미르는 화냈던 것이 무안하여 쉬이 밝아지질 못했다. 대신 그녀는 그의 얼굴을 찬찬히 뜯어보았다. 애써 멀쩡한 체하는 그의 축 처진 눈썹이라든가, 붉어진 콧망울이라든가……. 미르는 서서히 그를 향해 빙긋 미소 지었다. 그러자 왠지 모르게 휘지의 눈이 슬퍼졌다. 이윽고 휘지는 미르의 등 뒤에서 광채를 내뿜고 있던 비행선으로 화제를 돌려버렸다. 한참을 들여다보던 휘지가 초점 잃은 눈으로 입을 열었다.

"저 별이 다 고쳐지면 어찌되는 겁니까?"

"다 고쳐지면…… 에이, 아직 손도 못 댔는데 다 고쳐지긴 언제쯤 다 고쳐지겠습니까? 매양 뭐든 다 잘할 것 같이 구시면서 비행선 고치는 것은 엄두도 못 내시고. 도령, 지금 나 약 올리십니까?"

미르는 다음에 올 말을 입 밖에 내고 싶지 않아 혼자 속으로 먹어 치워버렸다. 다 고쳐진다면, 그렇다면 자신은 이곳을 떠나야 하겠지. 언젠간 분명 고향으로 돌아가는 날이 오고야 말겠지. 하지만, 하지만 아직은 휘지에게 돌아간다고 말하고 싶진 않았다. 휘지가 그랬듯이 미르 또한 속내를 구깃구깃 구겨 마음속에 쟁여놓았다.

"약 올리다니요, 함부로 만졌다가 되레 망가질까 그렇지요."

"그러니 말입니다. 내겐 까막눈이라 타박을 하더니 도령은 이것도 못 고쳐주십니까? 실망입니다."

미르가 새침하게 대꾸하자 휘지의 눈이 초승달처럼 휘었다. 그는 내려가자던 말은 까맣게 잊었는지 도포 자락을 들어 수풀에 가부좌를 틀고 앉았다. 미르도 손에 쥐고 있던 연장을 내려놓고 휘지의 맞은편에 다소곳이

앉았다.

"밥낭께서 살던 선경은 어떤 곳이었습니까? 진정 오색이 영롱하고 눈이 부시도록 찬란하였습니까?"

대답을 해주려던 미르가 잠시 멍해졌다. 잊고 있었다. 내내 그립다 마음속으로 되뇌고 있었지만 한편으로는 까맣게 잊고 있었다. 미르는 휘지를 바라보았다. 그녀의 마음을 아는지 모르는지 속 편하게 웃고 있었다. 원인은 아마도, 이 남자일 테지. 미르는 조용히 눈을 내리깔고 생각에 잠겼다. 어떤 질문에 오직 한 가지 답만 존재하는 경우가 있을까? 예전 같았다면 단호하게 '아니'라고 대답했을지도 모른다. 하지만 지금은 누군가 미르에게, 그리워하던 고향 별을 어째서 잊고 있었냐고 질문을 해온다면 그녀는 한 치의 망설임도 없이 한 가지 말을 반복할 것이었다.

'정휘지 때문이다!'

이다지도 한결같은 답이 세상에 존재할 수 있는 것일까? 미르는 스스로도 어처구니가 없어 코웃음이 나왔다. 휘지는 그런 미르의 곁에서 대답을 기다리며 고개를 갸웃거렸다.

"선경이 아니라니까 그러네. 그래도 정말 아름다운 곳이었어요. 여기도 무척 아름다운 별이지만 내가 살던 별은 훨씬 더 아름다웠을걸요!"

미르가 잠시 눈을 감고 고향을 더듬어보았다. 휘지는 진득하게 그녀가 이야기하길 기다렸다. 미르의 눈꺼풀 아래서 그곳의 땅이 솟아나고 물이 넘실거리며 바람이 불어왔다. 고소한 향기가 났다. 고향의 냄새는 참기름 냄새 못지않게 고소해서 온몸에 흠뻑 배어 진동할 것만 같았다.

"난 지구에 와서 하늘 색이 푸른색이라 하여 참으로 신기했어요. 왜냐하면 내게 하늘 색은 수국에서나 볼 수 있을 법한 은은한 분홍빛이었거든요."

눈을 뜬 미르가 하늘을 바라보았다. 밤하늘은 유난히도 짙고 푸르러서 아득하게 검어 보였다.

"해 질 녘의 하늘 색 같은 건가요?"

"글쎄요. 그것보다 훨씬 옅었던 것 같은데……. 지구의 해 질 녘 하늘은 굉장히 다채로워서 붉은빛에서부터 푸른빛까지 점층적으로 쌓여 있는데 반해 우리 트레나^{Träne}의 하늘은 은은한 백색의 빛에서부터 연한 분홍빛이 서로 뭉쳐 있기도 하고 뒤엉켜 있기도 해요. 해가 질 때쯤이면 연보라빛으로 변하고요. 얼마나 예쁜지, 실제로 보지 않곤 완벽하게 이해할 수 없을걸요!"

엉겁결에 시작된 고향 이야기에 신이 난 미르를 휘지

도 흡족하게 바라보았다.

"그리고요?"

"음, 그리고 우리 별은 이곳처럼 계절이란 개념이 없어요. 그곳은 언제나 따뜻하니까요. 적절히 비유하자면, 꽃송이가 눈처럼 흩날리는 봄날 같은 하루하루가 무한 반복된다고나 할까요. 그래서 난 겨울이나 눈 같은 건 본 적도 없답니다."

"봄날만 반복된다. 꿈같은 이야기군요. 역시 선경이라 그런 걸까요?"

"그냥 따뜻한 별이라 그래요. 우리 별은 스스로 빛을 내는 별이거든요. 그렇다고 지구의 태양처럼 미친 듯이 뜨거운 건 아니고 그냥 미온의 빛을 발하는 은은한 별이랍니다. 그래서 다른 행성에서 우리 별을 관측할 때면 언제나 희미하게 반짝인다고 해요, 눈물처럼. 은하가 흘린 눈물방울 같다고 해서 우리 별 이름이 트레나^{Träne}인 거예요."

"은하가 흘린 눈물이라……. 소저가 하는 이야기는 하늘 이야기라 원체 알아듣기는 힘겨우나 듣고 있자니 귀가 즐겁고 머릿속이 달콤해지는 것 같군요."

"네, 달콤하죠. 언제나 따뜻하고 한낮에도 별들로 반짝이는 그런 곳이지요."

"그랬군요. 그럼 밥낭이 가장 좋아하던 음식은 무엇입니까? 거기서도 당과만 드셨습니까?"

"아니거든요. 난, 그냥 우리 엄마가 해주는 음식은 뭐든 맛있었어요. 엄마의 부엌에선 언제나 단내가 진동했어요. 갓 따 온 과일을 졸이면 그야말로 집 안이 사탕 가게가 돼버린 착각에 빠질 정도였다니까요."

미르는 그리운 마음에 침을 꼴딱 삼켰다. 휘지는 미르에 대해 더 알고 싶었다.

"그럼 밥낭께서 제일 좋아하던 장소는 어디였습니까? 자주 가던 곳이나 가장 위안이 되는 장소 말입니다."

"음, 글쎄요. 전 달맞이 언덕을 가장 좋아했어요. 그곳에 가면 휘영청 하얀 달들이 마주 보고 있는 장관을 볼 수 있거든요."

"달들이라니요?"

"달이 두 개였거든요. 원체 어둡지도 않은 하늘인데 밤만 되면 두 달이 서로 마주 보며 서로를 환히 밝혀주었어요. 그 빛이 지면까지 닿아서 밤에는 또 밤대로 굉장히 밝았답니다. 낮과는 좀 다른 의미의 밝기였지만, 우리 별에서는 밤에도 저 멀리 있는 물체들을 선명하게 볼 수 있었어요."

"밤에도 밝은 세상이라. 정말 들으면 들을수록 신비한

세계입니다그려."

"가끔 속상한 일이 있으면 그곳에 오르곤 했어요. 심통이 나서 한참을 바라보고 있노라면 커다란 달들이 나한테로 쏟아질 것만 같았죠. 그러면 나는 내가 달에 안깔리고 무사히 살아 있다는 사실만으로도 심술 났던 것들이 싹 가라앉지 뭐예요?"

"참, 밥낭 같은 말씀이십니다."

"도령이 그런 반응 보일 줄 알았어요. 내 친구들도 이 얘기만 하면 배꼽이 빠져라 웃으면서 날 비웃는 거 있죠? 이상하다고. 그래도 뭐, 나는 그랬어요. 그냥 그 커다란 달들이 내게 떨어지지 않고 하늘에 붙박여서 나를 굽어보고 있다는 사실만으로도 화가 풀렸거든요. 그런 곳이었죠. 따뜻하고 포근하고 전체적으로 은은한 세상. 은은해서 그 속에 사는 사람들 하나하나가 더 선명하게 눈에 띄는 그런 세상 말이에요. 참 좋은 곳이었는데……. 이렇게 말하니까 완전 과거형이네요. 엄청 오래된 것 같아. 한 몇 십 년은 지난 기분이에요."

"시간이란 것이 본디 덧없는 것이랍니다. 하물며 떠나온다는 것의 의미 역시 그리 무겁고 한없는 것이지요. 억겁 같은 시간이 흘렀다 여겼는데, 사실 알고 보면 얼마 지나지 않았으니까요. 마치 시간이 나 홀로 덩그마니

비껴간 그런 느낌 말입니다. 나도 가끔 이 산 위에 올라 한양이 있을 방향을 하염없이 바라보곤 하는데, 영 할 짓이 못되더군요. 아무튼 밥낭이 살던 세상은 밥낭다워서 기회만 된다면 꼭 한번 가보고 싶습니다."

휘지가 익살맞은 표정을 지으며 미르를 쳐다보았다. 그의 그리움이 그녀의 그리움을 감싸 안았고, 그녀의 향수가 그의 향수를 다독였다. 조금은 솔직해진 휘지의 태도에 미르는 허파까지 뿌듯함이 그득 차는 느낌을 받았다. 그녀 역시 자신의 고향이 있을 밤하늘 어딘가를 응시하였다. 좀 전까지만 해도 그렇게도 쓸쓸하더니 이젠 다 날아가버린 듯했다.

"이제 정말 밤이 깊고 바람도 차니 저와 함께 내려가도록 하지요. 이만하면 오늘 밤 나들이도 성공적이었던 것 같습니다."

휘지가 자리를 털고 일어나 미르에게 손을 내밀었다. 그녀도 그의 손을 그러잡고 자리에서 일어섰다. 휘지는 미르를 도와 그녀의 수리 연장들을 정리해주었고, 미르는 비행선을 보관하기 전에 기체의 상태를 점검하느라 분주히 움직였다. 그럭저럭 미르가 비행선을 다시 나노 입자로 치환하여 기계 속에 집어넣었고, 휘지는 가지런히 정리한 연장들을 미르에게 전해주기 위해 그녀 쪽으로 다가왔다. 부스럭. 순간, 수풀 너머 어둠으로부터 거친 숨소리가 들린 동시에 미르의 눈동자에 심각하게 일그러진 휘지의 얼굴이 들어왔다. 그가 뒤돌아보지 말라고 외치기도 전에 미르는 등 뒤를 향해 돌아섰고, 한 사내가 그녀를 향해 팔을 뻗으며 다가오고 있었다. 목덜미가 찢겨져 피가 분수처럼 솟구치는 것을 애써 손으로 틀어막으며, 그는 목소리가 나오지 않는 입을 뻐끔거렸다. 휘지가 그녀를 잡아당기는 동시에 사내의 나머지 한쪽 팔이 다급하게 미르의 팔목을 쥐어 잡았다. 미르는 섬뜩한 모습에 넋이 나가 사내가 잡은 자신의 팔만 들여다보았다.

"사, 살려…… 살려주시오."

그 말을 마지막으로 사내는 미르를 향해 고꾸라졌다. 사내의 육중한 무게에 미르 또한 수풀로 곤두박질쳤고, 그녀의 팔뚝은 여전히 사내에게 잡힌 상태였다. 휘지는 어서 미르의 몸을 그에게서 빼낼 생각에 그녀를 번쩍 안아 들었다. 대체 무슨 일이란 말인가. 약초꾼이 살해된 지 얼마나 지났다고, 또다시 사건이 터진 것인가. 더구나 하필이면 미르가 이런 일이 보게 되다니. 그는 경황이 없어 여전히 미르를 품에 안은 채 성큼성큼 스무 발자국을 움직였다. 휘지는 사내의 모습이 시야에 닿지 않을 나무 뒤쪽에 미르를 앉혔다. 상황 파악이 되지 않았는지 미르는 그저 얼떨떨한 표정이었다.

"무, 무슨, 무슨 일인지……."

미르가 나무 너머로 시선을 돌리려 하자 휘지가 그녀의 얼굴을 두 손으로 감싸 쥐며 단호하게 말을 이었다.

"보지 마세요. 저쪽으로 시선 두지 말아요. 괜찮을 것이니 다른 곳은 보지 말고 내 얼굴만 보세요."

휘지가 흔들림 없는 표정으로 미르의 눈을 응시하였고, 미르도 겁을 집어먹기는 하였으나 그 얼굴을 보고 있으니 두려움이 상쇄되었다. 한편, 휘지는 혹시 사내를 해한 존재가 여전히 주변을 배회할까 신경이 쓰여 사방을 두리번거리며 경계했다.

"도령."

"쉿, 조용히 하세요. 나는 저 사람에게 가볼 터이니 밥낭께서는 여기 꼭꼭 숨어 계셔야 하오. 혹시라도 수상한 기색이 느껴지면 지체 없이 집 방향으로 뛰어가야 하오."

휘지의 말에 미르가 발끈하여 이야기했다.

"그런 소리 다시는 하지 말라 지난번에 말하지 않았습니까? 나는 이제 더 이상 홀로 도망치거나 하지 않겠다고요. 그런데 어찌 도령은 또 나를 비겁한 사람으로 만들려 하십니까?"

"이건 비겁하고 말고의 문제가 아닙니다. 나는 사내이고, 사내는 여인을 지켜야 하는 것이 응당 옳은 일이기 때문입니다."

"저는 그것이 비겁하고 싫다 했습니다. 저 사람에게 갈 것이라면 나도 같이 가겠습니다."

"밥낭! 자꾸 고집 부리지 말고 여기 계십시오. 어차피 밥낭께서 나서도 도울 일이 없습니다."

"도울 수 있을지 없을지 그것은 도령이 결정할 문제가 아닙니다. 저 사람 아직 살아 있을지도 모릅니다. 그러면 제가 가서 도움을 줄 수도 있단 말입니다."

"제발 말 좀 들으시오! 내 소저가 잘못될까 염려되어 그러는 것이 아니오? 왜 이리 속도 모르고 덤비는 게요!"

그 점잖던 휘지가 버럭 소리를 지르자 미르도 꿀 먹은 벙어리가 되었다. 뭔가 대꾸를 하려 입을 벙긋대자 휘지가 다시 한 번 눈을 세모나게 번득였다. 그는 미르의 어깨를 꽈악 잡곤 그녀의 귓가에 다가가 속삭였다.

"내 말 들으세요. 소저가 계속 같이 가겠다 하시면 내가 더욱 힘이 듭니다. 잔말 말고 여기 계시다 제가 부르면 와주십시오. 소저 말씀처럼 저 사람 살아 있다면 소저의 도움이 필요할 것입니다. 그러니 지금은 그냥 여기 계셔주세요."

미르의 어깨를 잡고 있던 휘지의 손이 스르륵 스쳐 지나갔고, 휘지의 멀어지는 뒷모습이 눈에 들어왔다. 미르가 그의 옷깃을 잡으려 하자 귀신같이 눈치챈 휘지가 손가락을 입에 가져다대고 가만히 있으라는 표시를 해 보였다. 미르가 걱정스레 바라보자 휘지는 마지막으로 생긋 웃어 보이곤 사람이 쓰러져 있는 곳으로 걸어갔다.

맥을 짚어보니 이미 끊겨 있다. 아마, 미르 쪽으로 고꾸라진 동시에 사망한 것으로 추정되었다. 사내는 어떻게든 살아야겠다는 일념 하나로 빛을 향해 다가왔으리라. 그곳에 있었던 것이 우연히도 미르와 휘지였고, 사내는 불운하게도 회생할 가망이 없었다. 어디서 이리 다친 것일까? 휘지는 이미 이승을 떠난 사내의 몸 여기저기를 훑어보았다. 목덜미를 쥐고 있던 사내의 손을 풀자 짐승에게 인정사정없이 뜯기어 나간 상처를 발견할 수 있었다. 치아의 배열이 눈에 익었다. 얼마 전, 약초꾼의 시신에서 발견된 이빨과 흡사한 모양새의 구멍이었다. 과연 호랑이는 아니지만 어마어마한 몸집의 개 과 짐승이었다. 휘지는 바삐 사내의 옷을 들추어 시신의 몸에 난 다른 상처들을 찾아보았다. 사내의 팔뚝과 다리에서 나뭇가지에 긁히고 할퀸 상처들이 나왔다.

"도령, 괜찮소?"

언제 다가왔는지 미르가 먼발치에서 휘지를 넌지시 바라보고 있었다.

"어허, 가까이 오지 말란 말 기억나지 않습니까?"

"그래도, 그 사람 설마 주, 죽었습니까?"

"밥낭이 신경 쓸 일이 아닙니다. 마을 어귀까지 바래다드릴 터이니 지금 속히 관아로 가서 수하 형님께 시신을 발견하였다 전해주십시오."

"도령은 같이 가지 않으십니까?"

"나는 시신을 지키고 있어야지요. 허나 밤길에 소저 홀로 보내는 것도 안심이 되지 않으니 마을 어귀까지는 데려다드릴 것입니다. 거기서부턴 전 산으로 돌아갈 것이니 소저께선 급히 관아로 가셔야 합니다. 시급한 일이니 바삐 가셔야 해요."

*

곤히 잠들어 있던 와중, 갑자기 들이닥친 전갈에 오작作作*은 졸린 눈을 비비고 검시소로 향할 수밖에 없었다. 문을 열고 들어선 곳에는 허연 목각 인형 같은 시신이

* 오작: 조선 시대 검시소의 검시 전담 요원.

260

뉘여 있었고, 더불어 그가 당도하기만을 오매불망 기다
리고 있던 휘지와 수하, 그리고 도호부사의 모습도 눈에
띄었다. 한창 잠자리에 들었던 관아의 문이 소란스럽게
두드려지더니 피 묻은 옷을 입은 미르가 정신 나간 여
자처럼 뛰어 들어와 산속에서 시신을 발견하였다 고하
였다. 수하는 잠에서 온전히 깨지도 못한 상태로 의관을
정제하고 나졸들을 불러 사건 현장으로 출동하였다. 달
빛도 새어 들어오지 않는 산속에 오도카니 서 있던 휘지
도 수하가 오자 몸을 일으켰고, 형방과 나졸들은 금줄을
둘러 현장을 보존하기에 바빴다.

"이리 늦은 시간에 호출을 하여 미안하게 되었네."

"아이고, 당치도 않습니다요. 이게 이놈이 하는 일인데
밤낮 구분이 어디 있겠습니까?"

말은 그렇게 하면서도 오작은 도호부사의 면전에서
하품을 늘어지게 했다.

"어이, 어서 감초 달인 물을 대령하게."

오작은 동료 항인에게 감초 끓인 물을 가져오라 지시
했다. 감초 끓인 물로 시신을 닦으면 상처 부위가 더욱
선명하게 드러나기 때문이다. 그는 능숙하게 시신의 몸
을 닦아내기 시작했고, 점점 울긋불긋한 자줏빛 시반들
이 나타났다.

"교학께서 말씀하신 대로 이자는 죽은 지 두 식경도 채 되지 않았습니다. 그리고 죽기 직전까지 강하게 저항한 듯합니다. 얼마나 세게 쥐어뜯었는지 손에서 검은 짐승 털이 한 움큼 나왔지요. 그리고…… 보자……."

그가 시신의 상처 부위를 유심히 바라보더니 환부에서 무언가 작고 하얀 물체를 끄집어냈다.

"이거 그 짐승의 이빨 같은뎁쇼? 길이는 대략 1치 정도 되는 것 같고, 송곳니가 곧은 것을 보니 고양이과 짐승은 아닙니다요. 아마도 저번 약초꾼을 해한 놈과 같은 종 같습니다."

"그런가? 그럼 이 시신에도 구타당한 흔적이 있나 한번 보시게."

오작과 항인은 곧게 누운 시신을 비스듬히 들어 등 뒤에 난 상처까지 꼼꼼히 훑어보았다. 수하와 휘지도 그 곁에 바짝 다가서서 혹시 검시관들이 놓치진 않을까 자세히 살펴보았다.

"여기 손목 부분에 밧줄 같은 것에 묶인 흔적이 보입니다. 또한 뒤쪽 등선에 맞아서 생긴 멍 자국도 있군요. 필시 어딘가에서 겁박당하고 구타당한 것이 분명합니다요. 아무래도 지난 약초꾼 사건과 동일범이 아닐는지요."

"손톱 밑에서 돌가루는 나오지 않았습니까?"

"아직 더 살펴봐야겠지만 돌가루는 나오지 않았습니다."

"그런가 그래도 이빨 하나는 건졌구먼. 일단 이 이빨 내게 주게나. 이것 가지고 개장수한테 한번 가봐야겠으이."

"예, 그리하시지요. 저희도 더 나오는 것 있는 대로 즉시 알려드리겠습니다요. 그나저나 정말 흉흉한 일이 아닙니까? 나리들께서도 몸조심하시면서 수사하셔야겠습니다."

"그렇지. 그럼 자네들은 계속 수고해주고, 한명과 교학도 나가서 수색에 박차를 가하게. 벌써 유사한 사건으로 추정되는 피해자가 두 명이나 나왔으니 조급한 시기에 진상을 밝혀야 할 것이야. 또한 여기서 알아낸 사실들은 당분간 지금 이곳에 있는 사람들끼리만 아는 걸로 하세. 혹시라도 소문이 난다면 민심이 혼란스러워질 것이네. 동료 수사관과 나졸, 검시관들에게도 함구하라 전해주게나."

도호부사는 초검을 마치곤 수하와 휘지, 오작에게 신신당부를 했다. 흉흉한 소문이 퍼져서 좋을 것은 없었다. 괜히 한 고을에 사는 사람들끼리 서로 의심하고 불안에 떨게 될 것이었다. 어쩌면 공포감 조성이 저들의 목적일지도 몰랐다. 수하와 휘지도 도호부사의 뜻을 헤아려 고개를 끄덕였다. 하지만 소문이 퍼지는 것을 인력으로 막는 것은 사실상 불가능에 가까웠다. 이미 해가 뜨자마자 저잣거리 사람들 입에서는 지난밤 산속에서 시체가 발견되었다는 이야기가 오르내렸던 것이다.

"아이고, 대관절 이게 무슨 흉사인지 모르겠습니다요. 간밤에 아가씨께서 얼마나 놀라셨습니까. 밤새 한숨도 잠들지 못하시고, 이 꿀물이라도 한잔 들이켜고 정신 챙기십시오. 원래 귀신이란 것들은 사람 기가 허할 때를 노리는 법입니다. 지금 아가씨 넋 빠진 모습이 꼭 귀신에 홀린 사람 같습니다요."

간밤에 집으로 돌아온 미르는 사내의 마지막 모습이 잊히지 않아 뜬눈으로 밤을 지새웠다. 어떻게든 사내의 모습을 지워보려 눈을 붙여보았지만 정신만 더 말짱해질 뿐 잠은 오질 않았다. 창백해진 미르를 재우기 위해 봉구 역시 잠이 오게 하는 온갖 방법을 다 써보았지만 역부족이었다. 그러는 사이 해가 중천에 떴고, 봉구는 목이라도 축이게 할 생각으로 꿀물을 내밀었다. 목이 탔는지 미르도 단숨에 들이켜곤 벌떡 자리에서 일어섰다.

"지금 이러고 있을 때가 아닙니다. 도령은 관아에서 밤을 지새웠을 터인데 나만 편히 쉬고 있을 수야 없지 않습니까. 갈아입을 옷가지하고 주먹밥이라도 좀 만들어야겠습니다."

"아가씨 그럼 주먹밥은 소인이 만들겠습니다. 세간살이 위치도 잘 모르시면서 무얼 만드신단 말입니까. 그냥 도련님 방에 들어가서 갈아입을 적삼 저고리나 두어 벌 챙겨주십시오."

미르는 머리를 빗어 가지런히 정리한 후, 휘지의 방으로 가 보자기에 그의 여벌 옷을 챙기기 시작하였다. 머리를 빗으면서도 몇 번이고 빗을 떨어트리더니 손이 떨리어 보자기 하나를 묶지 못했다. 부들부들. 사람이 죽는 것은 처음 보았기에 여간 식겁한 것이 아니었다. 미르는 떨리는 손을 다른 한 손으로 잡은 후 호흡을 가다듬어 마저 짐을 쌌다. 보자기를 챙겨 방을 나서자 봉구도 부엌에서 주먹밥을 싸 가지고 나오고 있었다. 봉구는 무슨 말이라도 하여 미르를 안심시키고 싶었으나 분위기가 심각하여 말도 걸지 못하고 쭈뼛거렸다.

그와 미르가 집을 나서 시전을 지나 관아로 향하는 사이 웬일인지 사람들의 시선들이 싸하였다. 간밤의 사건으로 웅성거림이 잦아들지 않더니 미르가 지나가기만 하면 다들 입을 꾹 봉해버리는 것이었다. 하지만 지금 미르는 사람들 이상한 것은 중요하지 않은지 그저 제 갈 길만 성실히 갔다. 관아 입구에 다다르자 "아이고!" 곡

하는 소리와 함께 자지러지게 울어대는 사람들 소리가 들렸다. 지난밤 죽은 사내의 유가족들이리라. 미르는 무거운 마음으로 관아로 들어섰다. 그녀가 휘지를 찾아 관아 내부로 들어서자 휘지는 막 검시소에서 나오고 있었다. 미르는 휘지에게 다가가려다 검시소의 문 앞에서 곡을 하고 있던 유가족들과 눈이 마주쳤다. 어떤 말로도 그들의 상실감을 달랠 순 없겠지. 그녀는 가벼운 목례로 애도의 마음을 전했다. 그때 돌연 죽은 자의 처妻인 여인이 미르의 어깨를 돌리더니 그녀의 볼을 매섭게 올려붙였다. 급작스레 당한 일이라 미르는 눈앞이 아찔하고 별이 튀어도 반응할 수가 없었다.

"이게 무슨 짓입니까?"

휘지가 미르를 향해 달려드는 여인네를 붙들어 잡으며 다그쳤다. 여인은 눈에 뵈는 것이 없는지 미르를 향해 삿대질을 하며 패악을 부렸다.

"이년! 네년 짓인 게지? 네년이 내 남편을 잡아먹은 것이 아니냐? 네년, 사람이 아닌 것이지? 저런 상처를 입힐 수 있는 짐승은 이 산에 없다. 내가 30년을 여기서 살았고, 내 부모도 한평생 이곳에서 살았다. 그래서 이 산에 그런 사나운 짐승 없는 것은 누구보다 잘 안다. 이년! 네년이 오고 난 뒤부터지. 네년이 오고 난 뒤부터 호환

266

이다 뭐다 다시 산이 들끓었다. 이년, 사람도 아닌 년이 사람 속에 섞여들었느냐, 이년아. 내 남편 내놓아라. 네 년이 잡아먹은 내 남편을 내놓으란 말이다!"

"그 무슨 해괴한 말이오! 자네 상심한 것은 아나 어찌 남의 누이더러 사람이 아니네, 남편을 내놓으라 강짜를 부린단 말이오?"

"선비는 눈이 멀었는가? 귀양쟁이라 하더니 벌써 저 년한테 홀려서 간이며 쓸개며 다 내어준 놈팡이가 무얼 안다고 그딴 소리를 하고 있누? 이놈, 너도 이거 놓아라. 내 몸에 손도 대지 말아라. 간밤에 네 연놈들이 내 남편 시신을 찾았다고 들었다. 밤새 내 남편에게 무슨 짓을 한 게냐? 네 연놈들이 짜고 잡아먹어놓고는 무슨 낯으로 관아에 있는 것이야!"

"어제 자네의 남편을 살리지 못한 것은 안타까운 일이나 우리에게 나타났을 때 이미 자네 남편은 소생의 가망이 없었네. 진정 좀 하시게."

"하, 네 연놈들은 어제 그 밤중에 산속엔 왜 있었더냐? 대체 산속에서 무얼 하고 있었던 것이야? 안 그래도 밤마다 산속에 도깨비불이 나타나서 다가가보면 눈이 퍼렇고 하얗게 질린 저년이 산속을 헤매고 다닌다는 소문이 파다하게 나돌던데. 누구 편을 드는 것이야? 아님 선비 네놈도 벌써 저년한테 잡아먹혀서 넋이고 혼이고 없는 상태인 게야?"

휘지에게 두 팔을 겁박당한 채로 발악을 하던 여인은 제분에 못 이겨 거품을 물고 졸도하였고, 미르는 발갛게 부어오른 볼을 부여잡곤 실신한 여인을 바라보았다. 그 옆에서 상황을 지켜보던 수하와 도호부사의 눈이 날카롭게 번득였다.

"이게 다 무슨 말인가. 미르 소저께서 밤마다 산속을 거니시다니, 그게 사실인가?"

도호부사가 범 같은 기세로 휘지를 다그쳤다. 수하도 아버지의 서슬 퍼런 호령에 맞추어 예리한 눈빛으로 휘지를 바라보았다.

"영감, 누이께서 속이 허하여 밤마다 산으로 마실 나간 것은 사실이나 홀로 다닌 적은 없습니다. 나갔다 하더라도 언제나 저나 봉구가 뒤를 따랐으며, 요사이 산중 분위기가 흉흉해진 이래로는 일체 나간 사실이 없습니다."

"그렇다면 간밤엔 왜 그 깊은 산중에 있었던 겐가?"

"그것은 저녁에 주막에서 좋지 못한 일이 있어 누이가 답답한 마음에 바람이나 쐬일까 하여 나갔던 것입니다. 죽은 사내를 발견하여 관아에 고한 것뿐이거늘 이런 불쾌한 누명을 쓰게 되다니, 억울하옵니다."

"아버님, 그만하시지요. 지금 교학을 의심이라도 하시겠다는 것입니까?"

내심 미르에 대한 의심을 떨칠 길이 없던 수하였지만 제 친우가 의심을 받게 되는 상황만은 모면하고 싶었다. 게다가 휘지의 부탁을 받고 미르의 신분이나 뒤를 봐준 것은 수하도 마찬가지였으니 괜스레 공범이라는 죄의식을 지울 수도 없었다. 더불어 교학 정휘지에게 한 점 부끄러운 일이란 있을 수 없었다. 그러한 믿음은 도호부사 역시 마찬가지였다. 하지만 그들이 믿을 수 없는 사람은, 내심으로 계속해서 의심스러운 사람은 미르였다.

"소인이 부족하여 죄 없는 누이에게까지 누명을 쓰게 만들었습니다. 모두 소인의 불찰입니다."

"내 자네를 의심하는 것이 아니네. 그대를 못 믿는 것이 아니니 기분 나빴다면 푸시게."

"제 누이는 그저 평범한 여인에 불과합니다. 그런 여인이 밤에 산속에 있었다 한들 어찌 사람에게 해코지를 할 수 있었겠습니까. 누이 생김새가 눈에 띄는 경향이 있어 어이없는 소문과 구설수에 휘말린 것이겠지요. 이런 불상사가 일어나기 전에 행실 단속을 하지 못한 제 잘못입니다."

"아닙니다, 도호부사 영감. 도령은 잘못이 없습니다.

밤중에 나돌아 다니지 말라 말씀하셨는데 제가 듣지 않았습니다. 다 제 잘못입니다."

"되었네. 어찌 되었든 시신에 난 상처는 사람이 할 짓이 아니었지. 낭자가 그러했다 의심하는 것이 아니라 그 시각에 돌아다닌 점이 의아하여 질문해본 것이니 괘념치 말고 그만 교학과 돌아가보게."

여전히 찜찜한 기색이 역력하였으나, 도호부사의 얼굴을 뒤로하고 휘지는 미르의 손목을 꽉 잡아 관아를 벗어나려 하였다. 세상에, 이게 대체 무슨 일인가. 고을 안에서 미르에 대한 해괴한 소문이 나돌고 있는 줄은 까맣게 모르고 그녀의 외출을 허락하곤 했다. 그저 그녀가 이곳에서 생활하는 동안 불편함 없고, 어두운 그늘 없이 제 마음 가는 대로 돌아다닐 수 있도록 했던 것이 오히려 그녀에게 폐가 되다니. 미르도 불쾌한 마음에 가슴이 진정되지 않았다. 게다가 휘지가 잡은 손목이 아프고 화끈거리기도 하여 그녀는 1초가 1년같이 느껴졌다. 자신이 다른 곳에서 온 이방인이란 사실을 잊은 적은 없지만, 그래도 제법 잘 적응하고 있었다 여겼는데 혼자만의 착각이었다. 그녀는 수하와 도호부사께 눈인사를 마치곤 휘지의 손에 이끌려 관아의 마당을 가로질렀다. 갑자기 이곳이 낯설게 느껴졌다.

"그 요망한 누이를 데리고 도망이라도 가려는 겐가? 무엇이 바빠 그리 얼굴이 벌게져선 걸음을 재촉하시는 겐가?"

관아의 문을 통해 어제 주막에서 싸움이 붙었던 사내들이 들어오고 있었다. 그들은 하나같이 잔뜩 앙심을 품은 표독스러운 표정이었다.

"그게 무슨 말씀이십니까?"

휘지가 눈썹을 치켜세우며 말을 되받아쳤다.

"자네가 하도 바삐 걷기에 얼른 관아를 벗어나고 싶어 하는 것처럼 보였거든. 아닌가?"

"맞습니다. 한시라도 바삐 관아를 벗어나고 싶습니다. 제 누이가 지금 얼마나 억울할지 생각하니 괘씸하여 어서 나서고 싶습니다!"

언제나처럼 묵묵히 듣고 있을 것이라 여겼는데, 휘지는 전에 없이 무서운 표정으로 따박따박 제 할 말을 했다. 사내들도 짐짓 놀랐는지 잠시 멈칫하더니 더 부아가 치밀어 오른 눈치였다.

"허허, 정말 언제부터 죄인이 이리 고개를 빳빳이 쳐들고 다닌단 말인가? 통탄할 일이로고. 교학 자네는 지금 저잣거리에 떠도는 누이에 관한 소문은 들어보지도 못했나?"

"죄다 허무맹랑한 말뿐일 텐데 알고 싶지도 않습니다."

"그래? 그래도 알고는 있어야 하지 않겠나? 들어보시게, 내 상세히 알려줄 터이니. 도호부사께서도 잘 들어보시고 이 고을에 지금 얼마나 요망한 것이 들어와 있는지를 알아야 할 것입니다."

사내가 들으라는 듯이 언성을 높이며 도호부사와 수하를 노려보았다.

"마을 사람들 하는 이야기에 따르면 자네 누이가 사내들을 홀려내 간을 빼먹는 구미호나 백 년 묵은 이무기라 하더군. 내 그저 저잣거리에 떠도는 헛소문이라 여겼거늘 어제 자네 누이를 한번 만나보니 과히 그러고도 남을 법하였지. 제 년이 먼저 살랑살랑 눈짓으로 유혹을 해오더니 또 다른 사내가 나타나자 돌연 태도를 바꾸는 것이 아주 기함을 할 정도였다, 이 말이네."

"웃기지 마셔요. 그쪽이 먼저 홀로 앉아 있던 내게 다가오지 않았습니까? 합석하여도 된다 하지 않았는데 함부로 규중 처자와 마주 보고 앉으려 한 것이 누구였느냔 말이오? 그쪽들이 한 짓은 왜 다 빼먹고 말을 그따위로 하십니까? 나는 그대들은 쳐다보지도 않았습니다!"

"저것 보시게, 저 독살스러운 표정을 말이야. 어디 내 간이라도 빼먹으려는 게냐? 여기 사내들이 네년에게 호의적이라 하여 불쌍한 척, 억울한 척하면 된다 여기고 있는 것이렷다."

"그대들은 말을 가려 하십시오. 어찌 규방 여인네에게 이년 저년 함부로 떠든단 말입니까?"

"교학! 자네는 입 다물라 하지 않았나. 정녕 실성을 한 것도 아니고 이 사람이 오늘따라 왜 이리 날뛴단 말인가? 이젠 아예 작정하고 입을 놀리려는 겐가? 자네 같은 죄인은 입 꾹 다물고 닥치고 있으란 말이야!"

"허허, 여기가 주막이나 싸움판인 줄 아는 것들인가? 예가 어디라고 싸우는 것이야!"

"도호부사께서도 저 죄인들 편을 드실 것이 아니라 응당 이 고을의 목민관이라면 고을에 퍼진 소문도 알고 진상을 파악하셔야 하는 것이 아닙니까?"

"그래서 지금 자네들이 하고자 하는 이야기는 미르 낭자가 구미호나 백 년 묵은 이무기라도 된다는 말인가?"

"왜 아니겠습니까? 갑자기 나타나 교학의 사촌 누이라 하는 것부터 시작하여 저 눈 퍼런 것까지 수상한 것이 이만저만이 아니거늘, 하물며 야밤에 산중을 돌아다니는 여인이 정상이라고 생각하십니까? 사람 눈동자 색깔이 어찌 저럴 수 있습니까? 마치 물귀신 같은 눈이 아닙니까? 보고만 있어도 홀리더이다. 내 어제 똑똑히 경험하였소.”

"내 눈에 홀렸단 말을 하시는 것입니까? 나는 가만히
있었는데 그대들이 그리 느낀 것을 가지고 나를 지금 요
물 취급하시는 것이냔 말입니다!”

"네년이 가만히 있었는데도 사내들이 홀리는 것이라
면 정말로 네년이 요물인 것이겠지. 이 나라에 나고 자
란 사람 중에 네년 같은 눈동자 가진 사람은 단 한 사람
도 없단 말이다.”

"그럼 요물이 나 요물이오, 하고 티 내고 다닌다는 말
인데 그게 더 우습지 않습니까? 어제 다툼이 있어 억하
심정이 생겼나 본데 사내들이 이리 치졸하게 누명을 씌
우다니 정말 꼴불견이 따로 없습니다.”

"허, 이년이. 네년 말 하나는 끝내주게 잘하는구나. 아
직 도력이 약하여 눈깔 색까지 어찌하지 못했나 보지.
그래서 지금 사내들을 잡아먹고 있는 것이 아니냐?”

"그만두십시오. 듣자 듣자 하니 아주 해괴하고 무지한
소리들만 하십니다. 내 방금 검시소에서 나오는 길입니
다. 그대들이 말한 약초꾼 시신도 직접 보았지요. 내 누
이가 구미호나 이무기여서 그들을 잡아먹었다 하였지
만, 아십니까? 그자들 짐승에게 물리고 뜯긴 자국은 있
어도 간이나 심장은 온전히 있을 자리에 다 있더이다.

내 누이가 요물이라 사람 장기를 취하려 하였다면 어찌 사람을 죽이기만 하고 장기는 그대로 있단 말입니까?"

휘지의 말이 끝나기 무섭게 사내들이 득달같이 따지려 하였지만 곧이어 나타난 문혁에게 제지당했다. 만면에 간교한 미소를 머금은 문혁이 여유로이 관아의 문턱을 넘어 마당께로 들어왔다.

"자네들 멍청하고 무식한 소리는 그쯤에서 그만들 하고 물러서는 게 어떻겠는가? 내 알아보니 저잣거리에서 시작된 소문이 아니라 치졸한 사내들 입방아에서 시작된 소문이라 하던데."

"성강!"

"아버님께서 간밤 고을에 일어난 변고에 대해 알아오라 하셔서 이리 방문하게 되었습니다. 그간 무고하셨는지요, 도호부사 영감."

문혁이 사내들을 무시하고 도호부사 쪽으로 까딱 인사를 하자 도호부사도 눈으로 인사를 대신하였다.

"자네 아버님께서는 귀도 밝으시군. 그새 자네를 보낸 것을 보니 말일세."

"저희 아버님 귀가 밝으신 것은 아니지요. 이미 저자에 파다하게 퍼진 소문을 어찌 향촌 좌수만 모를 수 있겠습니까? 그건 그렇고 제가 운이 좋아 진귀한 구경을 하게 되었습니다. 천하의 조용하던 교학이 이리 성을 내며 바락바락 대들다니, 참 재미진 구경입니다."

"그만두시게. 자네까지 끼어들지 않아도 충분히 시끄럽네. 교학 자네도 그만하고 누이와 함께 돌아가시게. 성강 자네는 사건에 대해 듣고자 한다면 정청 안으로 들지그래."

"그리하지요. 그리고 저는 소란을 보태려 하는 것이 아닙니다. 다만 저 친구들이 해괴한 말로 교학의 누이를 욕보이고 있으니 그냥 지나칠 수 없어 그러합니다. 자네들 겨우 여인네 하나를 두고 지금 무슨 짓들인 겐가?"

"허나, 성강. 저년도 그렇고 교학 저 죄인도 그렇고 겁도 없이 나대는 것이 목불인견目不忍見이 아닙니까? 게다가 저년이 어디서 갑자기 튀어나온 것인지 어찌 압니까? 딱 봐도 요물이 따로 없습니다. 눈도 그렇고, 이름도 미르가 뭡니까, 미르가!"

"시끄럽네! 내가 아니라면 아닌 것이지. 언제부터 자네들이 내 말에 그리 잔말들이 많았는가?"

"하오나."

"유학을 공부한다던 선비들이 어찌 저잣거리 천것들이 떠드는 괴력난신한 말을 주워듣고 이리 소란을 떠는 게야? 저기 서 있는 저 여인이 진정 요괴라도 된다 그리 여기는가? 진정 제정신들인가? 교학이나 그 누이나 행실이 곱다 생각지는 않지만 사람을 해할 그릇도 못되는 자들일세. 뭐 그리 성이 나서 괜한 사람들을 잡고 있는가? 날파리가 성가시게 한다 하여 작정하고 잡으려 하는 모양새만큼 우습고 치사한 것이 없으이. 그만들 두고 자네들이야말로 돌아가시게나. 나는 도호부사 영감과 이야기 나눌 것이 남았으니 겨우 이깟 일로 소란피우지들 말란 말이네."

문혁의 단호한 말에 사내들도 기가 죽어 우물쭈물 말을 삼켰고, 휘지와 미르는 문혁의 은근히 비꼬는 어투가 듣기 거북하여 인상을 찌푸렸다. 무슨 저의로 사내들의 횡포를 물린 것인지는 몰라도 좋은 의도는 아닐 것이며, 그들을 돕고자 한 행동도 아닐 것이었다. 그래도 휘지는 당장의 화를 면하게 된 것이 기뻐 미르의 손을 당겨 관아의 문을 나섰다. 그런 휘지의 뒷모습이 마음에 걸리는지 수하가 뛰어 쫓아 나왔다.

"이보게. 교학, 성내지 말게. 소저께서도 너무 고깝게 여기지 않았으면 하오. 약초꾼 죽은 지 얼마 지나지도 않았는데 또 이런 일이 일어나 민심이 어지러워진 것뿐일세. 자네들 잘못 아닌 것 내가 다 아니 마음 푸시게. 내어서 진범을 잡겠네. 교학 자네도 누이를 위해서라도 진범을 반드시 잡아내야 할 걸세. 아니 그러한가? 그리고 혹여 마을 사람들이 이상한 소리를 해도 무지렁이들이 하는 소리니 한 귀로 듣고 한 귀로 흘려버리시게. 내 조만간 마을 주민들 모아다가 민심 어지러워지지 않는 선에서 잘 타일러주겠네. 아까 검시소에서 보지 않았나? 그것은 짐승이 한 짓이지 요물이 한 짓은 아니네."

그 뒤의 사람이라면 또 모를까. 휘지와 수하가 의미심장한 눈빛을 주고받았다. 그렇다. 뭐가 되었든 어서 진범을 잡으면 그만이었다. 그리고 당분간은 미르의 바깥출입도 자제시키는 것이 좋겠다. 몇 달 동안 큰 탈 없이 잘 적응했다 생각했는데, 갑자기 일이 터지니 휘지도 속이 타들었다. 자신이 해줄 수 있는 일이 별로 없었다. 아무리 미르의 입장에서 편을 들어도 자신의 말은 씨알도 먹히지 않았다. 휘지는 자신의 한계를 뼈저리게 직시할 수밖에 없었다. 자신은 유배를 온 죄인이었다.

"도련님, 아가씨, 물이라도 한잔 드시고 속 좀 푸십시오."

먹구름 낀 방 안 분위기에 봉구만 애간장이 졸아 두 상전의 눈치를 보았다. 미르도 요물 취급에 살인자 취급을 당한 직후라 얼굴이 붉으락푸르락 말이 아니었다. 휘지는 입을 꼭 봉해버리고 한껏 심각한 표정으로 일관하고 있었다. 미르는 괜히 자신 때문에 휘지도 봉변을 당한 것이 더 분하여 조용히 앉아 있는 휘지가 얄미웠다.
차라리 화풀이라도 할 것이지, 네가 와서 되는 일이 없
다고. 소문이 누구 입에서 시작되었건 마을 사람들 말이
맞을지도 모르겠다. 자신이 나타난 이후로 휘지는 매일
이 고달팠을 것이다. 그의 평화를 자신이 깼다 생각하니
오히려 미르는 아랫배에서부터 화가 치밀었다.

"정말 돌아가야지 안 되겠습니다."

미르의 목소리가 방 안에 메아리쳤다. 휘지가 고개를
돌려 미르를 바라보았다.

"돌아가야 되겠다고요. 매일 고향을 그리워하는 것만
으로도 벅찬데, 내가 사람을 죽이다니요. 내가 사람을
해치다니요. 무슨 그런 말이 있습니까? 난 분합니다. 좀
전에 나를 요물로 몰아가는 그치들에게 아무 대꾸도, 반
박도 못한 나 자신에게 분하다고요. 내가 정말 지구인이
아니기 때문에 적극적으로 증명할 방도도 없고, 더 속이
타들었습니다. 그러니 정말 나는 이젠 돌아가야겠습니
다. 내가 없으면 될 게 아닙니까, 내가 있어 이런 사단이
난 것이 아니냐고요."

"밥낭, 지금은 쉬고 싶습니다. 어젯밤부터 한숨도 못
자서 그런지 피곤하군요. 그 얘기는 뒤로 미루지요. 소
저께서도 피곤하실 터이니 방으로 돌아가세요."

"아니요. 왜 심각한 이야기는 피하려 하십니까? 나는 분해서 잠이고 뭐고 피곤한 것도 모르겠습니다. 되었습니다. 도령은 쉬세요. 나는 나가서 진실이 뭔지 조사해야겠습니다. 짐승이든 사람이든 잡아야 발 뻗고 자지요."

"소저! 내가 다음에 이야기하자 하지 않습니까? 왜 내 말을 듣지 않고 자꾸 말썽을 부리십니까? 어제도 결국 내 말을 듣지 않고 산에 올랐다 이 사단이 난 것 아닙니까? 소저는 생각이 있는 것이오, 없는 것이오!"

미르가 밖으로 나설 차비를 하자 휘지가 벼락같이 꾸지람을 놓았다. 미르는 냉랭한 음성에 놀라 대꾸도 못 하고 그 자리에 서서 아연한 표정으로 휘지를 바라보았다.

"그만두라 하지 않습니까? 소저가 뭘 하실 수 있습니까? 또 산에 올라 무엇을 하시게요? 위험하다 하지 않습니까? 저는, 적어도 저는 지금 소저가 내 집에 머무르는 동안은 소저의 안전을 책임질 의무가 있습니다. 또한 소저는 제 생명의 은인이기도 합니다. 저는 어떻게든 소저께서 무사히 집으로 돌아가시도록 노력하는데 왜 소저 스스로는 조심도 않고 돌아다니시느냐 말입니다. 저는 이제 소저의 그런 행동이 못마땅하고 탐탁지 않단 말입니다. 지금은 잠을 못 주무셨으니 방으로 돌아가 눈이라도 붙이십시오!"

얼마나 지쳤는지 미르의 눈밑이 검게 물든 것이 보였다. 휘지는 괜한 신경질을 부리며 제가 먼저 방문을 거칠게 박차고 나왔다. 미르는 그런 휘지의 등을 바라보며 야속한 마음에 주저앉았다. 휘지가 방문을 닫고 나오자 사립문을 열고 도명이 헐레벌떡 뛰어 들어오고 있었다.

"이게 대체 무슨 변고인가? 낭자는 괜찮은 것인가?"

"오셨습니까? 죄송하지만 지금은 여러 가지로 곤할 것이니 나중에 와주시지요."

"그래, 밤새 곤하였겠지. 자네도 혈색이 말이 아니네. 아주 괘씸한 소문들이 났으이."

"제 생각이 짧았습니다. 누이를 얌전히 집 안에 들여놓을 것을. 괜히 마음만 아프게 만들었습니다."

"그것이 어찌 자네 잘못이겠는가. 낭자의 눈 색이 그러한 것도 낭자의 잘못은 아니지. 아직도 그런 미신이나 믿고 앉아 있는 마을 사람들이 모자란 것이니 신경 쓰지 말게나. 내 다음에 누가 그딴 소리를 지껄이면 주둥이를 발로 까줄 것이네."

"그래도 취성 같은 분이 계시니 감사할 따름입니다. 제가 못나 괜히 누이에게 성질을 부렸습니다. 이따가 취성께서 좀 달래주십시오."

"낭자를 위로하는 것은 당연한 일일세. 하지만 오누이

사이의 다툼은 내게 부탁할 것이 아니라 자네가 직접 달래주어야 풀리는 것일세."

"그렇군요. 전 잠시 나갔다 올 테니 누이 좀 많이 위로해주십시오."

휘지가 초가집을 벗어나자 도명은 한 시진을 마당에서 서성대다가 방문을 열고 들어섰다.

"오죽 속상하였으면 유순하던 교학이 화를 다 내었겠소. 낭자 괜찮으신 게지요?"

"나리, 모르겠습니다. 내가 잘못한 것 다 아는데, 도령이 나를 위로해주지 않고 도리어 화를 내니 또 그게 속상합니다."

미르가 퉁퉁 부운 눈으로 도명에게 푸념을 늘어놓았다.

"큰일을 겪은 것은 교학도 낭자 못지않았을 테니 많이 놀라 저러는 것이라오. 혹여 낭자가 다쳤을까 걱정되어 화내는 것이니 노여워 말아요."

"노여운 것이 아닙니다. 미안하여 그렇지요. 나 때문에 도령이…… 그러니 내가 나서서 진실을 밝히겠다 하였는데 또 저리 화를 내니 무슨 말을 못하겠습니다."

"교학 말대로 가만히 있는 것이 도와주는 것입니다. 낭자가 다시 산중에 들어가 무엇을 하시려고요? 교학도 그렇고 나도 그렇고 다들 낭자가 걱정되어 제대로 움직이지도 못할 것입니다. 그냥 당분간은 얌전히 저와 집에서 공부나 합시다. 수사는 관아에서 도맡아 할 것입니다. 아시겠지요?"

"그래도…… 저는 도령께 도움이 되고 싶지 폐가 되고 싶진 않습니다."

"가족끼린 그런 말 하는 것이 아닙니다. 폐가 되다니요."

가족이 아니니까 그렇지요. 미르는 차마 입 밖으로 말하지 못하였다. 가족도 아닌 사내가 자신 때문에 얼마나 귀찮은 일을 겪고 있는가. 미르는 방금 전 소리를 지르던 휘지의 얼굴이 지워지지 않아 도리질을 쳤다. 도명이 애써 유쾌하게 위로를 해주었지만 전혀 위안이 되지 않았다. 휘지가 돌아오면 정식으로 사과를 해야 할 터였다. 잘못은 자신이 해놓고 화풀이를 하고 심술을 부렸다. 미르는 한숨을 내쉬며 휘지가 돌아오기를 기다렸다.

한편, 휘지는 도망치듯 시전으로 빠져나와 사람들 속에 섞여들었다. 자신이 여인에게 소리를 지를 일이 생기리라고 감히 상상이나 했겠는가. 헌데 미르가 곁에 있으면 휘지는 자기 자신을 통제할 수가 없었고, 자신도 모르는 자신이 불쑥불쑥 튀어나오는 일이 한두 번이 아니었다. 그는 싱숭생숭해져 거리를 거닐었다. 사람들 눈초리가 따가웠다. 수하 형님께서도 도와주신다 하였으니 조금만 더 견디면 사람들 소문이야 쉬이 가라앉을 것이다. 아니, 그전에 진범을 잡아야만 한다. 으득, 휘지는 저도 모르게 이를 갈았다. 누군지 몰라도 사람을 지들 꼴리는 대로 해하고 그것도 모자라 미르를 곤경에 빠뜨리다니, 휘지는 그들이 누구든 용서할 수 없었다.

"자네 괜찮은가?"

"한명 형님? 여기는 어쩐 일이십니까?"

"귀신이라도 본 표정일세! 내 자네가 걱정되어 쫓아왔지 않나. 미르 소저는 좀 괜찮으신가?"

"괜찮아지겠지요."

"괜찮아질 것이란 말은 지금은 아니 괜찮단 뜻이겠지?"

"하루를 꼬박 시달렸는데 괜찮을 리는 없지 않겠습니까? 그나저나 용건이 있어 오신 것이 아닙니까? 어서 말씀해보시지요."

"하하, 우리 교학은 눈치도 빨라. '척' 하면 '탁'이라고, 우린 손발이 정말 기가 막히게 잘 맞지 않은가?"

"아직은 장난 칠 기분이 아니니 자중하시고 어서 이야기를 하시지요."

"그게…… 두 사체에서 모두 검은 개털이 나오지 않았나? 일 다경 전 고을에 풀어놓은 소식통이 알리기를 커다란 검은 개가 자주 출몰하는 곳이 있다 하네. 그것도 밤마다 은밀한 곳에서 말이야. 어떤가? 구미가 좀 당기는가?"

"밤마다 은밀한 곳에서 출몰한다……. 그 소식이 사실이라면 당장 찾아가보아야지요."

"그래야지. 내 길일을 잡아 방문해볼 요량이라네. 자네도 나와 동행할 게지?"

"물어보지 않아도 당연한 일이 아닙니까? 반드시 그놈들을 잡아야지요."

"아주 전의가 불타오르는구먼. 왜, 미르 소저 때문인가? 하기사 그놈들을 붙잡아야 소저의 누명이 벗겨지지 않겠는가. 소저 생김이 남다르니 그런 오헬 살 법도 하지. 나 역시 자네를 믿어 소저가 고을에 머무르는 것을 도왔네만……."

"형님, 말씀을 삼가주세요. 낮말은 새가 듣는다 하였습니다. 누이는 언제나 저와 함께 있었는데 그런 의심을 받다니요. 그건 곧 저에 대한 의심이 아니십니까?"

"진정하시게. 오랜만에 고을에서 흉흉한 일들이 벌어지니 괜한 화살을 새로 들어온 사람들에게 쏟아내는 것이겠지. 그리고 내가 어찌 자네를 의심하겠는가. 다만 자네는 믿되 자네가 믿는 것까지 완전히 믿지는 못하겠다는 게지."

수하는 헤실헤실 웃으며 대답하고 있었지만 그 말 속엔 뼈가 들어 있었다.

"잘 알겠습니다. 허나 귀형께서 저를 믿으시는 만큼 제가 믿는 것 또한 믿어주셨으면 합니다. 절대 실망시키는 일은 없을 것이니 말입니다."

"그래, 좋은 것이 좋은 것이지."

수하는 축 처진 휘지의 어깻죽지를 팡팡 쳐주며 장단을 맞추었다. 너를 믿는 만큼 그녀 역시 믿어보마. 어딘가 위태롭지만 그래도, 견고한 도닥임이었다. 휘지는 기운을 되찾았는지 수하를 바라보며 생글 웃었다.

"역시 귀형과 있으면 생각이 정리됩니다. 저는 이만 집으로 돌아가 누이께 사과를 해야 할 듯합니다. 형님께서도 잘 돌아가셨다가 날이 정해지면 저를 불러주십시오."

"내 자네에게 도움이 되었다니 뿌듯하구면. 그래, 조만간 다시 자네를 찾겠네. 그리고 저기 소저께서 좋아하는 당과 장수가 보이니 사가지고 돌아가게. 여인네들은 선물에 약하니 말일세."

수하가 한쪽 눈을 찡긋하며 시전 속 사람들 틈사이로 사라지고 나서도 가끔 휘지를 향해 흔들리는 그의 손이 슬쩍슬쩍 보였다. 휘지도 당과를 두어 개 사 들고는 집으로 한달음에 달려갔다. 병법에서도 복잡할수록 가장

단순하게 생각하는 것이 최선의 방법이라 이르지 않던
가. 지금 그가 해야 할 일은 진범을 잡는 것이다. 미르를
위해, 그리고 자신을 위해 범인을 잡아야 한다. 무엇보
다 당면한 최우선의 일은 미르에게 사과를 하는 것이렸
다. 괜히 신경질을 부렸다. 어느 부분에서 화가 치솟았
더라? 산속에 들어가 범인을 잡겠다고 한 부분인가? 아
니지, 그건 말리면 그만인 것이 아닌가. 그렇다면 무엇
이 자신의 심기를 그리도 어지럽혔던가. 아…… 돌아가
야 한단 말이었나? 소저가 고향으로 돌아가는 것은 당
연한 일이 아닌가. 하지만 생각만 해도 심장이 두근거렸
다. 휘지는 가슴께로 손을 대어보았다. 심장이 두방망이
질을 쳤다. 호랑이 앞에서도 차분하던 심장이 왜 이럴
까. 혹 무슨 큰 병에라도 걸린 것은 아닌지. 휘지는 재차
도리질을 치고는 다시 집으로 걸음을 옮겼다. 저 멀리
사립문 앞에서 미르가 서성이고 있었다.

"왜 나와 계십니까?"

휘지의 목소리에 미르가 퍼뜩 놀라 소리 난 쪽을 쳐다보
았다. 처음으로 크게 다툰 후여서인지 말 붙이기가 어색
했다. 휘지는 연신 조물락거리는 미르의 손가락들을 바라
보았고, 미르는 휘지의 눈을 피해 바닥만 훑고 있었다.

"아까는."

"아까는."

거의 동시다발적으로 같은 단어가 나오자 휘지와 미르가 움찔하며 서로의 얼굴을 바라보았다. 대략 세 시진 만에 서로의 얼굴을 쳐다보는 것이었다. 서로 얼굴을 붉혔던 일은 아예 없었던 것처럼 반가운 눈치들이었다. 그들은 한참을 그렇게 말없이 마주 보고 있었다. 이윽고 말문을 먼저 뗀 것은 휘지였다.

"떠난다는 말로 나를 겁주려 하지 마십시오."

평소보다도 더 낮게 깔린 목소리로 휘지가 말을 잇자 미르는 그 음성이 그윽하여 말문이 막혔다.

"그러니까, 떠나지 말란 소리가 아니라, 그러니까 당연히 별이 다 고쳐지면 고향으로 돌아는 가셔야지요. 지금 제가 하고 싶은 말은 그러니까 함부로 그렇게 떠들지 말란 말입니다. 누가 듣기라도 하면 어쩝니까. 다들 오누이지간인 줄 아는데, 떠나느니 어쩌느니 그런 말 하면 오히려 더 의심만 삽니다. 떠나는 당일이 아니고선 그리 쉽게 뱉지 마십시오."

미르가 자신을 빤히 쳐다보자 당황한 휘지가 호들갑스럽게 뒷말을 덧붙였다. 덕분에 미르도 정신이 들어 그럼 그렇지 하는 표정으로 바뀌었다.

"예, 제가 멍청하여 하나에서 열까지 도령 걱정만 시

킵니다. 아까는 제가 잘못했습니다. 뻔히 산속 위험한
것 알면서도 날뛰었습니다."

"아까 한 말은 나 자신에게 화가 나서 한 말이니 가슴
에 품지 마십시오. 제가 모자라 소저까지 요물 취급을
당하셨습니다. 제가 번듯한 신분이었다면 어떻게든 도
와드렸을 터인데. 아무튼 다시는 소저께서 다치는 일은
일어나지 않을 것입니다. 그것이 소저의 몸이 되었든,
마음이 되었든, 저는 소저가 떠나시는 그날까지 소저를
보호할 것입니다."

"부담 갖지 마세요. 도령이 생각하는 만큼 약하지 않
습니다. 마음도, 몸도 강단 하나로 버티고 있는걸요! 허
나 도령 말씀대로 위험한 일을 사서 하진 않을 것입니
다. 걱정시키지 않을 테니 염려 마세요. 이젠 도령 말도
더 잘 듣고, 당분간은 산에 가는 것도 줄이고 집에서 공
부를 할 것입니다. 취성께서도 적극 도와주시기로 약조
하셨습니다."

"그랬군요. 취성께서는 댁으로 돌아가셨지요?"

"좀 전까지 도령 오는 것 보고 가겠다 하는 것을 겨우
겨우 보냈습니다. 무슨 할 말이 그리도 많은지 쉬지 않고
떠드시는 것을 겨우 쫓았어요. 스승께 무례히 구는 것은
이곳 법도에 어긋난다고 했지만 어쩔 수 없었습니다."

"아닙니다. 여인 홀로 있는데 사내가 계속 머무르려 하면 응당 한소리 해도 무례는 아니지요. 물론 스승께 함부로 구는 것은 옳은 일은 아닙니다만 이 경우엔 아주 나쁜 일이었다 할 수도 없지요. 그리고 이것 받으십시오. 밥낭께서 제일 좋아하시는 것입니다."

미르가 휘지의 눈치를 살피자 그가 천연덕스럽게 대답하곤 그녀의 손에 당과를 쥐어주었다. 새빨간 당과에 미르의 눈이 초롱초롱 빛났다. 그녀는 그중 하나를 집어 이빨로 깨물어 반을 나누었다.

"사과의 의미로 이거 반쪽 나누어드리겠습니다."

굳이 여러 개 있는 것 중에 하나를 쪼개 나누어주는 미르의 행동에 휘지의 눈이 동그래졌다. 여인의 입에 닿은 음식을 어찌 받아먹을 수 있겠는가. 어느새 그의 귓불이 빨간 당과보다도 더 붉게 물들었다. 휘지는 미르가 건네주는 당과 조각을 버리지도, 입에 넣지도 못한 채 손에 받아 들고 방 안으로 들어가버렸다.

"더러운 것 아니니 버리진 마십시오!"

그의 발간 귓불을 보고 미르도 농담조로 닫힌 방문을 향해 외쳤다. 그를 떠나는 것은 아직은 한참 나중의 일일 것이라고 뇌까리면서 말이다.

4.

어스름이 깔린 고을 외곽의 환락가 근처, 힘 좀 쓰게 생긴 사내에서부터 비리비리 얍샹이 수염이 솟아난 상투쟁이와 주정뱅이까지 죽 줄지어 서 있었다. 하나같이 몸이 달아 무언가를 오매불망 기다리는지 손에는 번호표를 쥐고 발만 동동 구르고 있었다. 그 끝없이 긴 줄의 끝을 따라가다 보면 두 명의 건장한 사내가 입구의 양쪽에 버티어 서서 사람들의 출입을 통제했다. 벌써 두 시진이나 바깥에서 줄을 서고 있으려니 좀이 쑤신 사내들 사이에서 새치기가 일어나 일대의 분위기가 험상궂어지기도 했다. 그런가 하면 얇은 두 겹 치마를 팔랑팔랑 흔드는 탑앙모리揷仰謀利*들과 야한 농을 주고받으며 옷고름을 푸네 마네 입씨름을 벌이는 투미한 사내들도 있었다. 그리고 그 가운데 세 번은 기워 입어 후줄근해진 넝마를 뒤집어쓰고 있는 사내 둘이 주위의 동태를 살폈다. 꼴이 거무추레하고 누추하나 그 옷을 걸친 사내들은 궁도련님 저리 가라 할 만치로 영상英爽했다.**

* 탑앙모리: 기생은 크게 일패, 이패, 삼패 기생으로 나눌 수 있는데, 그중에서도 삼패 기생 혹은 유녀, 창기, 탑앙모리는 매춘을 업으로 삼는 기생을 말한다.
** 영상하다: 얼굴이 시원스럽게 잘생기다.

드디어 건물 안에서 사내 하나가 횃불을 들고 나오더니 입장을 알렸다. 웅성웅성 사람들이 무질서하게 좁은 문을 비집고 들어갔다. 여기저기 발 디딜 틈이 나지 않아 "아얏" 하는 소리가 빈번하게 들려왔고, 신경질적인 목소리들이 건물 안을 울렸다. 겨우겨우 들어간 건물은 2층 구조의 목재 건물이었고, 1층 중앙의 원형 경기장 주위에만 횃불이 밝혀져 있었다. 어두컴컴한 건물 안에 땀내 나는 사내들이 다닥다닥 붙어 숨을 죽이고 중앙 경기장을 바라보았다. 어디선가 나타난 바람잡이들이 유용한 정보를 풀어놓는다며 노름꾼들의 귀를 솔깃하게 했다.

"형님, 제 이야기 좀 들어보십시오. 대체 외간 사내가 밤이 늦은 시간에도 아무렇지 않게 드나든다는 것이 말이나 되는 일입니까? 하물며 그런 작태를 아무 부끄러움 없이 당연시하는 누이는 제정신이 박힌 여인이라고 생각하십니까?"

"좀 조용히 하시게. 이제 곧 경기가 시작될 걸세. 그 이야기는 경기가 다 끝난 후에 해도 되지 않겠나?"

경기 시작 전의 폭풍 전야 속에서 휘지의 귓속말이 선명하게 들려왔다. 수하는 명색이 잠복을 온 것인데 휘지의 종알거리는 푸념이 경기장을 울리자 잔뜩 긴장하여 그를 나무랐다. 수하의 단호한 한마디에 기가 죽은 휘지도 입을 다물고 불이 밝혀진 원형 경기장을 내려다보았다. 허나 휘지의 눈은 경기장을 향해 있어도 여전히 마음은 그의 조그만 초가집에 가 있었다. 벌써 달포가 지났는데, 그동안 도명은 뻔질나게 휘지의 집에 찾아와서 미르를 만나고 있었다. 낮에는 그렇다고 쳐도 그 뺀질뺀질한 사내는 다 늦은 저녁에도 들이닥쳐 한바탕 시끄럽게 떠들다가 사라지곤 하였다. 다 큰 처자의 집인 데다 그 사촌 오라비마저 방에 있는데……. 개념이라곤 없는 천둥벌거숭이 같은 사내였다. 한창 사념에 젖어 있는데 주위가 소란스러워지더니 우레와 같은 함성과 고함들이 터져 나왔다. 사회자의 간단한 소개를 끝으로 경기장 양단에서 재갈을 물린 사나운 개들이 쇠사슬에 묶여 중앙으로 나오고 있었다. 사슬의 끝은 주인의 손에 쥐여 있었지만 얼마나 힘이 좋은지 개에게 끌려가는 형세였다. 송아지만 한 덩치의 개들은 시퍼런 안광을 내뿜으며 재갈 사이로 이빨을 드러내 으르렁대기 바빴다. 수하는 날렵한 눈매로 개들의 모습을 비교해보았다. 휘지 역시 정신을 바로잡고 골짜기에서 발견한 개의 족적과 털색을 떠올려보았다. 재갈과 쇠사슬이 풀리자 맹렬한 기세로 개들이 치고받았다. 장내는 열광의 도가니요, 혼돈의 열락이었다. 한 놈이 다른 놈의 목덜미를 물더니 놓질 않고 포악하게 물어뜯었다. 개의 앓는 소리와 함께 피가 튀어 털빛이 붉어졌다. 휘지는 인상을 찌푸리며 그런 미개하고 냄새나는 싸움을 보고 있는 자들이 이해가 되지 않았다. 한 경기가 끝나고 두 번의 투견이 지나고서야 투견장은 하루의 영업을 마쳤다. 큰돈을 딴 털보는 신이 나서 가뿐히 자리를 털고 일어났고, 허망하게 돈을 잃은 자들은 갈 길마저 잃어 멍하게 그 자리에 붙박여 있었다. 다른 쪽에서는 분에 겨워 주먹다짐을 하는 사내 무리도 눈에 들어왔다. 수하와 휘지는 그런 사람들 틈을 지나 투견들을 모아놓은 경기장의 뒤편으로 향하였다. 아직도 싸움의 열기가 가시지 않은 투견들은 붉게 충혈된 눈을 부라리며 우윳빛 침을 질질 흘리고 있었다. 수하와 휘지는 괜히 거들먹거리며 작위적으로 말을 시작하였다.

"아이고, 오늘 일진은 완전 허탕을 쳤네 그려. 마누라 저고리 밑에 꼬깃꼬깃 숨겨놓은 쌈짓돈 꼬불쳐서 나온 것인데. 아주 독이 바짝 올라서 나를 죽이려 들 걸세."

"누가 할 말을? 나도 오늘 헛다리를 짚는 바람에 한 달 동안 모아둔 돈을 탕진하여버렸으이!"

'관계자 외 출입 금지'인 투견 대기 장소에 상거지꼴

의 사내 둘이 신세 한탄을 늘어놓자 개 주인들은 조롱해
주고 싶어서 슬금슬금 그들 곁으로 다가왔다.

"왜 돈을 왕창 잃었나 보지? 그러게 우리 덕풍이한테
걸었으면 한몫 챙겼을 것 아닌가? 투견이든 투전이든,
일확천금 돈을 불리고 싶으면 눈높이를 높이시게. 눈 병
신은 암만 노름판을 돌아다녀도 한 푼도 못 건지지, 암."

"아…… 그 말이 다 맞구먼요. 우리는 눈 병신이 되어
놔서 가진 돈을 다 잃었소이다."

수하의 징징 우는소리에 개 주인들은 흥미가 일었는
지 한마디씩 넙죽넙죽 던져주었다.

"아, 그래. 둘 다 보아하니 나이도 어린 것이, 스물은 먹
었나? 우리야 투견판에 오는 사내들이 반갑지만 이리 어
린 친구들이 돈을 잃고 찡찡거리는 것을 보니 마음이 안
좋구먼. 다음에 또 오려거든 우리 덕풍이한테 거시게나."

"암요, 암요. 그렇고말고요. 덕풍이가 아주 풍채도 좋
고 성미도 포악한 것이 개 장군감이오."

수하와 휘지가 맞장구를 치며 개 주인의 기분을 돋우
었다. 그사이에 휘지는 개의 근처까지 다가가서 몸집을
살펴보았다.

"저기 그런데 말입죠. 우리들은 저 너머 마을에서 소
문을 듣고 예까지 찾아왔거든요. 나리들 혹시 덩치는 범

만 하고 털빛은 검은 개를 아시오? 그 개가 아주 투견판
이란 투견판은 죄다 휩쓸고 다닌다고 하던데. 아, 나는
그래서 저기 저 검은 강아지 새끼가 그 개인 줄 알고 걸
었지. 안 그랬으면 당최 걸지를 않았을 거요. 요기, 요 덕
풍이한테 걸었지."

　뭔가 아는 것이 있는지 개 주인은 좌우를 살피더니 수
하와 휘지를 구석으로 몰고 가선 목소리를 낮춰 말을 꺼
냈다.

　"자네들, 그 개 이야기 어디서 들었는진 몰라도 그거
떠벌리고 다녔다간 큰일이 날수도 있네. 그 범 같은 검
둥이 녀석 투견판 안 나온 지는 꽤 되었는데 젊은 친구
들이 어디서 숭한 걸 듣고 여기까지 찾아왔나? 검둥이
기대하고 온 거라면 더 퍼트리지 말고 조용히 집으로 돌
아가게나."

　주인의 말하는 자세가 잔뜩 겁을 집어 먹은 것이 잘만
구슬리면 원하는 정보를 얻어낼 수 있을 것 같았다. 수
하는 그의 겁을 상쇄시키고 긴장도 풀어줄 요량으로 수
선을 떨었다.

　"그래요? 우리 마을에선 노름 좀 한다 하는 사람들은
다 아는 얘기인데. 우리도 그래서 예까지 온 거요."

　"큰일 날 소리들을 아무렇지도 않게 하는구먼! 그쪽

마을 사람들은 모가지가 두세 개는 되나? 거 돌아가서 마을 사람들 입단속이나 하시게. 그 개가 보통 개가 아니오. 그날 검둥이 상대했던 양가네 쇠돌이는 그 자리에서 숨통이 끊어져서 황천길 갔소. 그게 개 모양을 하고 있어도 호랑이 뺨을 칠 게요.”

“아니, 그 개 대단한 건 주인장이 그리 말하지 않아도 안다니까 그러네. 것보다 이 이야기가 왜 위험하오?”

주인장은 안 그래도 꺼려하는 주제로 대화하는 것이 성에 차지 않았는데 수하와 휘지가 자꾸 검둥이 이야기를 꼬치꼬치 캐물으니 슬그머니 의심이 고개를 쳐드는지 갑자기 말을 멈추었다. 그 조심스러운 행동에 더욱 안달이 나서 수하와 휘지는 주인장을 구슬리기 위해 가벼운 분위기를 조성하느라 애를 먹는다.

“아니, 별로 꺼내 봤자 좋을 거 없다니까 왜 계속 검둥이 얘기만 하오? 자네들 이제 보니 상당히 수상하구먼.”

“수상하다니요. 아니 돈을 한번 잃어보시오. 이런 소리가 안 나오나. 검둥이에게 돈을 걸어 한탕 벌려고 벼르고 나왔더니 검둥이는 온 데 간 데 보이지도 않고 돈만 잃었으니 쓴소리가 안 나오게 생겼소, 그놈의 검둥이 소식이 궁금하지 않게 생겼소이까?”

수하가 소란을 떨며 억울해 죽겠다는 시늉을 했다. 주

인장은 그러고도 의심이 가시지 않았는지 눈치를 보았다. 휘지가 절묘한 순간에 맞추어 땅바닥에 털썩 주저앉아 넋 빠진 흉내를 냈다.

"아이고, 아이고. 내 돈, 내 돈이 다 어디 갔나. 한번 써 보지도 못하고. 내 손에 쥐어보는 데까진 산전수전 공중전까지 다 겪어 힘들게, 힘들게 들어오더니 나가는 건 한순간이구먼, 한순간이야. 이번 달은 산 입에 거미줄을 쳐야 하나."

"아니, 이 친구가. 왜 바닥에 주저앉아서 신세타령인가. 일어나시게."

"말리지 마십시오. 이 친구 아직 얼굴이 앳돼 보이긴 하나 벌써 줄줄이 딸린 식솔이 여덟이오. 한 마지기 땅덩어리도 없어서 겨우겨우 소작을 하여 입에 풀칠을 하는데, 요번 달 생활비를 여기에다 다 꼬라박았으니 울음이 안 나오고 배기겠소? 거기다 대고 주인장이 의심스럽네 어쩌네 하니 이 친구 억장이 열 번은 더 무너졌을 것이오!"

주인장은 둘의 연기에 감쪽같이 속아 넘어가 의심을 거두고 동정의 눈빛을 보내왔다.

"그랬나? 내 속사정이야 어찌 아나. 어찌되었든 검둥이 이야기는 하지 않는 것이 좋네."

"이리 돈을 다 잃었는데 어떻게 빈손으로 돌아간답니까? 내일은 나오지 않겠소? 내일이라도 검둥이 나온다면 오늘 하루 여기 유곽에서 머물다가 밤에 다시 찾아오려고 이러는 것입니다요."

이번에야말로 주인은 상하좌우, 건물 내외 할 것 없이 구석구석 살펴보며 사람이 없는 것을 확인하더니 힘겹게 입을 열었다.

"내 자네들이 사정이 하도 딱한 데다가 생김새도 앳되고 서글서글한 것이 남 같지가 않아 이야기해주는 것이지만 그 검둥이는 보통 투견이 아니네. 듣자 하니 검둥이 녀석 주인 되는 분이 윗분이라는 소문이 있네. 그러니까 윗분……이 누굴 말하는지는 자네들도 잘 알고 있겠지? 그분이 그 개를 몰래 사육하고 있다는 소리를 들었지. 알다시피 그분은 피도 눈물도 없는 분이 아닌가. 그분 밑에 있다가 소리 소문 없이 사라진 사람이 한두 명이 아니지 않은가. 그게 다 그 검둥이 짓이라는 게야. 처음부터 투견용 개가 아니라…… 어험, 아무튼 여기까지 얘기했으면 다 이야기한 거네. 다신 거론하지 말게나. 나도 이제 집에 들어가봐야 하니 검둥이 기대하고 있는 것이라면 그만 돌아들 가시게."

주인장의 시선이 천막 뒤의 누군가와 마주치는가 싶

더니 사색이 되어 말을 끊었다. 그는 겁에 질린 표정으로 둘을 남기고 도망치듯 건물을 빠져나갔다. 수하와 휘지가 급히 천막 뒤로 가보았으나 그림자는 이미 사라져 흔적도 남아 있지 않았다. 주인장도 어느새 시야에서 사라져 꼭꼭 숨어버렸고, 환락가의 화등만이 화려하게 번뜩이고 있었다. 아예 성과가 없었다고 말할 순 없지만 결정적으로 그가 과연 누구를 말하는 것인지 휘지와 수하는 아리송했다.

둘은 허름한 차림새로 터덜터덜 마을 어귀로 돌아왔다. 뭔가 마음속에 석연치 않은 것들이 가득 남아 있어 두 사람은 그냥 헤어지기가 아쉬웠다. 휘지와 수하는 관아로 가던 말머리를 돌려 부용각으로 향했다. 평상시 같았으면 버선발로 달려 나왔을 기생년들이 둘의 냄새나는 옷차림에 까르르 웃기만 하고 엉덩이를 살랑대며 달아났다. 게다가 부용각 문지기에게 문전박대를 당하다니! 수하는 어이가 없어서 웃음이 다 나왔다. 단골 얼굴도 못 알아보는 저런 아둔한 자가 문을 지키다니. 휘지와 수하는 잠시 복잡한 생각을 털어내고 술잔을 기울였다. 추레한 옷차림에도 훤칠한 두 사내를 보겠다고 어린 동기들이 우르르 문밖에 몰려들었다. 수하가 설향에게 자리를 물리도록 명할 때까지 그들은 시끄러운 부용각

흥취를 물씬 느낄 수 있었다. 사람들이 물 빠지듯 사라지자 수하는 다시 엄중한 표정으로 바뀌어 입을 뗐다.

"자네 생각에 덕풍이 주인장이 말하던 그 윗사람이 누구일 것 같나?"

"글쎄요. 귀형께서도 모르시는 것을 제가 어찌 알겠습니까. 어쨌든 중요한 것은 그 검둥이란 개가 실제로 존재하고 있다는 사실이고, 물밑 세계에선 이미 공공연하게 숙청의 도구로 쓰이고 있다는 사실입니다. 물론 소문이라는 것의 특성상 삼 할은 허풍이겠지만 나머지 칠 할의 가능성을 무시할 수는 없지요."

"내 생각도 그러하네. 기실 이 고을의 윗사람이라 할 수 있는 유지들이야 많지도 않지 않나? 개중에서 증좌를 찾아서 잡아들여야지. 것보다 중요한 것은 대체 무슨 꿍꿍이로 이러느냐는 거지."

"형님 말씀이 맞습니다. 하지만 굳이 이 고을의 윗분이라고 한정할 필요는 없지요. 우리 고을뿐만이 아니라 가까운 근처 고을 유지들도 의심해봐야 할 것입니다. 우선은 증거를 찾는 것이 최우선일 테고요. 증좌도 없이 사람을 의심하는 것은 대장부가 할 행동이 아니니 말입니다. 그보다 범만 한 검둥이를 사육하려면 여간 손이 가는 것이 아닐 텐데 대체 어디에다 숨겨두고 있을까요? 아무리 산세가 깊고 험하여 숨을 곳이 많다 하나 소리도 나지 않으니 신기할 따름입니다. 저번에 산속에서 발견된 약초꾼의 시신 근처에도 개가 식생하고 있다는 흔적은 나오지 않았고요."

"그래, 그것도 의문이구먼. 일단 그런 개를 사육하고 있다면 돈이 꽤 많이 들 걸세. 시전은 물론이고 난전, 고을을 방문하는 보부상들에게도 알아보아 대량 구매의 흔적이 있는 곳을 찾아보세."

"예, 귀형의 말씀대로 하지요. 저도 최선을 다해 돕겠습니다."

대화가 마무리되자 휘지는 집에 갈 차비를 하였다. 심각한 수사 이야기에 홀려 있다가 잊고 있던 불안한 심통이 활활 타오른 것이렷다.

"교학, 자네 왜 벌써 일어나는가. 오늘 고생했는데 더 놀다 가시게나. 집에 엿을 숨겨놓은 것도 아니고, 자네 누이는 스승과 공부를 하고 있겠지."

수하는 슬슬 장난기가 발동하였는지 엉큼한 표정으로 약을 올렸다.

"집에 엿을 숨겨놓지는 않았지만 이 시간까지 사내가 여인과 함께 있다는 게 말이 됩니까? 아무리 집에 돌아가고 싶어도 그렇지, 무슨 공부를 여태껏 한단 말입니까?"

"교학 진정하고 이리 와 앉으시게나. 여인네가 사내와 이 시간까지 함께 있는 것은 안 될 일이나 스승이 제자와 함께 학문을 논하는 것이라면 괜찮지 않은가?"

"그래도 남녀가 유별하거늘 어찌 이 시각까지 있단 말입니까? 과한 일입니다. 그리고 취성이라는 분은 얼마나 웃고 떠드는지 그분이 집에 있으면 시끄러워 서책을 읽을 수도 없단 말입니다. 게다가 누이는 어찌 그리 웃음이 헤픈지, 원 기생 저리 가라 할 정도더군요."

"허허, 누이를 기생에 견주다니 그게 될 말인가. 자네이렇게 흥분하는 모습이 얼마나 우스운지 아시는가? 난여태껏 자네가 이리 흥분한 것은 본 적이 없네. 마치 연모하는 여인네가 외간 남자와 어울리는 것을 시샘하는 좀팽이 같구먼."

은근히 던져본 말이었는데 휘지의 얼굴이 경직되었다. 수하의 눈빛이 예의 수사관의 눈매처럼 예리하게 변했다. 술도 몇 잔 하지 않았는데 휘지의 얼굴은 당혹감과 혼란으로 범벅이 되어 새빨갛게 불타올랐다. 그는 덜덜 떨리는 손으로 단번에 술을 넘겼다. 취하지 않고는 혼절할 것만 같았다. 수하는 아무 말 없이 술잔을 채워주었다. 초점이 흔들린 눈으로 휘지가 수하에게 입을 열었다.

"그럴…… 리가요. 그런 것이 아닙니다. 저는 단지 부모와 떨어져 홀로 타지에 와 있는 누이가 외간 남자와 사특한 소문에 휘말릴까 저어되어 그런 것뿐입니다. 그것, 뿐입니다. 그저 누이를 보고 있으면 안됐고 마음이 아파……."

휘지는 말 뒤끝의 '아프다'는 말을 입속으로 되뇌어보았다. 아프다니, 뭐가 그리고 누가 아프단 말인가. 정녕 미르가 아픈 것인가, 아니면 미르를 바라볼 때의 제 자신이 아픈 것인가. 휘지는 가슴이 저릿하여 인상을 찌푸렸다.

"그런가? …… 그럴 수도 있겠지. 오라비라면 누이를 걱정하는 것이 당연한 것 아니겠는가? 내가 말이 지나쳤네. 신경 쓰지 마시게."

생각보다 격한 반응에 수하는 지레 놀라 상황을 수습하여 말을 끊었다. 그러나 휘지의 마음에 일어난 혼란의 바람은 거센 폭풍이 되어 사정없이 모든 것을 휩쓸었다. 그는 술을 몇 잔이고 연거푸 들이켰다.

"형님, 형님께선 말이지요. 여…… 여인의 마음을 잘 아시지요?"

뜬금없는 질문이었다. 휘지의 입에서 나오기엔 전례 없는 일이었다.

"여인이라, 무엇이 궁금하여 그러시는가?"

"제······ 이야기가 아니라고 하신다면 믿어주시겠습니까?"

"허허, 난 자네가 하는 말은 팥으로 메주를 쑨 대도 믿는 한명이 아닌가? 그래, 누구의 이야기인가?"

수하는 잠자코 휘지가 하는 이야기를 들어볼 생각이었다. 벗의 마음을 괴롭게 하는 연정의 실체를, 그리고 내심 미르를 처음 본 순간부터 느낀 이질감을 파헤쳐볼 기회였다.

"제 벗 중 하나의 이야기입니다. 그 친구 여인보다는 서책 읽는 것이 더 중한 친구였지요. 단 한 번도 그리 오랜 시간을 들여 여인을 떠올리는 것은 해본 적도 없는 그런 사내였습니다. 헌데 얼마 전에 한 여인을 만나게 되면서부터 그 사내의 살아온 삶이 뿌리째 흔들렸습니다. 마땅히 할 일이 없을 때면, 아니 서책을 읽고 있는 동안에도 그 여인을 떠올리느라 어느 곳에도 집중을 할 수 없었던 것이지요. 게다가 그 여인이 눈에 띄지 않는 날에는 심장이 옥죄는 듯한 불안감에 휩싸여서는 마루를 왔다 갔다 서성거리기 일쑤였습니다. 제 하는 꼴이 스스로도 어이가 없어서 찬물로 세수도 해보았지만 그건 임시변통이었을 뿐이고 혼잡한 마음은 쉬이 가라앉질 않더라 하더군요. 그 여인네 몸짓, 눈짓 하나에도 지르르

한 것이 난생처음 느껴보는 아릿함에 정신을 차릴 수가 없었다지요. 처음엔 단지 여인이 처한 상황이 안쓰럽고 측은하여 마음이 쓰이는 것이라 생각하였는데 날이 갈수록 심란함이 더해져 이제는 자신이 자신 같지가 않다고……. 그 친구 걱정이 이만저만이 아니었습니다."

휘지는 말을 끝내면서도 전부 전하지 못한 말이 남았는지 입을 움찔거렸으나 말 대신 땅이 꺼져라 한숨을 내쉬었다. 수하 역시 어떻게 이야기를 해주어야 할지 조심스러워 쉽게 말을 꺼내지 못했다.

"그만두지요. 취기가 오르니 감상적이 되어버려 푸념조가 나왔습니다. 벗이 걱정되어 한 말이니 신경 쓰지 말고 잊어버리시지요."

이야기를 꺼내기 전까진 명확한 실체를 파악할 수 없이 안개에 싸인 마음에 불과했다. 하지만 입 밖으로 새어 나온 이야기는 걷잡을 수 없이 선명해져서 어떻게 주워 담을 수도 없게 되어버렸다. 집으로 달려가고 싶던 마음은 이미 사라져버린 지 오래였고, 뒤숭숭해진 마음에 그는 갈 길마저 잃고 말았다. 휘지는 지금 부용각을 나서 거리를 활보한다 하여도 집으로는 돌아갈 수 없을 것이었다. 미르를 바로 쳐다볼 용기도 없었고, 제 마음을 들여다볼 자신도 없었다. 그는 잘 마시지도 않던 술잔만 계속 기울였다. 수하는 잔에 술을 붓는 휘지의 손목을 잡고 그의 옷깃에 튄 술 방울을 털어냈다.

"게서 부동! 그만하시게. 주량이나 강하면 몰라도 그대같이 약한 사람이 어찌 계속 술을 끼얹는가. 교학 자네, 사랑에…… 빠진 게로군."

휘지의 어깨가 흠칫 놀라 사시나무 떨 듯 떨렸다. 남의 입에서 튀어나온 단어는 강한 힘이 되어 휘지의 귀를 침범해 들어왔다. 그의 고막을 희롱하고 방 안을 가득 메운 단어는 사슬이 되어 휘지의 몸을 속박했다. 붉어진 눈시울이 그의 마음을 대변해주었다. 아끼는 벗의 허물어진 모습에 수하의 코끝도 붉게 물들었다.

"자네……의 그 마음 사내라면 응당 가질 수 있는 흔한 연정일 뿐이네. 그것이 죄가 되는 것은 아니니 그리 불안해하거나 아파하지는 말게."

"하오나……."

"허나! 지금부터 내가 하는 말을 새겨듣도록 하시게."

수하는 단호한 어투로 휘지의 말을 끊어버렸다.

"내 자네를 믿는 마음으로 의심이 들었음에도 불구하고 미르라는 소저를 두둔하여주었네. 허나 교학 자네 그 소저가 어떤 사람인지는 아는가? 그 소저가 자네의 누이는 맞는가? 자네의 연정은 나쁜 것이 아닐 수 있으나 자네가 내게 거짓을 말하면서도 지키고자 하는 그 여인, 과연 그대가 지킬 만한 여인이 맞는가?"

휘지는 수하의 호통에 잠시 당황하였으나 이내 강직하게 말을 이었다.

"그 여인, 형님께 내력을 밝힐 순 없지만 제가 지킬 만한 의미가 있는 여인이고, 제가 지키고자 하는 여인입니다."

그 말 한마디가 무척이나 항직하여 수하는 그에게서 시선을 뗄 수가 없었다.

"그러한가. 자네의 마음 그 정도로 확실한가. 그렇다면 자네를 향한 미르 소저의 마음도 자네와 같다고 말할 수 있는가?"

휘지의 몸이 휘청하고 주춤거렸다. 그의 눈이 불안정하게 움직였다.

"그것은…… 알 수가 없지요. 제 마음도 확실히 알 수가 없습니다. 형님, 제가 답답한 것은 저 역시 아직 제 마음을 알 수가 없기 때문입니다. 누이를 향한 이 마음이 착각이기를 수도 없이 바랐습니다. 누군가를 한 번도 연모한 적이 없어 아둔한 제가 오해를 하고 있는 것이라고 믿고 싶었습니다."

"자네는 이미 알고 있으면서도 왜 부인하려 하는가? 그것은 자네도 자네의 연심이 먹어선 안 될 마음이라는 것을 알고 있기 때문이 아닌가?"

수하는 단호한 자세를 굽히지 않고 휘지를 몰아세웠다.

"나는 언제나 자네가 진심으로 누군가를 사랑하게 되기를 바랐네. 그것이…… 내 누이가 아니더라도 자네가 환하게 웃음 지으며 누군가를 마음에 담게 된다면 참으로 좋을 것 같다고 진정으로 바라왔단 말이네. 하지만 자네가 미르 소저에게 점점 빠져드는 것을 옆에서 지켜보면서 한없이 마음 졸여왔네. 나는 아직도 그 여인이 어떤 여인인지를 알 수가 없네. 그런 생김새며 아무것도 모르는 그 아가씨가 대체 어디에서 흘러들었는지를 나는 알 수가 없어. 그 여인이 선한 이인지 악한 이인지 그것도 확신할 수가 없어."

"형님……."

"그녀, 집으로 돌아가기 위하여 훈도와 공부를 한다 하였지? 그 말은 미르 소저가 언젠가는 떠나야 하는 사람이라는 것이 아닌가? 제멋대로 자네에게 나타나서 마음을 홀리고 때가 되면 떠나야 하는 것이 그 여인이 아니냔 말일세. 나는 그것이 화가 나네. 자네가 그 여인의 무엇을 지켜주려 하는 것인지 모르겠네. 허나 그 여인이 자네에게 어울리지 않고, 자네가 마음 주기에 위험한 여인이라는 것은 알겠네."

휘지는 아무 말도 할 수 없었다. 수하가 왜 그리 성을 내는지 모르는 것이 아니었기 때문이다. 그렇다. 미르는 떠나야 하는 사람이다. 날개옷을 입고 떠나버리는 선녀처럼 미르 역시 떠나야 하는 사람이다. 보내고 싶지 않다. 보낼 수가 없다.

"떠나보내야 하나, 보낼 수가…… 없습니다. 이미 이 마음에 온전히 들어와버린 이를 쫓아낼 수 없습니다."

"이보게 교학, 그리하지 말게. 아서게. 관두시게. 그 마음 첫 연정인 탓에 더욱 심각하게 느껴지는 것일지도 모르네. 연정이라는 것, 그 순간만큼은 절실하나 지나버리면 아무것도 아닌 티끌에 불과하네. 그저 추억으로만 남는 것일세. 이루어질 수 없는 연정이라면 처음부터 바라는 것이 아니네. 시작을 마시게. 자네만 너무 힘들고 아플 것이야. 나는 자네가 아픈 것은 보고 싶지 않네."

"그것은 제 마음을 뒤로하고 비겁하게 도망가는 것이 아니겠습니까? 도망가면 어디로 도망갈 것이고 도망간다고 도망쳐지기나 하는 것이 사람의 마음입니까?"

"자네, 그 여인을 붙잡을 수 있겠는가? 떠난다 하면 잡을 수 있느냔 말일세. 교학 자네가 어련히도 그럴 사람이겠네. 자네는 뒤에서 혼자 아프고 말지 붙잡을 사내가 아니란 말일세."

"형님 말씀이…… 다 맞습니다."

휘지가 입을 다물었다. 그는 울음을 참고 있었다. 그 모습에 수하야말로 눈물이 나는 것을 참을 수가 없었다. 저 고고한 학이 여인 하나 때문에 난생처음 눈물을 보이고 있지 않은가. 수하는 억장이 무너지는 것 같아 미르를 원망하였다. 조용한 침묵이 기방 안을 가득 채웠고, 휘지의 옷깃이 바르르 떨렸다. 그는 쓴 미소를 머금었다. 멈추자. 더 깊어지기 전에 마음이 가는 것을 멈추자. 떠나려는 미르를 붙잡지 못하여 하늘만 올려다볼 것이 불 보듯 뻔하였다. 하물며 귀양쟁이 죄인의 몸으로는 여인네 하나도 주체하지 못한다. 그의 곁에 미르를 붙잡아 놓는다 해도 그녀가 행복할 수가 있겠는가. 그 천방지축 밥주머니 아가씨의 미소를 지켜낼 수 있겠는가. 휘지는 가볍게 도리질을 쳤다. 멈추자. 더 이상 그녀에게 다가가고자 하는 마음 보내주지 말고 접어 넣어두자. 자신은 그 어디로도 떠날 수 있는 사람이 아니었다. 발이 묶인 채 날아가는 새를 붙잡으려 해서야 되겠는가. 그날 밤, 수하와 휘지는 밤새 한마디도 더 나누지 못하고 고요함 속에서 날을 새고 말았다.

5.

"얼마 전부터 오라버니도 그렇고 수연 소저도 그렇고 다들 이상한 것 같습니다."

"뭐가 말입니까? 사람 마음이야 하루에도 변덕이 죽을 끓는 것이거늘 조금 달라졌다 하여 이상할 것이야 없지요. 낭자께서는 서책에나 집중하시지요."

"스승, 그래도 집중이 되지 않는 것을 어찌해야 한단 말입니까? 오라버니는 깐깐하긴 하여도 다정한 사람이었는데 요새 나를 바라보는 눈이 차갑단 말입니다. 저번에 관아에서 있었던 일로 아직 꽁해 있는 것이 분명합니다. 풀렸다 여겼는데……. 그저께 나갔다가 무슨 일이 있었던 것인지 말을 걸어보아도 건성으로 대답하고 필요 이상의 말은 덧붙이지도 않아요. 자꾸 피하고 눈도 마주치려 않고요. 왜 그러는지 정확히 알 수가 없으니 내가 복장이 터져 글자가 눈에 들어오겠습니까?"

도명은 미르가 쉴 새 없이 떠들자 서책을 덮고 그녀를 바라보았다. 사실 도명이 보기에도 요 며칠 동안 휘지의 태도는 몰라보게 달라져 있었다. 곧잘 웃는 사내였는데, 자신과 미르는 안중에도 없다는 듯이 제 할 일만 하곤 매섭게 지나쳐버리기 일쑤였다. 하지만 지금 미르가 이렇게 불안해하는 것은 도명으로서 이해가 가지 않았다. 얹혀사는 처지이니 과민 반응하는 것이 당연할 수도 있겠지만 예전부터 휘지에 대한 미르의 태도는 과한 측면이 있었다. 도명은 괜히 뿔이 나서 미르의 입을 손으로 막았다.

"여인네가 이리 촉새 같은 입을 가지셔서 되겠소? 나는 이리 경망스러운 제자를 두고 싶지가 않소이다!"

도명의 장난에 미르의 눈이 금세 생글생글 웃는 모양이 돼버렸다. 하, 이 아가씨는 정말이지 눈웃음을 어찌 이리 잘 치는 것일까. 도명은 해쭉해져선 미르의 입을 막고 있던 커다란 손을 치우지 않았다.

"그만 치우시지요. 스승님은 손버릇이 나빠서 탈입니다."

"허허, 그런가. 우리 제자는 참 이쁘게도 말한단 말이지."

"아무렴요. 스승, 아무래도 찜찜해서 이대로는 앉아 있지 못하겠습니다. 저와 함께 산에라도 한번 가보는 게 어떻겠습니까?"

"왜요? 또 하지 말란 짓만 골라서 하시게요?"

"하도 답답하니 하는 말이 아닙니까! 내가 뭐라도 찾아내면 오라버니의 화가 좀 풀리지 않을까 해서요."

"화를 풀리게 할 것이 아니라 더욱 돋우는 것이겠지.

낭자는 참 남의 속도 모르오."

"제가 뭘 모른다고 그러십니까?"

"낭자는 사내 마음도 모르고, 오라비 마음도 모르는 여인이지요."

"알다가도 모를 소리는 그만하시고 차라리 서책이나 다시 봅시다. 스승님 말씀대로 자주 바뀌는 사람 마음 헤아리려는 것부터가 헛수고지요. 그 시간에 언문이나 한 번 더 보겠습니다."

"그래, 말 한번 잘하셨네. 이것 보시게. 내가 오늘 낭자에게 보여주려고 이런 것을 가져왔다네."

그는 정리가 되지 않아 연신 부스럭 소리를 내는 자신의 낡은 책보를 뒤져 꾸깃꾸깃한 문서를 꺼냈다.

"내가 이래 봬도 음양과 수석 합격을 한 전도유망한 인재였다 이 말씀이오. 한 번 본 것은 잊지 않고 정확히 필사할 수가 있지요. 이것은 내가 낭자에게 주기 위해 밤새도록 그린 천상분야열차지도라오. 여기 보면 그대가 좋아하는 밤하늘의 별자리를 나타내는 성도가 그려져 있지요."

사실 성도야 도명이 구해다주지 않아도 충분히 미르가 가지고 있는 기계를 통해 홀로그램화 할 수 있었다. 하지만 미르는 도명의 친절이 고마워서 아무 내색도 않고 그가 가지고 온 조선의 천상도를 살펴보았다. 미르가 익히 알아왔던 지구의 성도와 큰 차이는 없었지만 별자리의 명칭들은 생소하였다.

"낭자가 들여다보는 밤하늘의 별자리를 모아 그려놓으면 이리 해괴하고 복잡한 모양새가 된다 이 말이오. 신기하여 눈알이 튀어나올 것 같지 않습니까? 기본적으로 사방신과 그 관할하에 있는 간지들로 이루어진 스물여덟 수총도로 이루어져 있지요. 그러니까 하늘을 크게 네 구역으로 나누어 여기 동쪽 하늘에는 청룡이 관할하는 동방 칠 수가 있고, 북쪽 하늘엔 현무가 관할하는 북방 칠 수, 서쪽 하늘엔 백호가 관할하는 서방 칠 수, 그리고 마지막으로 주작이 관할하는 남방 칠 수로 이루어져 있지요. 자세히 보려면 헷갈리니 낭자 같은 초보는 이정도만 알아도 될 겁니다."

인간이 바라보는 하늘과 별은 말로는 다 담아내지도 못할 우주의 극히 일부분에 불과했다. 하지만 그 안에 자신들의 상상과 재미있는 해석을 덧붙여놓으니 매혹적인 학문의 한 분야가 되어 있었다. 미르는 별자리에 관한 설명이야 집으로 돌아가는 것과 하등 관계가 없는 시간 낭비임에도 불구하고 도명의 이야기에 귀를 기울이느라 정신이 없었다.

"이 스물여덟 가지 별들이 하늘을 차지하고 있는 거대한 혈맥이란 말이지. 그 사이사이 수많은 별들이 있긴 하지만 일단 이 별들이 중심 길잡이가 되어주어 우리는 하늘을 들여다보고 그 뜻을 해석할 수가 있다네. 그리고 일단 이 지도를 이해하기 위해서는 세상을 구성하고 있는 기본적인 구조에 대한 이해가 우선시될 것이야. 1년이 365일로 이루어져 있고, 1주일이 월, 화, 수, 목, 금, 토, 일 일곱 가지 성질을 나타내는 일곱 일日로 이루어져 있다는 것은 낭자께서도 잘 알고 있겠지요? 이러한 가장 기초적인 지식과 주역의 팔괘, 십간, 십이지지, 방금 설명한 스물여덟 개의 별자리들을 조합하여 천문학도들은 하늘의 뜻, 땅의 질서를 예측할 수 있네. 이리 설명해도 낭자는 이해가 잘되지 않을 테지! 사실 수총도만 보고 이것을 이해하는 것은 계란으로 바위를 치려는 무모한 짓이라오. 하늘의 이치를 이해하려면 방금 말한 주역에 대한 이해도 있어야 할 것이고……. 다 배울 자신이 있습니까?"

미르도 방대한 지식의 양에 지레 겁을 먹어 말을 버벅거렸다.

"저기, 스승. 그런데 그 사방신이 뭡니까?"

도명은 질린다는 표정으로 미르를 바라보았다. 이 아가

씨 몰라도 정말 백지장같이 아무것도 모른다. 태어나서 단 한 번도 먹물이 스며들지 않은 새하얀 도화지 같다.

"사방신이 뭔지도 모른단 말이오? 낭자, 대체 집에서 무엇을 배운 것이오. 여인이 글공부를 하지 않는 것은 이해가 되나 이런 기본적인 것은 살면서 한 번쯤은 들어보지 않았소? 그대 오라비는 혼자만 유식하고 누이들은 챙기지 않는 모양이군."

"가르쳐주기 귀찮으면 귀찮다 할 것이지, 괜히 시비 걸 사람이 없어 오라버니를 건듭니까? 제가 모르는 것은 제가 무식하여 그런 것이지 교학 오라버니와는 아무 상관이 없습니다."

"그러시겠지요. 허나 사방신에 대해서도 모른다면 낭자는 일자무식이오."

"예예, 저는 일자무식 호랑말코지요. 그리고 스승께서는 고주망태 가숙 선생이시고요. 그러니 제자를 놀리는 것보다 지식을 전수해주시는 것이 먼저입니다."

"참으로 한마디도 지지 않는 아가씨입니다. 허허. 예, 설명드리지요. 사방신이라는 것은 기본적으로 동서남북 사방을 수호하는 신들을 이르는 말입니다. 중앙은 황제인 황룡이 다스리는 지역이고, 이를 둘러싼 네 개의 방위에도 이를 다스릴 신장들이 필요했습니다. 그리하여

청룡, 주작, 백호, 현무 이 네 신장들이 각각 하나씩 맡아 다스리게 되지요. 앞에서 설명드렸듯이 동청룡, 서백호, 남주작, 북현무, 이렇게 외우시면 될 것입니다. 각각의 지역은 그 지역을 다스리는 사방신들의 성격을 닮아 동쪽은 푸른 청룡의 성격을 닮은, 한 해로 치면 봄에 해당하고, 하루로 치면 아침에 해당하지요. 나머지도 이름을 생각하시면서 비교해보면 백호는 하얀 눈발의 기운이 스며드는 시기이니 한 해로 치면 겨울을 맞이하기 이전인 가을에 해당하고 하루로 치면 밤이 오기전의 저녁이 되겠지요. 주작은 타오르는 붉은 햇살을 떠올려보시오, 어디에 해당하겠소?"

"타오르는 붉은 햇살이면 여름이겠네요. 그리고……하루로 치면 한낮에 해당하고요!"

"역시 이 아가씨 완전 바보는 아니었구먼."

"치, 그럼 현무는 검을 현 자를 쓰니 하루로 치면 어둔 밤에 해당하겠고, 한 해로 치면 겨울이겠네요."

"그래요. 맞습니다. 이름을 보면 답이 나오지요. 이런 사방신을 바탕으로 하늘은 네 구역으로 나누어지고, 각 구역은 일곱 개의 별자리들을 거느리고 있다오. 여기 이 지도를 보시오. 동쪽 하늘에는 동방 칠 수인 각角, 항亢, 저氐, 방房, 심心, 미尾, 기箕 칠 수가 있고, 서쪽에는 서방

칠 수인 규奎, 루婁, 위胃, 묘昴, 필畢, 자觜, 삼參 칠 수가 있는 것을 볼 수 있지요. 북쪽엔 두斗, 우牛, 여女, 허虛, 위危, 실室, 벽壁 칠 수와, 마지막으로 남쪽엔 정井, 귀鬼, 유柳, 성星, 장張, 익翼, 진軫 칠 수가 있소. 보시다시피 이 칠 수 들은 사방신들의 꼬리와 머리 등 신체 부위를 나타내고 있다오. 재미있지 않소? 우리가 하늘 속에 살아 요동치는 신장들을 바라보고 있다는 사실이 말이오. 나는 이것이 재미있어 이 공부를 하게 되었지요. 하여튼 이제 다음 진도로 넘어가서 이 일곱 개의 별자리들은 각각 땅의 열두 간지 신장들 중 선택받은 스물여덟 신장들이 도맡아 관리하게 되지요. 열두 간지 동물들은 별자리뿐만 아니라 시기와 절기를 결정하는 데에도 쓰여서 이를 토대로 농사를 짓는 날짜들도 정해진다오. 아무튼 우리 천문관들은 별을 보고 땅을 읽어 세상의 진리를 읽을 수 있다오. 원래 하늘은 아무나 읽어서도 궁금해해서도 안 되는 것이나, 내 특별히 낭자에게만 짤막하게나마 알려주는 것이오. 사내도 아니고 여인에게 이런 것을 알려주다니. 나는 참으로 멋진 사내가 아니오? 허허."

"치, 아무튼 이 나라, 이 시대는 여인이 배워선 안 될 것들이 왜 이리도 많단 말입니까? 스승께서도 참 대단하십니다. 저는 지금 잠깐 설명만 들어도 머리가 팽팽

도는데 스승께서는 이것을 어찌 공부하셨습니까? 그냥 옛날이야기로 듣기엔 재미가 있겠지만 깊이 있게 공부하려면 내 조두鳥頭가 감당을 할 수가 없겠습니다."

미르가 치켜세워주자 기분이 좋아져서 도명은 마냥 너털웃음 일색이었다.

"별자리 이야기는 그만 해주셔도 됩니다. 제가 따로 서책도 보고 오라버니께도 한번 여쭈어보지요. 그나저나 혹시 명나라에는 말입니다. 광물이 보편화되어 있다는 데 사실입니까?"

"어떤 광물을 말씀하시는 것이오? 명나라에는 비단 길을 타고 들어온 서역의 광물들이 많긴 하더군요. 이런 사기그릇이나 토기그릇 말고도 전체가 투명하여 속이 훤히 비치고 반대편의 물건들까지 비치는 '유리'라는 것으로 만들어진 그릇도 있더이다. 들어보니 이 유리는 석영이란 광물로 만들어졌다고 하더군요. 아무튼 낭자가 알고자 하는 광물이 무엇인진 몰라도 명나라로 가면 대부분 구할 수 있거나 알 수는 있을 것입니다."

"그……렇군요. 저기 그럼 티타늄이라는 광물에 대해선 혹시 들어보셨어요?"

"티, 뭐라고요? 티타늄? 그런 광물은 들어본 적이 없군요. 내가 다시 한 번 알아보도록 하지요. 그런 건 어디서 찾아 들었는지, 참 희한한 것도 궁금해하십니다. 낭자가 그런 광물은 어찌 찾으십니까?"

"그게, 저도 어디서 귀동냥으로 들었는데 하도 신기하여 잊지 않고 있다 생각이 나 물어보는 것이지요. 그냥 조금 필요한 부품이 있어서 그럽니다."

미르는 뒷말을 엷게 흐렸다. 도명은 미르의 뒷말은 듣지 못했는지 멍청하게 웃었다. 달포 동안 도명과 함께한 수업은 유쾌하기 그지없었다. 미르가 잘 모르고 있던 오만 가지 조선에 대한 자잘한 지식들과 휘지에게도 할 수 없었던 푸념들까지. 도명은 끈기 있게 자리에 앉아 그녀의 이야기를 들어주었다. 얼마 전부턴 본격적으로 천체를 보는 법을 알려주겠다고 하더니 오늘은 지도까지 가져왔다. 공부를 도와주는 정성이 이만저만이 아니었다. 미르도 도명에 대한 고마움을 항상 느끼고 있는지라 밤늦은 시각까지 뭉개는 도명을 부러 내쫓거나 하진 않았다.

하지만 요 며칠 차가워진 휘지의 태도를 보니 슬그머니 불편한 마음이 드는 것도 사실이었다. 뭐라 콕 짚어 말할 순 없지만 휘지는 분명 자신에게 화난 것이 분명했고, 도명과 있는 시간이 느는 것과 비례하여 휘지와 보낼 시간이 줄어만 갔다. 미르는 애가 탔다. 날이 갈수록 미르의 마음을 차지하는 귀향에 대한 본능은 휘지를 향

한 마음 앞에서 굴복해가고 있었다. 그래서인지, 도명과
의 수업도 불필요하단 염치없는 생각마저 들었다. 그녀
는 벌써 몇 시진 전부터 휘지가 귀가하는 소리를 듣기
위해 귀를 쫑긋 세우고 있었지만 가끔 봉구가 비질을 하
는 소리밖에 들리질 않았다. 시무룩한 그녀 앞에는 여전
히 도명이 멍청한 표정으로 앉아 있었다.

'더 할 말도 없는데 이분은 왜 돌아가시질 않을까.'

미르는 멍한 눈으로 그를 바라보았다. 향교에서 수업
을 하는 시간을 제외하고는 언제나 미르의 곁으로 달려
와 저녁이 다 늦은 시각까지 떠나지 않는 도명의 마음을
깨닫지 못하는 것은 미르뿐이었다. 흐리멍덩한 미르의
눈을 알아챈 도명은 이 아가씨가 흥미를 잃었구나 싶어
화제가 될 만한 이야깃거리를 떠올리느라 열심히 머리
를 굴렸다.

"오! 낭자, 혹시 남사당패가 온다는 이야길 들었소? 오
늘 장에 왔다 하던데."

"아, 그래요?"

반응이 시큰둥했다. 휘지가 없으니 흥미가 돋지 않았다.

"젊은 낭자가 어찌 반응이 그러하오? 이리 오시오. 나
가서 놀이패 구경 좀 하고 옵시다. 서책만 들여다보느라
지루했을 터이니 잠깐 외도를 해도 눈감아주지요."

"아, 아니. 되었습니다. 그냥 집에 있지요. 아니, 되었다니까요, 스승!"

도명이 막무가내로 미르의 손을 잡고 문을 열어 마당으로 뛰어나왔다. 사립문을 열고 휘지가 들어왔다. 미르와 휘지의 눈이 마주치더니 도명에게 잡혀 있는 손으로 시선이 옮아갔다. 휘지의 눈썹이 살짝 올라간 것은 착각이었을까. 그는 별 반응 없이 도명과 인사말을 주고받더니 미르를 지나쳐 방 안으로 들어갔다.

"오셨습니까, 도련님? 수탉 나리와 함께 요새 어딜 그리 쏘다니십니까?"

"피곤하기도 하고 시장하기도 하구나. 봉구야, 저녁 준비나 하자꾸나."

봉구에게는 저리도 다정하게 말해주면서 자신에게는 알은체도 해주지 않는다. 미르는 심술이 나서 도명이 잡은 손을 뿌리치고 휘지에게로 다가갔다. 등 뒤에서 도명이 놓친 손을 바라보며 입맛을 다셨다.

"오라버니, 어찌 사람이 집에 오셨으면서 인사도 안 건네십니까?"

아무것도 담기지 않은 휘지의 텅 빈 눈이 미르를 괴롭혔다.

"피곤하여 그렇습니다. 여태껏 바깥에 있다 오지 않았

습니까? 누이께서는 취성 나리와 함께 나가려던 참 아
니었소? 가던 길 가시오."

어느 순간부터 밥낭이라고 불러주지도 않고 필요 이상
의 말을 하지도 않았다. 미르는 불안하여 심장이 쿵덕거
렸다. 심각한 분위기를 뚫고, 도명이 까부는 목소리로 어
서 가자고 재촉했다. 휘지는 고개를 돌려 방 안으로 들어
갔다. 미르는 상실감에 젖은 표정이 되었다. 들어가려던
발을 멈추고 휘지가 낮은 목소리로 미르에게 물었다.

"그…… 별은 어떻게 되셨습니까? 얼마나 고치셨는지
요?"

"그것은 왜요? 당분간 산에 가지 말라 하신 것은 오라
버니가 아니십니까, 그리도 제가 귀찮으십니까? 하루라
도 빨리 이 집에서 쫓아내실 궁리 중인가 보죠? 예, 물어
보시는데 답해드려야지요. 밤늦은 시간에는 산에 잘 가
지 않아 많이 고치진 못했습니다. 게다가 제일 중요한
부품 하나도 없어져서 보이질 않고요!"

"그렇군요. 알겠습니다. 그만 나가보시지요."

열받은 미르가 휘지에게 냅다 소리를 질렀다. 그동안
그는 표정 변화 없이 미동도 않더니 자기 할 말만 하고
찬바람을 날리며 방 안으로 들어갔다. 제 주인 심기가
불편한 것을 보니 봉구도 안절부절못하여 미르를 위로

하지도 못했다. 혹시나 나가라는 소리를 할까 봐 미르는 말끝에 갖은 변명을 덧붙이며 주절거려보았지만 휘지는 관심도 안 보이고 들어갔다. 예전이었으면 화를 내고 토라지는 것은 미르의 몫이었겠지만 지금은 상황이 역전되어 미르가 휘지의 눈치를 살피느라 애달팠다. 그녀는 야속한 마음이 들었음에도 그의 목소리를 한 번이라도 더 듣기 위해 구차하게 말을 이었다.

"그럼…… 나가보겠소. 오라버니, 느…… 늦지 않게 오겠소! 나 정녕 나가오."

"교학, 누이는 걱정 마시게. 늦지 않게 모시고 올 테니. 그럼 가보겠네."

미르와 도명의 목소리가 점점 잦아들자 문 앞에 서 있던 휘지가 얇은 문을 열고 마루로 나왔다. 그는 미르가 나간 사립문을 하염없이 바라보았다. 그만두자 하지 않았던가. 사내가 스스로 먹은 결심 하나 지키지 못하여 흔들거리다니. 봉구는 소리도 내지 못하고 그 옆에 서서 안타까운 눈길로 휘지를 바라보았다. 다시 방 안으로 들어가려던 휘지의 눈이 봉구와 마주치자, 그는 쓴웃음을 지으며 봉구를 나무랐다.

"봉구야, 뭘 그리 보느냐. 들어가서 저녁 준비나 하자."

휘지는 방으로 들어가 갓을 벗고 전복을 벗어 편한 옷으로 갈아입었다. 그의 전복에 달린 주머니에서 은색의 작은 나사 모양의 물건이 떨어졌다. 그는 두려운 기색이 역력하여 냉큼 바닥에 떨어진 물건을 손에 쥐어보았다. 그의 손아귀 안에서 반짝 하고 은광이 빛났다가 사라졌다.

6.

"그래, 요사이 관아의 움직임은 어떻더냐?"

"별다른 반응은 없는 줄로 압니다. 약초꾼들 몇 죽은 것쯤 뭐 그리 대수겠습니까? 다들 호환이나 산짐승의 소행으로만 알고 있지요. 잠시 들썩이던 소문도 이제는 흐지부지 조용해졌고, 그저 산이 흉흉하다고 떠들 뿐입니다. 아무튼 우리가 뒤에 있다는 것은 아무도 모를 것이니 염려하지 마십시오. 게다가 그 안에 심어놓은 아이들도 더러 있으니 심려 마시고 편히 지내십시오. 문제가 생기면 언제든 달려와서 알려줄 것입니다."

"허나, 이번 도호부사는 만만찮은 자다. 부임 초반부터 그에게 우리 세력이 발각된 것을 잊었느냐? 뿔뿔이 흩어졌던 세력을 다시 모으는 데만 해도 그동안 많은 시간이 필요했다. 지금은 다 끝났다 여기고 방심하는 중이라 조용히 앉아 있는지 몰라도 그자가 칼을 빼어들면 화를 입을 것이 뻔하다. 그리고 그자는 부임한 5년 동안 전란으로 피폐해진 고을 경제를 일으키고 많은 인망을 받고 있다. 함부로 건드려서도 안 되겠지. 게다가 왜란 당시에도 여기저기를 누비며 공을 많이 세운 무장 출신이니 호락호락하게 보았다가는 큰코다치는 수가 있다. 무관에게는 무관의 감이라는 것이 있단다. 너는 아직 어려 사람 볼 줄을 모르니 얌전히 관아 안에 틀어박혀 있는 도호부사가 만만해 보일 수도 있겠지. 허나 그는 관아 안에 있어도 양양 곳곳에 눈과 손발을 뻗치고 있단다. 관아 내의 상황만 살펴볼 것이 아니라 도호부사가 저잣거리와 집집마다 풀어놓은 쥐새끼들을 구별해야 할 것이다. 또한 그자가 알려주는 정보가 전부라고 생각해서는 안 될 것이야."

"예, 걱정하지 마십시오. 실망시켜드리는 일은 없을 것입니다. 그렇지 않아도 마을 여기저기에 아이들을 배치해놓고 동태를 살피고 있습니다."

"듣자하니 도호부사의 아들인 연수하와 한양에서 유배 왔다는 선비 놈이 여기저기 쑤시고 돌아다닌다고 하던데 무슨 일인 것 같으냐?"

"별일은 없는 것 같습니다. 고작 움직여 봤자 미르라

는 계집의 누명을 벗기려고 콩 뛰고 팥 뛰며 발악하는 것이 다입니다. 기실 제 놈들이 무엇을 알아낼 수 있겠습니까? 기껏해야 시신에 난 상처가 호랑이가 아니라는 것쯤 알아내었겠지요. 하지만 개들이야 주전골 계곡 안에 철저히 숨겨놓았고, 어떤 놈도 함부로 입을 놀리지 못할 것입니다."

"아무도 우습게 보지는 말거라. 우습게 보는 순간 네가 우스워지게 될 것이다."

"명심하겠습니다. 그나저나 그 계집은 어찌할 요량이십니까?"

"재미난 물건이 하나 들어왔는데 잘 써먹어야지 않겠느냐? 우선은 크게 들쑤시지도 말고, 느슨하게 풀어주지도 않는 선에서 주시하고 있거라. 내 그년을 눈여겨보고 있느니라."

"그리하지요. 달리 하명하실 일은 없으십니까?"

"우선 아이들 입단속을 철저히 하고 변절자나 배신자가 있는지 색출하여 본보기를 세우거라. 죽이든 반병신을 만들든 그건 네 맘대로 하고. 대신 처리는 깔끔히 해야 할 것이야. 자꾸 꼬리를 길게 빼고 다녀봤자 좋을 것은 없으니 말이다. 그리고 쌀이나 곡식은 거둘 수 있는 대로 바싹 걷어 오너라."

검은 휘장 너머로 그윽하게 깔린 중년 남성의 목소리
가 새어 나왔고 잔뜩 조아리고 있던 젊은 사내는 뒷걸음
질을 치며 방 안을 빠져나왔다. 멀리서 개 짖는 소리가
들려왔다.

*

별당의 작디작은 창문을 열어놓자 봄철의 꽃바람이
들어왔다. 화전놀이를 다녀온 후부터 수연은 마음이 아
려 우는 시간이 많아졌다. 자신의 무릎을 베고 누워 미
르를 부르던 휘지의 얼굴이 시도 때도 없이 떠올라 그녀
의 마음을 갈가리 찢어놓았다. 곱게 수놓았던 수틀의 수
련화도 그 빛깔을 잃고 거적때기 넝마로 변해 있었다.
어째서 그이는 다른 여인의 이름을 부르며 꿈결을 헤맸
을까. 그것도 사촌 누이의 이름을. 얼마 전 들었던 미르
소저에 대한 해괴한 소문이 설마 진정인가? 수연은 망
측한 상상에 머리를 흔들었다. 자신을 제외한 모두가 작
당하고 수연을 속이는 것 같은 망상까지 더해져 그녀의
심경은 말이 아니었다. 날로 수척해져가는 것 또한 사실
이었다. 마음이 병들면 몸까지 병든다더니. 병색이 완연
한 수연의 검은 눈물 고랑에는 정말로 눈물이 마를 날

이 없었다. 어쩌자고 휘지를 만났고, 어쩌자고 그이에게 겁도 없이 연심을 주었을까. 처음부터 욕심 부리며 그의 연심을 얻으려 하지 않았으면서, 날로 커져가는 휘지에 대한 마음과 그에 비해 보상받지 못하는 현실이 응어리져 수연을 해치고 있었다. 그녀는 작은 한숨을 내뱉으며 가슴속에서 그날의 기억을 지우려 하였다. 하지만 이미 머릿속에 들어온 그날의 광경은 쉬이 잊히지를 않았다. 끔찍하게 마무리된 기억일지라도 시작은 지나치게 달콤했기에. 그녀는 침마저 써 혀끝을 끌끌 찼다. 콧대 높았던 아가씨가 이게 무슨 창피란 말인가. 상사병이라니. 그녀는 억울하고 분하기도 해서 재차 왈칵 눈물이 쏟아졌다. 누가 수련화 아니랄까 봐 참으로 청승맞은 연심이지 않은가. 물속에서 홀로 생겨나 아련하게 피어올랐다가 물속으로 들어가 연기처럼 져버리는 수련화. 수연의 연심도 휘지 몰래 생겨났다가 홀로 이리 간직해야만 하는 것일까. 이미 그러기에 수연의 꽃은 너무나 컸다. 수연은 관아가 떠나가라 한숨을 내쉬었다.

"아가씨, 큰일입니다. 큰일이 났습니다요."

"무슨 일인데 그리 호들갑이야. 내게 더 이상 큰일이랄 것이 무에가 있겠니? 도련님 이야기 외에 내게 큰일이란 있을 수가 없다."

"들으시면 말이 달라질 것입니다. 교학 나리보다도 더 심각한 일이니까요."

"그보다 중한 일이야 있을 수 없겠지만 뜸 들이지 말고 말하여보거라."

"그것이, 그것이 말입니다. 아가씨께 청혼 단자가 왔습니다."

"청……혼 단자라 하면 혼담을 이르는 것이냐? 대체 어느 댁에서 혼담이 들어온 것이야?"

"그것이 좌수 영감 댁에서 혼담이 들어왔다 합니다. 지금 그 댁에서 매파를 통해 청혼서를 보냈지요. 아주 위세가 대단하던 걸요."

"좌수 영감 댁이라면 김문혁 그자의 혼담이라는 것이야? 대체 그치는 싫다 하는데 어찌 이리 끊임없이 나를 괴롭히는 건지 모르겠구나. 그자가 보태지 않아도 지금 내 마음 심란하기가 태산과 같은데 어쩌자고 그러는지 원, 아버님께서 당연히 거절하셨겠지?"

"그것이 송구하옵게도 아가씨, 영감께서 그리 회의적이지 않으셨다 합니다. 그러니까 옆에 있던 아범이 하는 말에 따르면 꽤나 호의적이셨다던데요."

"뭐라? 호의적? 어찌하여?"

"그건 저도 잘 모르지요. 영감과 같은 분이 하시는 고

매한 생각을 저희가 어찌 안답니까요."

"말도 안 된다! 그럴 수는 없는 법이지. 내가 지금 당장 아버님을 보러 가야겠구나."

수연은 황급한 마음에 버선발로 별당을 나서 동헌의 대청마루까지 돌진하였다. 정무를 보느라 질청에 들른 아비를 발견한 수연은 득달같이 달려가 바짓가랑이를 부여잡았다.

"연아, 대체 이게 무슨 해괴한 짓이냐?"

"해괴한 짓이고 뭐고 아버지께선 정녕 김문혁 그자의 혼서를 받으셨습니까?"

"받았지. 네 나이가 어엿하게 시집을 보내도 되는 나이가 되었는데 받지 않을 이유가 없지 않느냐?"

"하오나 제 마음이 어디에 있는 줄은 아버지께서도 잘 아시지 않습니까?"

"잘 알지. 너무 잘 알고 있어서 탈인 것이다. 수연아, 네 언제까지 교학만을 바랄 것이냐. 그 친구가 성품이 곧고 바를 뿐만 아니라 총명하기까지 한 훌륭한 청년이라는 것 모르는 바가 아니다. 허나 연아, 그자는 죄인의 몸으로 이곳에 유배를 온 사내란다. 유배형을 당한 자는 절대 자유로울 수가 없어. 교학 그 친구가 혼인이나 제대로 치를 수 있는 사내더냐? 네 어찌 마음에 담아서 안 될 자를 마음에 담고 이 아비에게 생떼를 부리는 것이야."

"아버지!"

"되었다. 그만하거라. 네 지금 규중 처자가 어디라고 동헌 마당까지 나와 아비를 부여잡고 언성을 높이는 것이냐. 지금 당장 성강에게 너를 시집보내겠다는 것이 아니다. 네 마음이 정녕 싫다면 이 아비는 강요하지 않을 것이다. 애비에겐 네 행복이 무엇보다도 중하니 말이다. 허나 네가 언제까지고 교학만을 바라고 허송세월을 하다 혼기가 차버린다면, 그런 일은 절대 용납할 수가 없는 일이다. 내 오늘 김 좌수 영감 댁의 혼담을 받은 것은 너를 그 집에 시집보내겠다는 것이 아니라 네가 혼담에서 자유로울 수 없는 규중 아녀자라는 것을 확인시키려는 것뿐이다. 여기서 더 소란 떨지 말고 어서 네 방으로 돌아가거라!"

언제나 유순하고 인자한 아버지였는데 오늘은 지나치리만큼 불호령을 내리신다. 수연은 울먹울먹, 입 밖으로 울음을 터트리진 못하였으나 설움에 오만상이 다 찡그러져버렸다. 그녀는 버선이 벗겨진 것도 모르고 그대로 별당으로 걸어갔다. 별당 마당에 있던 뾰족한 돌부리에 채여 그녀의 조막만 한 발에 생채기가 생기었다. 그래도 수연은 아픈 줄도 모르고 방 안으로 유령처럼 부유하여

들어갔다.

"아이고, 아가씨. 하얀 발에 이게 무슨 일입니까?"

춘심은 수연의 발을 바라보며 안타까워 우는 소리를
내었지만 이제 수연은 눈물도 메말라 흘러나오질 않았
다. 정말 혼백이라도 빠져나갔는지 멍하게 자리에 앉은
그녀는 명경 옆에 있던 수틀을 바라보았다. 격격 울음
참는 소리가 흉하게 새어 나왔다. 수연의 손이 바들거리
는 것에 따라 수틀에 수놓아진 수련화의 꽃잎들도 비참
하게 몸을 떨었다.

"애기씨!"

별당 문이 열리면서 예희가 미끄러지듯 방 안으로 들
어왔다. 그녀도 대번에 까져 붉은 피가 흐르는 수연의
맨발로 시선이 갔다.

"춘심이는 게 서서 뭐하고 있는 것이야. 애기씨 발에
피가 나는데 따뜻한 물과 붕대를 챙겨 오너라."

따뜻한 물을 들여오자 예희는 수연의 하얀 발을 대야
안에 담가 피를 씻겨내기 시작했다. 그 와중에도 수연은
울지를 못했다. 예희는 마음이 쓰라려 제 아가씨의 발을
힘주어 닦아냈다.

"우리 아가씨, 마음이 아파 어쩐답니까? 고운 얼굴에
눈물 자국이 말라붙어 못난이가 다 됐네."

수연의 발을 닦아내고 붕대를 감아준 예희는 손수건을 꺼내 눈가를 꼭꼭 눌러주었다. 수연은 무너져 내리기 직전이었다. 휘지를 향한 마음 하나만으로도 주체할 수가 없어 아파 죽겠는데 사방에서 죽으라고 찔러댄다. 수연의 옆에 있던 예희도 더 이상 참을 수 없었는지 수연의 작은 몸을 덥석 안아버렸다. 그녀는 마치 수연을 아기 다루듯이 하면서 등을 슥슥 쓸어내려주었다. 그 손길이 어머니와 같아서 수연은 억지로 막아놓았던 수문이 허물어지듯 목울대 너머로 울음을 방류시켜버렸다. 별당이 다 떠내려갈 만큼 커다란 수연의 울음소리가 애처롭게 울려 퍼졌다.

〈2권에 계속〉

유성의 연인 1

© 임이슬, 2014

1쇄 인쇄일 | 2014년 5월 22일
1쇄 발행일 | 2014년 6월 10일

지은이 | 임이슬
펴낸이 | 정은영

펴낸곳 | 네오북스
출판등록 | 2013년 04월 19일 제2013-000123호
주　소 | 121-840 서울시 마포구 서교동 396-33
전　화 | 편집부 (02)324-2347, 경영지원부 (02)325-6047
팩　스 | 편집부 (02)324-2348, 경영지원부 (02)2648-1311
E-mail | neofiction@jamobook.com
Home page | www.jamo21.net

ISBN　979-11-85327-52-5(04810)
　　　　979-11-85327-51-8(set)

이 도서의 국립중앙도서관 출판시도서목록(CIP)은 서지정보유통지원시스템 홈페이지
(http://seoji.nl.go.kr)와 국가자료공동목록시스템(http://www.nl.go.kr/kolisnet)에서
이용하실 수 있습니다.(CIP제어번호: CIP2014015466)